乱菊《らんぎく》

辻堂魁

Kai Tsujido

光文社

乱菊

辻堂魁

装幀　泉沢光雄
装画　山本真澄

両国大橋

一

五月半ばをすぎた昼下がり、子供ら十数人の喧嘩《けんか》騒ぎが、湯島天神《ゆしまてんじん》境内であった。喧嘩をした子供らは、湯島《ゆしま》四丁目の円満寺《えんまんじ》の手習所《てならいじょ》に通う十二歳の少年から六歳の幼童《ようどう》も交じった男子八人と、下谷御数寄屋町《したやおすきやまち》の十二歳と十一歳の男子《だんし》五人だった。

天神境内の表大鳥居側には、水茶屋《みずちゃや》や料理屋、御札《おふだ》などを渡す社務所があって、日盛りのその刻限、参詣《さんけい》客の姿もあったが、そこは本殿の裏手側の、崖の瑞垣《みずがき》と樹林越しに切通町《きりどおしまち》の柿葺《こけらぶき》屋根を見下ろし、界隈《かいわい》の子供らの遊び場にもなっている明地《あきち》だった。子供らは初めに、わあわあと悪口をあびせた末、石礫《いしつぶて》を投げ合い、つかみ合い、打《ぶ》ったり蹴ったりの乱闘を始めた。

同じ日の巳《み》の上刻《じょうこく》、別所龍玄《べっしょりゅうげん》の妻女百合《さいじょゆり》は、娘の杏子《あんず》を抱いて、色違いの紙を合わせ張《ば》りにした日傘を差した下女のお玉《たま》を伴い、松蟬《まつせみ》の鳴き騒ぐ無縁坂《むえんざか》を下った。里の丸山《まるやま》家の母親に、お出入りの呉服屋がきて御召《おめし》を新調する折り、百合の御召も新しく拵《こしら》えますので、と呼ばれたからだった。

百合の里の丸山家は、神田明神下《かんだみょうじんした》に家禄《かろく》二百俵の屋敷を構える旗本である。父親の織之助《おりのすけ》は、家禄の低い旗本が幕府の役職で上《のぼ》り得る最も高いお役目と言われ、仮令《たとえ》、名門の旗本であっても、有能でなければ就《つ》けるお役目ではない職禄五百石の勘定吟味役《かんじょうぎんみやく》に就いていた。今は百合の兄に家督を譲って隠居の身となり、兄が若くして同じく勘定組頭《かんじょうくみがしら》に就き、百合の弟は勘定衆として、江戸城大手御門内《おおてごもんない》の下勘定所《しもかんじょうしょ》に出仕している。

百合は、幼いころから美しく賢い神田明神下の丸山家のお嬢さまと、御徒町《おかちまち》から下谷池之端《いけのはた》、本郷《ほんごう》界隈の武家のみならず町家でも知られていた。

二十三歳のとき、家禄千数百石の名門の旗本に嫁《とつ》いだ。百合には相応《ふさわ》しい嫁ぎ先と評判がたった。しかし、数ヵ月のち、百合は嫁ぎ先を離縁になり、神田明神下の丸山家に戻った。百合が何ゆえ離縁になったのか、勘定吟味役とは言え、家禄二百俵の丸山家と千数百石の名門の旗本では、やはり家柄が違いすぎたのか、百合にどのような粗相《そそう》があったのかと、そういう噂《うわさ》が流れたその一方で、こんな話も囁《ささや》かれた。

「丸山家の百合さまが、嫁ぎ先を縮尻《しくじ》って、明神下のお屋敷《やしき》に戻られたんだってよ」

「ああ、そうだってな。けど、百合さまが縮尻ったんじゃねえ、百合さまのほうが相手の旗本を見限ったってえ話も聞くぜ」

「そうとも聞いてる。何しろあの器量だ。気位が高くて、大家《たいけ》の旗本だからって無礼は許しませんよと、百合さまのほうが愛想尽《あいそづ》かしをなさったたってね。百合さまぐれえになると、並みの男じゃむずかしそうだ」

「ああ、並みの男じゃな」

百合が無縁坂の別所龍玄のもとに嫁いだのは、丸山家に戻った一年半後の冬の初めだった。百合が二十五歳、別所龍玄は五つ年下の二十歳だった。このとき、無縁坂の別所龍玄が、小伝馬町《こでんまちょう》の牢《ろう》屋敷で不浄な首打役《くびうちやく》の、それも首打役の手代わりを務める浪人者《もの》らしいと噂が流れ、出戻りとは言え勘定吟味役の旗本の一女《いちじょ》が、五つ年下の首切人に嫁いだ、別所龍玄とは何者だと、これも噂になった。

午後、丸山家を辞して神田明神下からの戻り、百合はふと、湯島天神にお参りをしていこうと思いたった。

「お玉、湯島天神さまに、お参りをしていきましょう」

「はい、奥さま。湯島天神さまにお参りいたしましょう」

お玉は快活に答えた。

百合が龍玄に嫁いでからまた三年の季《とき》が流れ、百合は二十八歳、龍玄は二十三歳、夫婦の間に生まれた娘の杏子は、この秋には丸年《まるどし》で二年の三歳になっている。

杏子は、このごろは自分で歩きたがった。明神下の往来を湯島天神裏門坂通《うらもんさかどお》りへ折れると、百合は杏子を歩かせ、手を引いて湯島天神の男坂《おとこざか》へ向かった。まだ日の高い昼下がり、お玉は日傘を杏子と百合に差しかけている。通りかかりが、杏子を見て、

「まあ、可愛《かわい》い」

と、笑いかけていった。

坂下町《さかしたちょう》の通りから、急な石段の男坂に差しかかって、百合は再び杏子を抱きかかえて、ここでも境内の松の木で、むぜえ、むぜえ、と松蝉の鳴く声が聞こえてくる石段を上った。

百合はこの男坂を上り、湯島境内に集まった界隈の子供らに交じって遊んだ。九歳から十歳になるほんの一年ほどの日々だった。あのころ、湯島の境内に集まってくる子供らは、年上の子も年下の子も、男の子も女の子も、武家の子も町家の子も、分けへだてはなかった。みなばらばらに好き勝手に遊び、ときにはみなが一緒に遊んだ。あの子供らの中で、龍玄は一番年下の四歳だった。百合はあのころから《りゅうげんさん》と呼んでいた。

そのとき、境内のほうで子供らの甲高い喚声が起こり、男坂の松蝉の声が途切れた。

「あら」

百合は声のする坂の上を見遣った。

「奥さま、境内で子供らがずい分騒いでいますね」

「そうですね。なんでしょう」

男坂の急な階段を上り、裏の鳥居をくぐると、社殿裏手の東側の土手に沿って瑞垣《みずがき》を廻《めぐ》らした明地で、十数人の子供らの喧嘩が始まっていた。子供らの喚声は、この喧嘩騒ぎだった。拳《こぶし》を無闇《むやみ》にふり廻《まわ》したり、蹴ったり投げ倒したり、つかみ合って押し合い、転がったりしている男子らのほかに、まだ童子《どうじ》ぐらいの子も四、五人いた。誰かの投げた石ころが、鳥居をくぐった百合の、足下近くまで転がってきた。

「奥さま、危ないですから向こうへ参りましょう」

お玉が言ったが、百合は子供らの喧嘩の様子が気になった。そこへ、小さな童子らが年上の男子に追われ、杏子を抱いた百合とお玉の前を、悲鳴をあげて逃げて行き、逃げ遅れたひとりが百合たちの目の前でばたんと転倒した。追いかけてきた年嵩《としかさ》の男子は、転んだ童子を膝の下に組み敷いて、小さな髷《まげ》の頭を手加減もせずに打《ぶ》ち始めた。膝の下の童子は頭を抱えて泣き喚《わめ》くしかなく、先に逃げた童子らは、怯《おび》えて助けにいけず見守っている。

「お玉、杏子を抱いてて頂戴」

杏子をお玉に預け、童子を打ち続ける男子の側《そば》へ素早く近づき、ふりあげた手首と後ろ襟をつかんで、

「およしなさい」

と、童子の上から引き退《の》けた。男子は驚いて百合をふり仰《あお》ぎ、見知らぬ大人に一瞬怯《ひる》んだものの、すぐに唇を尖《とが》らせて嚙《か》みついた。

「何すんだ。放せ」

つかまれた手首と後ろ襟をふり放そうと、荒っぽくもがいた。十歳を超えた年ごろの男子の力は、もう相当なものである。だが、百合にはまだ敵《かな》わない。

「坊や、お逃げ。今のうちよ」

百合は頭を抱えて蹲《うずくま》った童子に言った。童子は泣くばかりでなかなか起きあがらない。百合は男子を突き放し、よいしょ、と蹲った童子を起きあがらせた。突き放されたほうは、なおも百合に食ってかかった。

「邪魔すんな。引っこんでろ」

「あなた、こんな小さな子を怪我《けが》させたら、子供の喧嘩じゃ済《す》まなくなるわよ」

百合は男子を睨《にら》み、言いかえした。

殴る蹴るの乱闘は収まっていたけれど、睨み合いを続けていた男子らが、百合に気づいて、社殿の裏手のほうよりばらばらと走ってきた。中に、頬の赤い幼い顔つきながら、小柄なお玉と同じぐらいの背丈の、よく肥《こ》えた男子も交じっていて、顔を無理矢理しかめ百合を睨んだ。喧嘩相手のほうは、喧嘩では敵わなかったらしく、瞼《まぶた》をひどく腫らしたり鼻血を出している男子もいて、離れたところから百合の様子を見守った。

「てめえ。女のくせにやんのか」

声はまだ幼いものの、頭《かしら》らしい男子が、顎を突き出し威嚇《いかく》するように言った。やんのか、やんのか……と、ほかの男子らが口々に繰りかえした。

「静かにしなさい。ここは天神さまの境内ですよ。こんなところで喧嘩をして、天神さまの罰《ばち》があたりますよ」

「ばあか。罰なんかあたらねえよ」

「あたりますよ。あなたたちは子供だから今はまだわからないだけです。大人になったらわかります。年上のあなたたちがまだ小さな子を痛めつけて、天神さまがお許しになるはずがありません」

「嘘《うそ》つけ。証拠があるのかよ」

「証拠はあります。ご覧なさい。天神さまにお参りにきている人が沢山《たくさん》います。みなさん天神さまに掌《て》を合わせ、信心し、親兄弟子供、自分だけではなく親類縁者みなの無事と家内の安全を願っているのですよ。天神さまが、人が無事に安全に暮らすことができるように守ってくださると、みなさんご存じだからです。あなたのお父さまとお母さまも、きっとご存じですよ。天神さまをお祀《まつ》りしているこの境内で、あなたたちが弱い者をいじめたり痛めつけたりしたら、天神さまがお許しにならないと、お参りにきている人も、あなたのお父さまとお母さまも当然ご存じです。うちに帰って訊《き》いてごらんなさい。お父さまとお母さまは、弱い者いじめはやめなさい、天神さまの罰があたりますよと仰《おつしや》います。みなの無事を願ってお参りにきている人と、あなたたちのお父さまとお母さまが証拠です。あなたたち、お父さまお母さまが天神さまに掌を合わせ信心することを嘘だと思うのですか。ばあか、と思うのですか」

頭の男子が、顎を突き出し、大人を真似《まね》たかのような不貞腐《ふてくさ》れた顔を百合に向け、口をもぐもぐさせた。背丈がお玉ほどもあるよく肥えた男子は、ぽかんとして、頰の赤い幼い顔つきを見せていた。子供らは誰も、百合に言いかえしてこなかった。途切れていた松蟬の声が、境内に鳴きわたった。

むぜえ、むぜえ……。

頭の男子がもぐもぐするのを止《や》めて、ちぇっ、と舌を鳴らした。そして、

「もういいや。つまんねえ。行こうぜ」

と、裏の鳥居をくぐって男坂を下って行き、ほかの四人がぞろぞろと続いた。

百合はお玉から杏子を抱きとり、残った子供らを見廻した。瞼を腫らした子のほかに、打たれた

頬に赤い痣《あざ》が残っている子や、鼻血と涙の乾いた跡でずい分汚れた子がいた。みな百合を、ぽかんと見あげている。

「あなたたち、ひどい顔になっていますね。あそこの茶屋で手当してあげます。それから、草団子か黄粉餅《きなこもち》をいただきながら、喧嘩を始めたわけを聞かせてちょうだい」

百合が言うと、童子らの顔がぱっと耀《かがや》いた。表の大鳥居の側に、柿葺きの屋根の軒に葭簀《よしず》をたてかけた茶屋があって、軒先《のきさき》にたてた草団子、黄粉餅の幟《のぼり》が見えていた。

「お玉、社務所に行って、子供たちの疵《きず》の手当をするので、わけを話して薬箱を借りてきておくれ」

「はあい、奥さま」

お玉が境内の敷石に草履《ぞうり》を鳴らして駆けて行った。

二

五月の蒸《む》し暑い日が続いた。

三日がたった昼下がり、侍《さむらい》は麟祥院《りんしょういん》の手前の角から切通をはずれ、いくつか角を折れて、無縁坂の急な下り坂に差しかかった。

その日も無縁坂の越後《えちご》榊原《さかきばら》家中屋敷《なかやしき》の松林では、松蟬が声を合わせている。

侍は、紺絣《こんがすり》に苔《こけ》色の半羽織、両刀を帯びた媚茶《こびちゃ》の単袴《ひとえばかま》、足下は白足袋《たび》麻裏付草履に、本郷通り三丁目の椿寿軒《ちんじゅけん》で買い求めた八千代饅頭《やちよまんじゅう》の木箱を、麻縞《じま》の風呂敷にくるんで提げていた。深編《ふかあみ》笠《がさ》をかぶり、顔つきや歳《とし》のころはわからないものの、やや背中を丸めた長身の痩軀《そうく》だった。

坂の上から、坂下の茅町《かやちょう》の板葺《いたぶき》屋根の町並みや、蓮《はす》の葉が日射《ざ》しを跳ねかえして水面《みなも》を蔽《おお》う不忍池《しのばずのいけ》、池中《ちちゅう》に浮かぶ弁才天《べんざいてん》の御堂《みどう》の赤い屋根が鮮やかに見えた。不忍池の向こうに、古くは忍ケ岡《しのぶがおか》と言った、と江戸にきてから聞いた上野山内《うえのさんない》が、白い雲のたなびく青空の下に望めた。鬱《うっ》蒼《そう》と繁《しげ》る木々が蔽い、寛永寺《かんえいじ》の黒屋根が、それらの木々に守られている。

侍は、出府《しゅっぷ》して足かけ六年になる。上野の東叡山《とうえいざん》寛永寺にお参りをし、上野山内も不忍池も知ったつもりでいた。だが、無縁坂の上から、不忍池と上野山内と果てしない空の景色を眺めるのは初めてだった。こういう景色だったかと、うっとりと眺めた。

無縁坂の半ば近くまで下り、講安寺《こうあんじ》門前の小路《こうじ》を北へ折れた。四半町ほど行った先に、板塀が囲う住居《すまい》をすぐに認めた。柿の木や椿《つばき》の木が塀の上に見え、引違《ひきちが》いの木戸門のほうまで行くと、松やもみじ、なつめや梅の木々が塀の外へ大小の枝をのばし、小路に斑《まだら》模様の涼しげな影を落としていた。

侍は引違いの木戸を引き、木戸門をくぐった。門の四、五間《けん》先に幅一間ほどの玄関式台が見え、踏石《ふみいし》が玄関庇下《ひさしした》の敷石まで並んでいる。門内のすぐ右わきに木犀《もくせい》とつつじの灌木《かんぼく》が繁り、その先の塀の外に枝をのばした木々から少し離れた塀ぎわに花壇があって、うす緑の矢車菊《やぐるまぎく》が咲いていた。

玄関の左手に、腰高《こしだか》障子を一尺ほどすかした中の口があった。侍は中の口のほうへ歩みを進めた。

腰高障子の前で、戸内の気配をさりげなくうかがった。ふと、戸内に幼い子の声が聞こえ、静けさがいっそう際《きわ》だった気がした。かぶっていた深編笠をとり、白髪交じりの鬢《びん》を筋張った手で撫《な》でつけた。

「御免《ごめん》。此方《こなた》さまは、別所龍玄さまのお住居《すまい》と聞き及び、お訪ねいたしました。御免」

すぐに、「はい」と女の声がかえってきた。ととと……と板間を転がるような足音もした。腰高障子の隙間に人影が見えた。戸が引かれ、髪を丸髷《まるまげ》に結った背の高い女が、すっと戸口に佇《たたず》んだ。やわらかな笑みを浮かべ、丁寧な辞儀を侍に寄こした。

「おいでなさいませ」

若い女にしてはやや低い声だった。なるほど、これがそうか、と侍は女のほのめく美しさに、つい見惚《みと》れた。名前は百合。無縁坂の別所龍玄の妻女で、里は勘定吟味役の旗本の家柄ながら、両親や親類縁者の反対を押して、自ら別所龍玄に嫁いだ。夫の別所龍玄は浪人者で、小伝馬町牢屋敷の首打役の手代わりを生業《なりわい》にしている。侍はそう聞いていた。綺麗《きれい》な小母《おば》さんだったと、手習所の子供らが口々に言っていた。

その通りだと、侍は思った。

百合のすぐ後ろの板間に、人形のような童女《どうじょ》が立って、つぶらな目を瞬《またた》きもさせず侍を凝《じ》っと見つめていた。侍は思わず童女に頬笑《ほほえ》みかけて、童女を少し驚かした。

「別所でございます。お名前とご用件をおうかがいいたします」

やわらかな笑みを絶やさず、妻女はやや低い声で言った。「それがすは……」と言いかけた言葉に国の訛《なま》りが出た。

「それがしは、深田《ふかだ》匡《ただす》と申します」

匡は言いなおした。

「湯島四丁目の円満寺にて、町内の子供らの手蹟《しゆせき》指南、すなわち手習所を開いております。突然お訪ねいたし、ご無礼の段、お許し願います。何分、別所さまにお会いいたすこれという伝《つて》もございませんので、ともかく一度、別所さまをお訪ねいたし、ひと言なりともお礼を申すべきであろうと思い、本日、まかりこした次第でございます」

「お礼を？　それでは、主人の別所龍玄にご用でございますね」

百合が訝《いぶか》しそうに確かめた。

「と申しますか、卒爾《そつじ》ながらお訊《たず》ねいたします。お内儀《ないぎ》さまの百合さまでございますね。こちらの愛くるしいお子さまは杏子さまにて、それからお玉さんが、別所家にご奉公なさっておられますな」

「はい」

百合は意外そうに言った。

「二日前でございます。湯島天神境内にて、それがしが師匠をしております手習所の子供らが、下谷御数寄屋町のわんぱく坊主どもと喧嘩をいたしたのでございます。手習所の子供らはわんぱく坊主どもに敵わず、みなひどく痛めつけられたところに、百合さまとお嬢さま、お玉さんが参拝にこられ、喧嘩をとめてくださったうえに、子供らの怪我の手当をしていただき、のみならず、境内の茶屋で草団子や黄粉餅まで馳走《ちそう》になったと、子供らが申しておりました」

「まあ、あのときの子供たちのお師匠さまでございましたか。ではもしかしてお礼とは、湯島境内の子供たちの喧嘩のことで……」

「さようです。怪我の手当をしていただいた子供たちの親から、斯《か》く斯く云々《しかじか》と知らせがあって、それはお礼を申さねばと思ったのですが、うかつにも子供たちは、別所さまのお内儀さまとお子さま、そして奉公人のお玉さんということしかわかりません。で、どちらの別所さまかと心当たりを訊ねますと、講安寺門前の別所龍玄さまとお内儀の百合さまに相違ないと知れ、いきなりみなでというのはご迷惑ゆえ、それがしが親たちに代わってお訪ねいたした次第でございます」

「それはわざわざ、畏《おそ》れ入ります」

「まずは、別所さまがご在宅ならば、ご挨拶申しあげたいのですが、いかがでございましょうか」

「はい。主人はおります。主人に伝えますので、玄関へお廻りください」

「お言葉に甘え、そのようにさせていただきます」

匡は慇懃《いんぎん》に頭《こうべ》を垂れた。

三

龍玄は単衣《ひとえ》の着流しに、明るい浅黄《あさぎ》の平袴《ひらばかま》を着け、脇差《わきざし》のみを帯びた。床の間と床わきのある座敷へ行くと、深田匡は、床の間側に着座するのを遠慮してか、庭の景色を眺めるような風情で、板縁《いたえん》の側に端座《たんざ》していて、庭のほうから龍玄に座を向け、畳に手をついた。深編笠と大刀《だいとう》が、座敷の一隅《いちぐう》に寝かせてある。

「深田匡でございます。お初にお目にかかります。湯島四丁目の円満寺の僧房を借り受け、手蹟指南の手習師匠を生業にいたしております。このたびはお内儀さま始め……」

匡は口上を一気に述べた。

「別所龍玄と申します。刀剣鑑定を生業にいたしております。深田さん、どうぞ手をあげてください」

龍玄が言うと、匡は「はい」と手をあげ、手土産《てみやげ》の八千代饅頭の木箱を差し出した。

「お口汚しでございますが」

「お気遣い、畏れ入ります。遠慮なくいただきます。妻から事情を聞きました。子供同士の喧嘩でしたので、そういうこともあるなと、子供のころを思い出しました」

龍玄は表情をやわらげた。匡はひとつ頷《うなず》いて言った。

「お内儀さまとこちらにご奉公のお玉さんに親切にしていただき、子供たちの親が恐縮しておりました。このたびの件で、講安寺門前の別所さまのお名前を初めてうかがい、小伝馬町の牢屋敷にて御用を請《う》けられ、刀剣鑑定をなされていることなど、界隈ではご存じの方が多かったので、驚きました。それがしはそのようなお役目柄、勝手に三十代の半ばほどのお歳ごろの方であろうと思っておりました。ですが、本日こうしてお目にかかり、別所さまが余りにもお若いので驚きました」

「よく言われます。牢屋敷の御用を請ける役目柄、仁王《におう》さまのような巨漢の風貌を思い描いていた方もおられます」

「こう申しては失礼ですが、お優しいご様子をなさっておられます。わたしなどは、武骨な田舎《いなか》侍ですから、江戸の方は違うなとつくづく思います」

匡は自分で言って、日焼けした相貌《かお》に苦笑いを浮かべた。横に張った頬骨が細い顎へ下る輪郭や、灰色のうすい眉とひと重の細い目、小鼻の目立つ高い鼻と口角を下げてすぼめた唇、ごま塩になった髷などが、まだ初老とも思えないこの侍の、気むずかしそうな気性をうかがわせた。

百合が茶と煎餅《せんべい》菓子の軽焼《かるやき》を盆に載せて運んできた。杏子が小走りになって母親についてくる。

百合は、二人が床の間ではなく、板縁の側に対座しているのが意外そうに、

「こちらでよろしいのですね」

と、茶菓を並べながら言った。

「ここのほうが気持ちのよい庭の景色が眺められます。勝手にこちらへ移らせていただきました」

「お玉は義母《はは》の供をして出かけております。ほどなく戻って参りますので、戻って参りましたらご挨拶いたします」

「百合、深田さんにいただいたよ」

龍玄が八千代饅頭の木箱をわたした。

「ありがとうございます」

百合が受けとって端座すると、杏子は大人の仲間入りするように、百合の隣にちょこなんと坐《すわ》っ

た。匡は杏子に頰笑みかけつつ、凝っと見守り、

「まことに愛らしい。見ていて飽きません」

と言った。それから板縁と土縁《どえん》ごしの庭へ、やおら目を転じた。庭の木々や花壇に、昼下がりの白い光が降りそそいでいる。

「この庭の風情も奥ゆかしさが感じられて、別所さまにお似合いです。しかもお住居は、玄関式台を構え、質実な武家らしい様子でありながら、何かしら気がなごみます。田舎侍の身には羨《うらや》ましい限りです」

「町家に住むわたしの身分で、玄関式台は不相応ですが、この店《たな》を建てた儒者《じゅしゃ》が玄関式台を構えていたのです。親がここを手に入れた折り、父はわたしと同じ生業でしたので、町奉行所のお役人を迎える機会があって、玄関式台のことを訊ねました。お役人が上役にはかり、上役が御奉行さまにうかがってくだされ、ならばそれでよいと、御奉行さまが仰せられたのです。以来、玄関式台はそのままにしております」

「さようでしたか。わたしは玄関式台のある屋敷に住んだことはございません。この通りの貧乏侍のまま年老いて、今の細々とした暮らしです。とは申せ、手習師匠の生業も、始めてみますと存外面白く、子供たちが学んでいく様子を日々見守っているのは、遣り甲斐《やりがい》があります。自分の性に案外合っておると、思わないでもありません」

「湯島の円満寺で手習所を開かれて、どれほどになるのでございますか」

それは百合が訊いた。

「この秋で丸四年に相なります。あっという間の四年でした。贅沢《ぜいたく》はできませんが、わが身ひとつ暮らしていくのに不自由はありません。ありがたいことです」

匡は庭から百合へ向いて言った。だが、百合はそれ以上は訊かなかった。

龍玄は軽焼を細かく割って、ひと摘《つ》まみを、杏子のぷりっとした作り物のような赤い唇に寄せた。杏子は龍玄の手首に、小さな白い手をおき、ひと摘まみを作り物のような唇の中に入れ、うふ、と龍玄に笑いかけた。匡が茶を一服しながらそれを見てまた頬笑んだ。

「手習所に通っている子供たちは、どれほどいるのですか」

龍玄が訊ねた。

「わたしの前に円満寺で手習師匠をなされていた方がおられ、その方が手習所を閉じることになったあとを、近所の父母らの、手習所がなくなっては困るという声もあって、それがしが継ぐことができました。たまたま、廻《めぐ》り合わせがございまして、今は男子が十一名に、女子も五名おります。六、七歳ぐらいはまだ素直なのですが、十歳を超えるころになりますと、だんだん師匠の言うことを聞かず、わんぱくになってきます。天神さま境内の喧嘩も、わんぱく同士の言い合いになったのが始まりで、あの様《ざま》でしたが」

匡はそれから、手習所の様子を、いかにも楽しそうに語り始めた。

書道具を背負って手には草紙《そうし》を提げて通う子供らの様子や、《手習は坂に車を押す如《ごと》し油断すれば後へ戻るぞ》と道歌《どうか》を記して張り出した手習所、いろは四十八文字、一、二、三、の数字覚え、名頭《ながしら》に苗字尽《みようじづく》し、江戸町名書きと方角、請取文《うけとり》と送り文、手紙文、消息往来、証文、店請状《たなうけ》、庭《てい》訓《きん》往来《おうらい》、商家の子に商売往来や八算見一《はっさんけんいち》や相場割、大工の子には番匠《ばんしょう》往来、女子には仮名交じりの女商売往来などの話がつきなかった。それから、盆暮れや五節句に持参される手習料の話になりかけたとき、表の木戸門に、母親の静江《しずえ》と供のお玉が帰ってきたのが見えた。

「義母とお玉が帰って参りましたので。どうぞごゆっくり」

百合が杏子を抱き、立ちかけた。

「おお、ついだらだらと自分勝手にお聞かせいたしました。お許しください」

「そんなことはありません。わたしは町家の手習所に通ったことがありませんので、とても面白いお話でした。でも、主人は町家育ちですから、手習所に通ったそうです」

「そうなのです。十二歳で湯島の昌平黌《しょうへいこう》に上がる前は、本郷の手習所に通いました。手習所では、大人になってからの日々の暮らしに役だつ知恵を身につけることができました。子供のときはつまらない、いやだ、と思っておりましたが、今この歳になって、とても大事なときだったことがわかります」

「そうですな。大事なときでした。とりかえしはつきませんが」

匡はしみじみと言った。

勝手のほうで静江とお玉の声がした。百合と杏子が座敷を退《さが》っていき、

「お義母《かあ》さま、お戻りなさいませ。今お客さまが……」

「おや、そうでしたか。杏子、ただいま」

などと、お玉と杏子の声も交じり、家の中が急に賑《にぎ》やかになった。しばらくして百合がまた座敷

に顔を出し、「あなた……」と龍玄にちょっとしたことを伝えた。

龍玄は匡に言った。

「母とお玉が、これから素麺《そうめん》を茹《ゆ》でると言っております。深田さん、わたしたちも素麺をいただきませんか。よろしければ、ぬるめの燗酒《かんざけ》の支度をいたします」

「いや、滅相《めっそう》もございません。平《ひら》に。お礼を申すために、勝手に押しかけて参りました。何とぞ、お気遣いはご無用に願います」

「気遣って申すのではありません。どうぞ、ゆっくりしていってください。話はまだ終っておりません。しかも日は高く、だいぶ暑くなってきました。冷たい素麺をいただき、ぬるめの燗酒を少しやれば、暑さも忘れます。それから、わたしは、深田さん、とこのまま呼ばせていただきますので、深田さんもどうぞ、気楽にお願いいたします」

ほどなく、水で冷やした茹でた素麺、焼きたての卵焼、焼蒲鉾《かまぼこ》、にんじんごぼう、かぶなすきゅうりの味噌《みそ》漬け、そして、ぬるく燗をした提子《ひさげ》の酒と盃《さかずき》の膳を、百合とお玉が運び、静江が杏子の手を引いて挨拶にきた。

「深田さま、こちらが……」

百合がお玉と静江を、恐縮する匡にとり持った。ひとしきり言葉を交わし女たちが退ると、匡はふっと溜息《ためいき》を吐《つ》いた。

「深田さん。いただきましょう」

「では、遠慮なく馳走になります」

匡は提子の燗酒を注ぎ、盃の半ばまで呑《の》んだ。卵焼をひと口食べ、

「美味《うま》い」

と、思わず言った。それから盃を乾《ほ》し、酒を注いでまた半ばまで呑むと、味噌漬けのかぶをかじった。味噌漬けの辛味に誘われ、素麺が食いたくなり、さっぱりとした甘辛い汁に浸して素麺をひとすすりした。匡は酒を注いで盃を持った手を止めた。

茶の間の女たちの言い合うやわらかな話し声と、ひそひそとした笑い声が聞こえている。昼下がりのときが流れ、木々や花壇の矢車菊に白い日射しが降りそそいでいる。

「いいお住居です」

匡は龍玄へ眼差《まなざ》しを投げた。

「別所さま、いや、別所さん。それがしの事情を、少し話しても、よろしいですか」

「どうぞ、深田さん。お聞かせください」

龍玄の涼しげな眼差しをかえされ、匡は恥じるように庭へ逃れた。

「それがしは、不来方《こずかた》と呼ばれた陸奥《むつ》の南部《なんぶ》藩に召し抱えられておりました。事情があって、盛岡《もりおか》城下を出て早《は》や足かけ六年目の、今年、五十歳に相なりました。このように老いぼれ、南部藩の侍だった覚えも、もうだいぶ薄れてしまいましたが、霞ヶ関《かすみがせき》の南部家の藩邸には、大よそ三月《みつき》ごとに、挨拶をかねて近況の報告に出向いております」

「お国は奥州《おうしゅう》のほうだろうと、思っておりました。お言葉に時どき、お国の訛りが交じりましたので」

「さようでしたか。自分では江戸言葉にすっかり馴染《なじ》んだつもりなのに、やはり隠せませんな。先ほどもお内儀さまの美しさに見惚れて、つい国の訛りが出てしまいました。四年前に手習所を開いたときは、それがしが話をするたびに子供らが笑って、手習が進まず難儀いたしました。もっとも、この国訛りの所為《せい》で、子供らとはずいぶん打ち解けることもできましたがな」

匡は日焼けして骨張った指先で、白髪の目だつ鬢のほつれ毛を撫でた。

「別所さんは、本郷の菊坂臺町《きくざかだいまち》に一刀流《いっとう》の道場を構えておられる大沢虎次郎《おおさわとらじろう》先生の門下にて、十代の半ばをすぎたばかりで、剣術では大沢先生をもしのいだと聞いております。それと、牢屋敷のお役目の傍《かたわ》ら、切腹場《ば》の介添役《かいぞえやく》をも請けておられたと、大沢道場の門弟の方に聞いた噂話を、手習所の子供の親が申しておりました。つかぬことをうかがいますが、まことに、切腹場の介添役をも、別所さんの若さで務められたのですか」

「事情があって、余儀なく切腹なさる方がおられました。大沢先生にお請けせぬかと勧められ、お請けしました。そののち、数度……」

「介添役を初めて請けられたのは」

「十九歳でした」

「十九歳で、切腹場の介添役とは、なんと凄《すさ》まじい。そういう方がおられるのですな」

匡は盃を手にして、しばし物思いの間をおいたが、すぐに、「あ」と気づいたかのように様子を改めた。

「失礼いたしました。心地よい酒席の場に切腹場の話は似合いませんな。ご不快なら、この話はやめますが」

「ご懸念《けねん》なく。深田さんの事情を、聞かせてください」

龍玄が促し、匡はこくりと頷いた。

「盛岡城下仁王丁《におうちよう》に拝領屋敷があり、禄高が七十俵のお目付《めつけ》さま配下の組《くみ》目付に就いておりました。目付役は、南部家家中《かちゆう》の、ご重役方をのぞく上士下士《じようしかし》すべての家臣の、諸事に関して非行悪行、風紀紊乱《ぶんらん》を観察し取り締まるのが役目です。組目付は、お目付さまのお指図のもと、組下《くみした》の下士の監視と取り締まりを専《もつぱ》らにしております。二十三歳のときに組目付を命じられ、およそ二十年の季《とき》を勤め、それがしが探った罪で斬首、切腹を申しつけられた侍が三人、それとひとりは国を追われました。それがしは命じられた役目を厳格に果たしていたつもりでも、同じ殿さまの家臣の素行に目を光らせ、ささいな落ち度を暴く間諜《かんちよう》、廻し者と陰口を散々叩《たた》かれる一方で、恐れられてもおりました。三人の斬首、切腹には、検分役《けんぶんやく》のお目付さまに従って立ち会いました。それがしが探り、罪を問われた三人でしたが、刑場に立つたびに、足が竦《すく》み、着物の下は冷汗がとまりませんでした。のみならず他人《ひと》がそれがしのことをどう言っているか、役目とは言え恨みを買っているのではないかと、気が滅入《めい》って眠れぬ夜もしばしばあって、性根は臆病者にて、周りの人目や評判を気にする小心者なのです。たまたま子供らの喧嘩騒ぎの一件で別所さんの評判をお聞きいたし、お礼を言わなければならないこともありましたが、どのような方だろうと、それがしのような小心者の性根をわかっていただけそうな、話を聞いていただけそうな気がして、是非お会いしたかったのです。うかつにも、これほどお若いとは思っておりませんでしたが、お会いできてよかった」

　龍玄は笑みを絶やさず、盃を口へ運んだ。

「それがしには、九年と少し前まで、十年連れ添った妻がおりました」

　と、匡は続けた。

「ごく人並みな、ありふれた夫婦だったと、それがしは思っておりました。夫婦《めおと》になって四年がたち、ようやく子ができました。ですが、子は生まれませんでした。以来、子はできなかったのです。そういう定めだったのですかな。およそ九年前の夏の初め、十年連れ添った妻が、家を出ましてな。離縁ではありません。それがしには何も言わず、それがしの知らぬ間にいなくなった。妻ひとりではありません。わが深田家に奉公していた若い中間《ちゆうげん》と、手に手をとって、すなわち欠け落ちしたということです。妻が若い中間と欠け落ちしたとわかったとき、それがしはほぼ丸一日、唖然《あぜん》とし、ただ呆然《ぼうぜん》とすごしておりました。普段通り登城《とじよう》し、役目についたのですが、どんな仕事をし、傍輩《ほうばい》とどんな言葉を交わしたかもわからず、自分の身体《からだ》すら空虚に感じるほどの、何もかもが上の空でした」

　匡は昂《たか》ぶる内心を抑えるかのように、音をたてて素麺をすすった。たちまち平らげ、汁の椀《わん》を手にしたまま、

「美味い」

　とまた言った。

四

妻の紀代《きよ》が江戸へ旅だったのは、天明《てんめい》と改元された年の夏の初めだった。紀代の里は南部家下士の徒士衆《かちしゅう》だったが、幼いころより紀代と仲のよかった従姉《いとこ》が、同じ下士の武家ではなく、南部しぼりの染物を商《あきな》う盛岡城下紺屋町《こんやちょう》の呉服商岩手屋《いわてや》に嫁いでいた。岩手屋は、江戸深川《ふかがわ》の佐賀町《さがちょう》に江戸店《だな》があって、江戸での商いも盛んだった。盛岡の本店《ほんだな》は長男が継ぎ、江戸店は二男が任されていて、二男は女房にするならやはり南部の女をというので、紀代の従姉が嫁ぎ江戸で暮らしていた。

紀代は日ごろより、紺屋町の本店の兄夫婦に、従姉が江戸の町家で元気に暮らし、江戸店の商いも順調だと消息を聞いていた。天明元年の前年の安永《あんえい》九年暮れ、江戸店より商いの近況を知らせる手紙が本店に届き、その手紙と一緒に、紀代宛の従姉の便りが同封されていた。それは、宿の心配はいらないので紀代に是非一度、天下一の江戸見物をと、誘う便りだった。

匡は初め、紀代に江戸見物の話を持ちかけられ、そのような贅沢は以《もっ》ての外《ほか》と、とり合わなかった。年が明けて、紀代はまた江戸行きの話を持ち出し、江戸への旅は、紺屋町の店の手代《てだい》が江戸店にしばしば出かけており、その折りに同道させてもらえるし、中間の幸兵衛《こうべえ》を供につけてくれれば心配はない、路銀や江戸見物にかかる費用は、自分の持参金をあてるので迷惑をかけない、と口説かれた。匡はそれでも許さなかったが、三度目に口説かれたとき、そこまで言う紀代を、ふと、不《ふ》憫《びん》に思った。下士の素行に目を光らせる組目付の役目柄、自分の妻に江戸見物をさせるのは気が引けた。とは言え夫婦になって十年、贅沢を厳しく戒め、ひたすら質素倹約に努め、紀代は不平ひとつ言わず自分に従ってきた。晴れがましい事、気の晴れるようなふる舞いは、何ひとつさせなかった。化粧もしていない紀代の顔を改めて見ると、十人並みながら案外に整った顔だちをしていることに、匡は今さらに気づいた。中間の幸兵衛をつけてやれば大丈夫だろう。匡は不承《ふしょう》不承《ぶしょう》、紀代の江戸行きを許したのだった。

天明元年の五月中旬、北に岩手山《いわてさん》、さらに遠景の姫神山《ひめかみさん》、そして、北上山嶺《きたかみさんれい》の早池峰山《はやちねさん》までが望めるよく晴れた早朝、紀代は中間の幸兵衛を従え、仁王丁の屋敷を出立した。旅の装束に調えた紀代は、うっすらと化粧を施し、顔がほのかに紅潮して見えた。あの朝、見違えるような旅姿だったことを、匡は今も覚えている。

旅は、紺屋町の店の手代とともに北上川舟運《きたかみかわしゅううん》で仙台藩の石巻《いしのまき》に出て、廻船《かいせん》に乗り換え、海路江戸へと向かう。匡は、北上川の河岸場《かしば》まで紀代を見送らなかった。そんな照れ臭いことはできなかった。普段通り登城し、勤めについた。ただその朝は冴《さ》えざえとした気分だった。あれを江戸へ行かせてやってよかったと思っていた。

紀代の戻りは、翌月の六月の中旬か、遅くとも六月の末までにはと聞いていた。紺屋町の店の手代が、紀代と幸兵衛を、従姉の待つ江戸店に送り届け、それから上方《かみがた》へ上って大坂《おおさか》の顧客との商用を済ませ、上方から再び江戸店へ下って、江戸店に逗留《とうりゅう》している紀代と幸兵衛とともに盛岡へ戻る。そういう手はずになっていた。

紀代らと盛岡城下を発《た》った紺屋町の岩手屋の手代が、仁王丁の拝領屋敷の匡を訪ねてきたのは、ひと月余がすぎた六月下旬の宵だった。通いで雇っている下働きの留《とめ》という婆《ばあ》さんは引きあげ、屋敷に匡ひとりだった。

匡は紺屋町の店の手代がひとりで、しかも暗くなってから訪ねてきたのが訝《いぶか》しく、紀代と幸兵衛とともに盛岡に戻ってくるはずだったのではと質《ただ》した。すると手代は、二人だけにもかかわらず、声をひそめ、

「じつは、お内儀さまと幸兵衛さんが……」

と、一緒に戻る手はずになっていたところが、二人はすでに江戸の従姉の店を、従姉のみならず店の誰にも黙って出ており、もう半月以上消息が知れないと、匡に告げた。従姉は、二人がこっそり盛岡へ戻ったのかも知れないと思いつつ、もしや、といかがわしい疑念を抱き、手をつくして捜しているものの、ともかくも、江戸の事情を知らせる匡宛の手紙を、手代に託《ことづ》けたのだった。

とりいそぎお知らせ参らせそうろう

従姉の手紙は始まり、手代の話した同じ事情が認《したた》められていた。

「どういうことだ」

自分の険しい声を、匡は遠くに感じた。胸の鼓動が鳴り止《や》まなかった。

「わたしは、何も存じません。ただ、お内儀さまと幸兵衛さんが行方知れずでございます。それをお伝えにきただけでございます」

手代は膝に手を揃《そろ》え、目を伏せて言った。

あの年、匡より七歳下の紀代は三十四歳。紀代より八歳下の幸兵衛は二十六歳だった。紀代が、そんな若い男と欠け落ちとは、思いもよらぬことだった。旅だちの朝の、うす化粧を施した紀代の紅潮した顔は忘れなかった。一方、幸兵衛の顔つきが定かに思い出せなかった。請宿《うけやど》の仲介で雇い入れたとき、歳は十九だった。三戸《さんのへ》の男だったが、詳しい素性は請宿任せだった。これまで働いていた老僕が辞め、代わりの中間を急いで雇う必要があった。どちらかと言えば小太りで、目立つ風貌ではなかった。しかし、醜男《ぶおとこ》でもなかった。

紀代と幸兵衛の欠け落ちは、半月もたたぬうちに、城中にも城下にも知れわたっていた。人の口に戸は立てられず、いたしかたなかった。匡のいるところではみな口を噤《つぐ》んだが、匡がその場を離れると、すぐ後ろでくすくす笑いが起こり、「女房にな」「憐《あわ》れだな」などとひそひそ話が聞こえてきた。匡に好奇な目つきを露骨に寄こす者や、中には、人を散々陥れた所業《しょぎょう》の罰が当たったと、組目付の役目で厳しく取り締まったことに託《かこつ》けて、面と向かってではなくとも、聞こえよがしに嘲《あざけ》る者もいた。そんな周囲の悪口や嘲りに、匡の心身は絶え間なく疵つき、痛手をこうむった。

三月《みつき》がたって、匡は新町の請宿へ顔を出し、幸兵衛の消息を訊ねた。請宿の主人は、幸兵衛の郷里の三戸に問い合わせているものの、これまで返答もないと、素っ気なかった。また、御徒丁《おかち》の紀代の里も訪ねた。紀代のなんらかの消息が入っていまいかと思った。御徒士衆に就いていた紀代の兄は、匡の訪問に困惑を隠さなかった。

「あれはもう、わが一類とは思っておりません。見つけ次第、成敗《せいばい》してくだされ」

と、外聞が悪いのでもうこないでくれと言わんばかりの口ぶりだった。

女敵討《めがたきうち》は武士の本意ではなかった。武士も民も、女敵討を果たしても名誉とされなかった。女敵を討つほどのたわけ者、と揶揄《やゆ》されたし、士道尊重の公認の敵討《かたきうち》でもない。だが、密通した妻と姦夫《かんぷ》が欠け落ちしたら、夫は一家の成敗さえできぬ者、意地のない者と見られた。すなわち、女敵討は面目を保つため、外聞を恥じるため、武士の一分《いちぶん》がたたぬため、やむを得ず果たす、それだけの意味しかなかった。

ただ、女敵討も公認の敵討と同様に、藩庁に届けを出さなければならない。

匡は、女敵討をするつもりなどなかった。ちらと、脳裡《のうり》をかすめないではなかったが、南部家に仕えるお役目が大事と、これまでと変わらず、組目付のお役目に精勤した。

そうして、半年、一年二年とときがすぎるに従って、痛手は収まらずやわらぎもしなかったものの、心身が痛手に慣れて、痛手を痛手とだんだんと感じなくなった。周囲の悪口や嘲りも、気にならなくなっていた。

一年がたった天明三年、南部藩は宝暦《ほうれき》五年以来の大凶作に見舞われた。領内に多くの餓死者を出し、領内の村々で一揆《いっき》がたびたび起こり、農民らの村ごとの逃散《ちょうさん》も頻発した。領内に不穏な情勢が広がって、組目付の匡も、たびたび起こる一揆鎮圧の応援に駆り出された。天明三年がすぎ、翌天明四年も米の不作は続き、農村の一揆や逃散は収まらぬまま、慌ただしく天明五年の春を迎えた。

匡は紀代と幸兵衛の欠け落ちを忘れるほど仕事に没頭し、侍らしくひたすら主家《しゅか》に仕える、ただそれだけの孤独な暮らしに生き甲斐を見出《みいだ》していた。これでよい。これで十分だと、匡はおのれ自身に言い聞かせた。

しかし、北上山嶺の雪化粧がまだ消えぬそんな春のある日、紺屋町の岩手屋の手代が、江戸から届いた紀代の従姉の、匡宛の手紙を持って再び訪ねてきた。

一筆参らせそうろう

と、従姉の手紙には、またそうあった。

岩手屋の江戸店の使用人が、この正月、紀代と幸兵衛を江戸の両国大橋《りょうごくおおはし》で見かけた。雪の正月のある朝で、紀代と幸兵衛が一本の唐傘《からかさ》を差し、親密な様子で肩を寄せ合い、向こう両国から両国広小路《ひろこうじ》のほうへ渡って行った。服装は幸兵衛が綿入《わたいれ》の半纏《はんてん》、紀代も丸髷を結って綿入の小袖《こそで》を着け、二人とも足駄《あしだ》を履いて、質素ながらきちんとした身形《みなり》だった。江戸店の使用人は、二人と擦《す》れ違ってから、あっと思い出し、すぐに引きかえして追いかけたが、雪の朝でも、正月の両国の人出は多く、二人は両国大橋を渡って、両国広小路の賑わいの中に姿が紛《まぎ》れてしまった。けれど、紀代と幸兵衛の様子から、両国界隈か向こう両国界隈のどこかのお店《たな》かお屋敷に奉公しているふうに見かけられた、と使用人は言っている。もしそうなら、深川の佐賀町の江戸店とさほど離れてもいない江戸市中に、紀代と幸兵衛が身を潜めていたことに……

匡はその夜、一睡もできなかった。縁側に閉《た》てた雨戸の隙間から、夜明けの光のひと筋が腰付障《こしつき》子に射したのを見ていた。勝手口の板戸を開け、通いの留婆さんが勝手に入る気配がした。朝餉《あさげ》の支度にかかる物音が始まり、烏《からす》が遠くで鳴いていた。

紀代がいたときは、留婆さんが通ってくる物音に合わせて紀代が起き出し、身支度をして台所へ行き、土間の留婆さんと言葉少なに言い交わす声が聞こえたものだ。ほどなく、中間の幸兵衛の庭を掃く箒《ほうき》がざわざわと鳴り出し、匡も布団を出て、縁側の雨戸を開けると、幸兵衛が庭箒の手を止め、辞儀をした。

「お早うございます。旦那さま」

匡はふむと頷くだけである。

紀代と幸兵衛が消えてから、雨戸を開け、庭掃きは匡がやった。新しい奉公人は雇わなかった。使用人は、通いの留婆さんひとりだった。藩士が登城するのに供も従えぬのか、と眉をひそめる傍輩もいたが、気にかけなかった。

そのとき匡は、腹の底から、ある感情が嘔吐《おうと》のようにこみあげてくるのに気づいた。それは、武士の面目が施せぬとか、姦夫姦婦《かんぷ》の成敗もできぬ意地のない者とか、女房を寝取《と》られた怒りとか憎しみとかではなかった。それは、五臓六腑《ごぞうろっぷ》の底の底に仕舞《しま》って見ないようにし、気づかぬふりをして、この四年半余の歳月を偽《いつわ》ってきた疑念が、こみあげてくるのに気づいたのだった。

われら武家は、生活を愉楽するため夫婦になるのではない。人道《じんどう》を行うためである。家門を維持繁昌させ、親を安んじ子を育て、高祖、曾祖、祖父、父、自己、子、孫、曾孫《そうそん》、玄孫《げんそん》の九族《きゅうぞく》を和し、家風を揚げ、家名を耀かせるため夫婦になったのではないのか。あれもそうだったはずではないのか。それがしはそれを支えに生き、そうしてきた。それが間違いだったと言うのか。

なぜなのだ。身分は低くとも、十年も連れ添った歴《れっき》とした武家の夫婦が、なぜこうなった。あれはなぜ、中間風情と……

そうか。あれは江戸にいたのか。江戸へ行かねばな。疑念を解かねばな。

匡はまだ見ぬ江戸へ思いを馳《は》せた。

五

両国川開《かわびら》きの五月二十八日から八月二十八日まで、普段は日暮れに店仕舞《じま》いの広小路を中心にした界隈の茶屋や料理屋、見世物小屋、咄《はなし》に講釈、義太夫《ぎだゆう》とかの寄せ場などは、夜半までの店開きが許されていた。その納涼期間、江戸市中の船宿、両国辺の茶屋や料理屋が費用持ちの大花火が数回催《もよお》され、大花火見物の大勢の客が、両国広小路、両国橋、向こう両国にかけて雑沓《ざっとう》し、大川《おおかわ》には屋根船や猪牙《ちょき》、また船客目当てのうろうろ舟《ぶね》が満ちて、その賑わいは大変なものだった。

両国広小路と元柳橋《もとやなぎばし》あたりの乙ヶ渕《おとがふち》にも、両国辺の茶屋や料理屋が、四隅に柱を打って葭簀をかけた、岡すずみの掛茶屋《かけぢゃや》を隙なく建て並べ、客は昼間から緋毛氈《ひもうせん》や花茣蓙《はなござ》を敷いた小上がりや縁台に座し、涼しい川風の吹く大川の景色を眺めつつ、酒や料理を楽しむこともできた。ただ、元柳橋を新大橋《しんおおはし》側へすぎるあたりからは、乙ヶ渕には大名屋敷や旗本屋敷の土塀が連なり、辻番《つじばん》などもあって、枝垂《しだ》れ柳が大川の川風にそよぐ土手道《どてみち》が続いた。

六月のその夕刻、匡は天明五年の暮れに出府して以来、ほぼ日課にしてきた両国大橋を挟んだ、両国広小路と向こう両国の散策を始めていた。日が落ちて間もない夕刻の、紺青《こんじょう》に染まっていく宵の空には、星のきらめきがぽつりぽつりと散らばっていた。

　大花火の宵ほどでなくとも、両国広小路の賑わいは、好き勝手に歩くのもままならないほどだった。両国大橋周辺の大川には、数えきれないほどの川船が浮かび、竿《さお》に下げたかがり火や提灯《ちょうちん》の明かり、そして船客が戯《たわむ》れ遊ぶ花火の耀《かがや》きと、ぱあん、ぱあんと弾ける音が、一瞬の光と闇の響きの綾《あや》模様のように川面を蔽っていた。

　深編笠をかぶった匡は、羽織を着けず、紺絣の単衣に媚茶《こびちゃ》の単袴を着けて両刀を帯び、足下は白足袋に麻裏つきの履き慣れた草履の、いつも通りの少々汗染みた扮装《ふんそう》だった。

　ゆるやかに反った大橋を渡る夥《おびただ》しい草履や下駄が橋板を鳴らし、人々の歓談の声があふれ、そこここの川船でかき鳴らす三味線や太鼓の響きと女たちの嬌声《きょうせい》が、眼下の大川の幻影を彩《いろど》っていた。

　二度目の手紙が届いた天明五年のあの年、匡は盛岡城下の親類を訪ね、親類の三男を深田家の養子に迎え、家督を譲りたい、と申し入れた。三男は二十歳前で、養子縁組が整ったのち、深田家のことは養子にすべてを委《ゆだ》ねて、自分は隠居をするつもりであると、事情を話した。秋、親類の三男を深田家の養子に迎えると、匡は支配役《しはいやく》のお目付さまに御役《おやく》御免を願い出た。二年前の大凶作以来、未《いま》だ領内農村の情勢は不安定だったため、このようなときに、と御役御免が許されるまでに手間どった。それでも御役御免が許され、隠居になったのち、匡は改めて、お目付さまに女敵討の届書《とどけしょ》を差し出し、御暇《おいとま》を願い出た。お目付さまは、しばし啞然とし、それからそういうことであったか、という顔つきを見せた。だが、あまり感心した様子ではなかった。ひと月後、届書はお聞き入れになり、あの年の暮れ、匡は江戸出府を果たした。

そうして足かけ六年がたっていた。

いつか必ず、紀代と幸兵衛に出会うときがあるはずと、匡は両国大橋を彷徨《さまよ》い、幾度となく大川を越えてきた。だが、空《むな》しくときが刻まれていった。

その宵も、匡は大川の景色を眺めていなかった。川向こうの本所《ほんじょ》の町明かりも、ずっと川下の深川の遠景や、川上の大川橋《おおかわばし》のほうの夜景も、次第に漆黒へと暗みを増す星空にも、目をくれなかった。次々と行き交う見知らぬ人の顔と顔を、姿形を、深編笠の下から見遣《みや》り確かめながら、反り橋を向こう両国へ下っていった。

しかしその宵、匡は、あまりの物憂さに、つい、川面に浮かぶ船の明かりへ目を流し、
嗚呼《ああ》……

と、溜息を吐いたそのときだった。

ふと、刃《やいば》のきらめきが鞘走《さやばし》るように、男の顔と姿が匡の脳裡によぎった。目立つ風貌ではない。小太りだった覚えはあるが、どんな顔つきだったか、思い出せなかった。にもかかわらず、脳裡をよぎった男の顔と姿は、庭を掃いていた幸兵衛の姿に間違いなかった。

匡は行き違っていく人波へふりかえった。くる者とぶつかり行く者に押されながら、人波に紛れて両国大橋を渡っていく幸兵衛の後ろ姿を探した。江戸風の小銀杏《こいちょう》の髷に、綺麗に剃《そ》った月代《さかやき》が、人混みの中に上下するのが、後ろを追う匡にわかった。幸兵衛は小さな包みを紺看板《こんかんばん》の脇に抱え、紺看板の下は尻端《しりはし》折《よ》りの、肉づきのいい脹脛《ふくらはぎ》が、人波の間に見え隠れした。匡は、行き交う人に

もまれ、追いつくどころか、見失わないようにするのが精一杯だった。

幸兵衛は、大橋を渡り、勝手知ったふうな慣れた足どりで、両国広小路を南へとった。茶屋や料理屋や酒亭《しゅてい》が並ぶ米沢町《よねざわちょう》と、川端の岡すずみの掛茶屋が立ち並び、老若男女の賑わいの先に、薬研堀《やげんぼり》に架かる元柳橋が見えていた。元柳橋を越えた先は、人通りは急にまばらになって、武家屋敷の影が、宵の暗がりの中に認められた。

小さな包みを脇に抱えた幸兵衛は、元柳橋をひょいひょいと渡って行く。武家屋敷の奉公人か、と匡は意外に思った。

元柳橋を渡った薬研堀端に、水茶屋風の二階家が数軒並んでいる。元柳橋を渡った幸兵衛は、乙ケ渕の土手道ではなく、右手の水茶屋が並ぶ通りへ折れ、店の陰に隠れて見えなくなった。

匡は、広小路の人混みからようやく抜け出て、姿が見えなくなった幸兵衛を駆け足で追った。元柳橋を渡り、右手へ折れると、薬研堀端に三軒並ぶ水茶屋を通りすぎた先の、堀留《ほりどめ》のあたりを行く、幸兵衛らしき人影を認めた。薬研堀の西側の界隈は、旗本や御家人の屋敷地である。広小路の賑わいは届かず、堀端の水茶屋の茶汲女《ちゃくみおんな》が、果敢《はか》なげに客引きをし、武家屋敷のほうの暗がりに、ときおり夜空に上がる花火の耀きが、束の間の淡い光を投げかけるばかりだった。

幸兵衛が武家屋敷に奉公していることは、もう間違いない。屋敷に入られてしまえば、またとない機を逸することになる。匡は刀をにぎり深編笠を下げ、草履を高く鳴らした。水茶屋の客引きの女たちの前を駆け抜け、幸兵衛の後ろ姿に見る見る迫った。

幸兵衛は匡の足音を聞きつけ、おや、という素ぶりでふりかえった。薬研堀の対岸の、微弱な町

明かりしか届かないうす暗い通りを、深編笠の侍風体が駆けてくるのを見て、

「な、なんだい」

と、二歩三歩後退《あとじさ》った。堀端の柳並木の枝葉が、かすかにゆれていた。

匡は三間足らずまで迫り、駆け足を止めた。

「幸兵衛、やっと見つけたぞ」

匡は深編笠をとり、通りへ投げた。

幸兵衛は、うす暗がりを透《す》かして匡を見つめたが、まだ気づかぬ様子だった。首をかしげ、まじまじと匡を見つめた。

「あの、お侍さまはどちらさまでございますか。わたくしは、この先の作事《さくじ》奉行をお務めの、大城《おおしろ》平之助《へいのすけ》さまのお屋敷に奉公いたしておりますす中間でございます。ただ今、旦那さまのお遣いの戻りでございます」

「武家屋敷の中間奉公であったか。町家で捜しても見つからぬはずだ。主《あるじ》の顔を見忘れたか。南部藩盛岡城下仁王丁の、深田匡だ。わが妻紀代と不義密通、許し難し。成敗いたす」

匡が柄《つか》に手をかける前に、幸兵衛の顔面は見る見る引きつり出し、唇が震え、あ、ああ、と言葉にならない声をもらした。さらに一歩二歩と後退った。船客が戯れ遊ぶ花火の音は聞こえたが、水茶屋の客引きの茶汲女らは、堀留のほうの不穏な声に、おや、という様子を向けた。

匡は抜刀し、上段にとった。

幸兵衛は脇に抱えていた手荷物の包みを匡に投げつけ、咄嗟《とっさ》に踵《きびす》をかえした。

「人殺し。人殺しだ……」

と、声を限りに叫んだ。

匡は幸兵衛の投げた手荷物の包みが身体に当たっても物ともせず、上段の構えのまま、逃げる幸兵衛の背後へたちまち追いつき、

「やあっ」

と、袈裟懸《けさがけ》に斬り落とした。

途端、絶叫が通りに響きわたった。

一瞬、一切の物音がぷっつりと途切れた。幸兵衛は前へつんのめり、通りの突き当たりの、武家屋敷の海鼠壁《なまこ》に衝突した。そこで幸兵衛は、引きつったような悲鳴を宵の空に甲走《かんばし》らせた。海鼠壁を伝って匡の二の太刀から逃れようとした。

「逃がさん」

匡は、ぷっ、ぷっ、と血の噴《ふ》く幸兵衛の背中へ、深々と突き入れた。

「紀代お……」

幸兵衛は最後に叫び、海鼠壁にすがりながら、ずるずるとすべり落ちた。対岸の町家で犬がけたたましく吠《ほ》え出した。

幸兵衛の絶叫を聞きつけた乙ヶ渕の辻番の番士《ばんし》らが六尺棒を携え、また堀留周辺の武家屋敷の侍らが、おっとり刀に提灯《ちょうちん》をかざし、ばらばらと走り出てきた。

「人斬りだ。大城家の中間が斬られたぞ」

「おぬし、刀を捨てろ」

「やいやい、神妙にしろ」

侍や番士の声が飛び交い、すでに絶命した海鼠壁ぎわの幸兵衛の亡骸《なきがら》と、血糊《ちのり》の滴《したた》る刀を提げた匡を、三方から囲んだ。町家のほうからも人が出てくる。

「おのおの方、これは狼藉《ろうぜき》ではない。女敵討だ。不義密通を働いた姦夫を、今宵《こよい》、天の助けを得て出会い、ただ今成敗した。町奉行所にも届けは出している。いらざる手出しは無用に候《そうろう》」

匡は三方の侍や番士らを見廻して言った。

「何？　女敵討だと。まことか」

抜刀の体勢のひとりが質した。

「まことでござる。それがしは、元南部藩士深田匡と申す。霞ケ関の南部家の上《かみ》屋敷に問い合わせればわかる。藩の許しを得て、五年前出府いたした」

「五年も姦夫を追っていたと申すか」

「さよう。偽りではない。確かめればわかる」

「ど、どうする」

「だとしても、確かめるまでは、見逃すわけにもいくまい」

匡を囲んで、侍や番士らが言い合ったそのときだった。

「ひいい……」

女の張りつめたひと筋の悲鳴が、通りのうす暗がりを引き裂いた。大人しくなっていた町家の犬が、女の悲鳴に怯え、再び吠え出した。侍と番士らは、一斉に声のほうへ明かりを向けた。

うす暗い堀留の通りに、髪を桂包《かつらづつみ》にした質素な小袖の女が、練塀《ねりべい》ぎわに倒れ、黒々とした血が広がり始めている幸兵衛の亡骸へ、手を差しのべ、一歩一歩と踏み出してきた。女は跣《はだし》だった。もう若くもなかった。化粧もせぬその身形《みなり》から、下働きの女と思われた。

「あんた、あんた」

と呼びかけ、大きく見開いた目に涙を一杯に溜《た》め、童女のように悲しげに唇をゆがめていた。

「斬られた中間の女房だ」

侍のひとりが、声を落として言った。

匡は女を見つめ、再び上段にとった。

「紀代、妻の身にありながらの不義密通、姦夫幸兵衛とともに成敗いたす」

侍と番士らの間にざわめきが起こり、匡と紀代の間を空けた。

「深田さん、すべてはわが身の愚かさ、あやまちゆえ、どうかご存分に」

紀代は、目の前に立ちはだかった匡に、くしゃくしゃの泣き顔を向け、力が失《う》せたかのように両膝を折った。そして、差しのべた痩《や》せ細った掌を合わせた。

「なれど、愚かな女にお慈悲を、武士の情けを、今しばしのご猶予《ゆうよ》を……」

それ以上は言葉が続かず、紀代はほろほろと涙をこぼし、俯《うつむ》いて頭を差し出した。

「埒《らち》もない。おまえのような者が、武士の情けなどと傍《かたわ》ら痛い。姦婦に施す慈悲などない。おまえに言うておく。おのれは女敵討などどうでもよく、本意ではなかった。捨てておけと思うていた。

とっとと去れと、おのれはお上に仕える侍らしくあればよいと思うていた。しかしながらただひとつ、おのれの意地のなさが我慢ならなかった。妻に不義密通を働かれた夫の恥ずかしさが、我慢ならなかった。おのれの一分《いちぶん》がたたぬことが、我慢ならなかった、ただそれのみだ。紀代、成敗いたす」

匡は数歩踏み出した。いつの間にか、周辺の町家の住人や、広小路のほうからも騒ぎに気づいた野次馬《やじうま》が集まり、通りを遠巻きにして、匡が踏み出すとどよめいた。周りの侍や番士が、どうする、どうする、と言い合ったが、みな狼狽《うろた》え、手を拱《こまぬ》いていた。

と、そこへ童女の甲高い声がかかかった。

「かか」

侍らが声のしたほうへ向いた。

匡は、跪《ひざまず》いて合掌し、頭を差しのべた紀代の後ろから、四つか五つの童女が走ってくるのを認めた。童女はただ、母親の紀代だけしか目に入らぬかのように、一瞬でも目を離して母親が消えてしまうのを恐れるかのように、刀をかざした匡には目もくれず、真っすぐ母親を見つめていた。そうして、合掌している母親の腕に、二度と放すまいとすがりつき、可憐に懸命に呼び続けた。

「かか、かか、かか……」

堀留の通りに、野次馬の喚声がどっと沸いた。

「中間と女房の子だ」

侍のひとりがまた言った。

六

夜半をすぎて、南茅場町《みなみかやばちよう》の大番屋《おおばんや》に収容されていた匡の身柄を、霞ケ関の南部藩上屋敷の藩士が、引きとりにきた。匡の身柄は、女敵討の届書を藩のお目付役に差し出し、南部藩より御暇を許された元南部藩士深田匡に相違なしと判明するまで、町奉行所の町方《まちかた》に預けられた。大番屋は、容疑者を入牢《じゆろう》させる前の取調所である。

町奉行所に届けが確かに出されており、南部藩の上屋敷にも問い合わせ、匡の申したて通りと明らかになり、南部藩の藩士が身柄を引きとりに南茅場町の大番屋にきたのが夜半すぎになったのである。引取人は、上屋敷勤番の鵜飼定助《うかいじようすけ》という納戸役《なんどやく》だった。定助は匡より二つ年下で、匡と同じ盛岡城下仁王丁に拝領屋敷がある幼馴染《おさななじみ》でもあった。

「匡さん、迎えにきた」

定助は、大番屋の三畳ほどの狭い牢に収容されている匡に、鞘《さや》土間から声をかけた。匡は牢の板床に端座し、黙然《もくぜん》と頷いた。

「願いのひとつが成就した。祝着至極《しゆうちやくしごく》。匡さん、やったな」

定助は、鞘土間に出てきた匡に言った。

匡はやはり黙然と頷いたが、幸兵衛を倒したことに、もはや喜びはなかった。

「着替えを持ってきた。血糊のついた着物は処分する。佐賀町の下《しも》屋敷へ行って、しばらくゆっくりしたらいい。このたびの一件でお上の御沙汰《おさた》がある」

「世話になる」

匡はひと言、そう言った。

女敵討は、武士の一分をたてるための、あくまでも私闘だったが、藩庁に届書を差し出し御暇が許され、江戸町奉行所にその旨を届け、許可されれば、敵相手を江戸市中で見つけ次第討ち果たしても、差し支えないのは幕府公認の敵討と同じであった。匡の場合もそれにあたり、匡は解き放たれるはずだった。ところが、そこに差し障りが生じた。匡は解き放ちにならなかった。

天明元年、紀代と幸兵衛は江戸で欠け落ちしたのち、作事奉行大城平之助の薬研堀の屋敷に、中間と下女の夫婦者《もの》として、長屋住まいを始めた事情が、大番屋の取り調べにより明らかになった。

幸兵衛の郷里三戸の幼馴染が、その五年ほど前から大城家に中間奉公をしていた。欠け落ちする前、江戸市中で密会を重ねていた紀代と幸兵衛は、両国広小路で偶然幼馴染と出会った。幼馴染は二人の事情を察し、おれは大城家のご用人《ようにん》さまに信頼されている、困ったことがあったら訪ねてきたらいい、ご用人さまに口を利《き》いてやると言った。三日後、紀代と幸兵衛は欠け落ちをし、その幼馴染を頼った。幼馴染は大城家の用人に、二人が幼馴染の夫婦者で、郷里の三戸でお店奉公をしていたけれど、お店が商いを閉じたため食扶持《くいぶち》を失い、いっそのこと江戸へと、働き口を求めて着の身着のまま江戸に出てきた、人柄は請け合いますので、試しにしばらく使ってやっていただけませんかと頼んだ。用人は、日ごろ何かと役にたつ中間が請け合うのであればと、試しにしばらく使ってみることにした。

武家屋敷には、町奉行所、あるいは町役人の厳しい監視は及ばず、奉公人の雇用や食客《しょっかく》の長期滞在なども、屋敷の主人、あるいは主人より家内の諸事を任された用人の裁量によって決められた。

紀代と幸兵衛は、薬研堀の大城家に中間と下女の住みこみ奉公を始めた。二人は、実直でよく働く奥州の夫婦者として、用人にも主人一家にも気に入られ、それから九年余の季《とき》が流れたのだった。

天明六年、紀代が三十九歳、幸兵衛が三十一歳の年、娘の志《し》まが、屋敷内の中間部屋で生まれていた。

家禄千九百石の旗本、作事奉行に就く大城平之助は、幸兵衛斬殺の子細《しさい》の報告を受けると激怒した。

中間の幸兵衛が女敵討によって斬殺された一件について、このままでは旗本の面目が施せぬので、武士の筋を通してもらいたいと、匡の身柄が南部藩に引き取られた翌日、強硬に申し入れてきた。

幸兵衛と紀代夫婦は、身分の低い中間と下女ながら、大城家の奉公人であることに変わりはない。大城家の禄《ろく》を食《は》む奉公人である以上、藩の女敵討の許しがあるにせよ、無頼な輩《やから》のごとく、江戸市中にて武士ではない素手の幸兵衛を襲い斬殺したふる舞いは、極悪非道、不埒《ふらち》千万。公儀直参《こうぎじきさん》旗本の大城家に対して、無礼な仕儀であったと、断ぜざるを得ない。よって、南部藩浪人深田匡は、わが大城家奉公人幸兵衛殺しの廉《かど》により、厳しく断罪されるべきである。

その年、南部藩主南部慶次郎信敬《けいじろうのぶたか》さまは盛岡在国であった。江戸屋敷の留守居役始め重役方は、旗本大城家より強硬な申し入れがあったため、緊急に寄合《よりあい》を開き協議した。

旗本ごときが十万石の大名家に申し入れとは無礼な、と不満の声がもれた。深田匡の女敵討は、藩庁にも江戸町奉行所にも届書は差し出され許されており、咎《とが》めを受ける不始末はない、との声もあった。

しかし、大城平之助の横槍《よこやり》を捨てておけない理由があった。大城家は、代々大目付役を輩出している一族で、大城平之助も作事奉行をへていずれ大目付に就くだろう、と言われていた。大目付は、老中の耳目となって、大名、交代寄合、高家《こうけ》を監察し、大名目付とも呼ばれた。今は作事奉行でも、大城家の意向をとり合わず、大城家とのかかり合いが拗《こじ》れ、のちのち、大城平之助が大目付職に就いたら、南部家が面倒な事態に巻きこまれ、大事になり兼ねない。ここは穏便に、と留守居役と重役方の協議はまとまった。

「ではいかが、取り計らいますか」

「いたし方あるまい。深田匡は急の病により身罷《みまか》ったと、大城家へ返答しよう。病死ならば、国元の深田家に咎めはおよばないし、大城家も了承せざるを得まい」

「病死、と申しますと?」

「所詮、女敵討など武士の本意ではない。深田もそれぐらいの覚悟はして、御暇を願い出て浪々の身になったはずだ。屈強な若い者を二名、念のため三名に命じ、佐賀町の下屋敷で今夜中に済ませるのだ。すべては南部家のためだ」

留守居役が言い、重役方は唖然とした。だが、已《や》むを得ずとすぐに衆議一決《しゅうぎいっけつ》した。

七

その夜半、無縁坂講安寺門前の別所龍玄の住居を、侍の人影がひそかに訪《おとな》った。

「お願い申します。別所龍玄どの。お願い申します……」

切羽《せっぱ》つまった口ぶりをひそめつつ、表の木戸門を叩く音に、龍玄も百合も目覚めた。

「大事ない。わたしが出る」

百合を制し、龍玄は帷子《かたびら》ひとつに大刀と有明行灯《ありあけあんどん》を携え、中の口から木戸門へ出て、門ごしに質した。

「お名前とご用件をどうぞ」

「あ、あの、わたくすは……」

と、返答に奥州訛りが交じった。

「南部藩納戸役鵜飼定助と申します。同じく南部藩元組目付の深田匡の傍輩でござる。この夜ふけにお騒がせいたし、お詫《わ》びいたします。当家にて火急を要する事態が出来《しゅったい》いたし、別所どのにお頼みせねばならぬことがあって、お訪ねいたしました。深田匡が是非にも別所龍玄どのにと申しております」

「円満寺手習所の深田匡さんですか」

「さようです。それがしは、匡さんの江戸暮らしを、手伝って参りました。円満寺の手習所を偶然見つけたのもそれがしにて……」

言い終らぬうちに閂《かんぬき》がはずされ、木戸が引かれた。定助の提灯が龍玄を照らした。

「別所龍玄です。どうぞお入りください」

龍玄が辞儀をして言った。そのとき、龍玄の後方の、暗がりに蔽われた住居の影に、小さな明りが灯《とも》った。

半刻《はんとき》後、龍玄は神田花房町《かんだはなぶさちょう》の筋違御門橋《すじかいごもんばし》の河岸場から、定助に従い屋根船《やねぶね》に乗った。二人は、屋根船の板子《いたご》に薄縁《うすべり》を敷き、行灯《あんどん》を灯した屋根の下の、定助は舳《へさき》のほうに、龍玄は艫《とも》のほうへ端座し、向き合った。

龍玄は黒紺《くろこん》の単衣に麻 裃《あさがみしも》、足下は白足袋《たび》、黒鞘の両刀を腰に帯びて、黒い鼻緒の藺《い》の草履と着替えを包んだ風呂敷、刀袋の同田貫《どうだぬき》、そして菅笠《すげがさ》を膝の傍らにおいた。

屋根船は障子戸を閉て、神田川《かんだがわ》を下る夜の両岸の景色は見えなかった。龍玄は障子戸を透かし、一文字《いちもんじ》の髷をのせた総髪《そうはつ》のほつれ毛を、透かしから吹き流れてくる夜風になびかせた。屋根の縁《へり》の上に、綺麗な星空が広がっている。龍玄と対座した定助は、五十前に見えたが、鬢に白いものがだいぶ交じっていた。黒羽織と縞 袴《しまばかま》に両刀を帯び、いかにも勤番侍らしい扮装で、ひどい汗をかいていた。

「江本薫《えもとかおる》、橘 新五《たちばなしんご》、矢野梅二郎《やのうめじろう》、三十代ひとりに二十代二人の、腕利きと知られている上屋敷の番方《ばんかた》です。この三名が手を下せば容易《たやす》く終ると、みな思っていたのです。みなと申しましても、下屋敷に侍衆は多くありませんし、中間以下の者はむろん、上屋敷にいたわたくしも、子細は知らされておりません。お留守居役の川路《かわじ》さまも、事が片づいたのち、下屋敷に見える手はずになっていたのです。下屋敷より至急の呼び出しを受け、事の真相を知らされ、呆《あき》れました」

定助は眉間に深い皺《しわ》を寄せ、話し続けた。

「匡さんに充《あ》てられた下屋敷の部屋は、表門側の長屋ではなく、裏門側の小屋数三軒の、竹林に囲われた中間部屋でした。ここ半年ほど、三軒とも空いたままでした。匡さんはわたくしに、町奉行所にも届けを出しており、いずれお許しが出て退出する仮住居ゆえ、ここで十分と笑って言っておりました。わたくしは、匡さんの扱いが藩は少しぞんざいだなと、思っておりました。女敵討など武士の本意ではないと軽んじる向きが多いのです。ですが、空いていた中間部屋だったことが、三名には却《かえ》って仇《あだ》となりました。人が住んでおりませんので、使われない古道具などが、物置同然に運びこんでありましたから」


夜の五《いつ》ツすぎだった。

三名は、明かりが消え匡の就寝を確かめると、中間部屋へ静かに踏み入った。だが、土間に積んであった古鍋と鉢に矢野梅二郎が躓《つまず》いて、音をたててしまった。それでも、匡は目を覚ましていない、大丈夫だと判断した。

江本薫が土間から部屋へ躍《おど》りこんだ。

途端、布団をかぶって身構えていた匡に斬り上げられ、江本は絶叫を発し、障子戸を突き倒して土間に転がり落ちた。続く橘新五は、低い鴨居《かもい》に刀が噛み、一瞬の隙に腰を薙《な》ぎ払われた。新五は部屋の隅へ転がって、そのまま動けなくなった。矢野梅二郎も、低い天井が邪魔になって太刀筋が乱れた。暗い中で打ちこんだが、匡の肩先をかすめたものの深手《ふかで》を与えられず、逆に匡のかえしに頬を裂かれた。顔を背けたところへ足払いを受け、どんと畳をゆらして横転し、柱に頭をしたたかにぶつけた。一瞬目が眩《くら》み、気がついたときは、匡の膝の下で身動きができず、切先を喉元《のどもと》に突きつけられていた。

「おのれら、何ゆえだ。わけを話せ」

匡は叫んだ。

下屋敷の侍衆は、中間部屋を遠巻きに囲んで見張っていた。最初の江本の絶叫を匡と思い、呆気《あっけ》なく終ったと思った。匡を病死と届け、丁重に葬るのが役目だった。

ところが、悲鳴や喚声やどたばたと音が続き、やがて匡の怒声が聞こえた、そして、中間部屋に薄明かりが灯り、匡が言った。

「江本薫は死んだ。橘新五は深手を負ったがまだ生きている。矢野梅二郎は浅手《あさで》だ。ただし、手も足も出せない。両名とも、いつでも斬り捨てることができる。二人の命を助けたければ言う通りにせよ」

それから匡は、鵜飼定助を呼べ、と言った。

「鵜飼ひとりでここにこさせろ、ほかの者がきたら、橘と矢野の命はないと思え。言う通りにすれば、もう誰も斬らぬ」

半刻後、定助はひとり、中間部屋の戸をくぐった。破れ障子が土間に倒れ、その上に仰むけになった江本薫は、空《うつ》ろな半眼のまますでに絶命し、破れ障子を血に染めていた。

行灯の傍らに端座した匡の、寝間着代わりの帷子や首筋に、かえり血が飛んでいた。四畳半の部屋の隅に、橘新五が斬られた腰を庇《かば》って身体を折り曲げて転がり、すすり泣きをもらしていた。新五の袴は、血で真っ赤だった。少し離れて、下げ緒で後ろ手に縛《いまし》められ、足も腰紐《こしひも》で縛られた矢野梅二郎が、顔を隠すように俯《うつぶ》せ、声もなく横たわっていた。

「匡さん、済まん。許してくれ」

定助は土間に土下座し、手をついた。

「よい。立て。そんな真似《まね》はするな。かえって不愉快だ。お家のためと言われれば、侍は上役の指図に従うしかない。おれでも同じことをする。仮令知っていたとしても、おまえを責める気はない。出府してから、本当に世話になった。むしろおまえに、礼を言いたいくらいだ。この世に未練たらしく遺恨を抱いても、冥土《めいど》に旅だつ余計な荷物になるだけだ。誰にも遺恨はない」

定助は立つことも、垂れた頭をあげることもできなかった。

「事情は矢野に聞いた。わたしに生きていられたら、南部家が困るのだな。潮どきだというのは、わかっている。人生五十年。ちょうど五十歳だ。この歳になって、つくづくわかった。この世になんの未練もないことがな。主家に死ねと言われたのだ。死ぬしかあるまい。だが、こんな無頼な手だてで斃《たお》されるのは我慢ならん。刺客はひとり残らず斬り伏せる。刀が折れたら嚙みついてでもだ。川路さまに、心配ご無用、明日の夜明けを迎える気はない、自ら腹を召して進ぜると、そう言うておけ。わかったな、そこで定助。友として、最期の頼みを聞いてくれ」

「な、何をすれば」

「切腹の介錯《かいしやく》を、無縁坂の別所龍玄どのにお願いしてくれ」

「介錯人を……」

「そうだ。無縁坂講安寺門前の別所龍玄どのだ。別所どのは、本郷菊坂臺町の大沢虎次郎先生の道場の門弟にて、小伝馬町の牢屋敷で首打役の手代わりを務め、のみならず、武家の屠《と》腹《ふく》の介添役をも請けておられる。すなわち、介錯人《かいしやくにん》別所龍玄どのだ」

八

南部藩下屋敷は、永代橋《えいたいばし》の袂《たもと》の船着場《ふなつきば》から佐賀町の通りに出て、浜十三町《はまじゆうさんちよう》の往来の辻を横切った四半町ほど先に、両門番所《ばんしよ》を備えた長屋門を構えていた。両門番所にぼうっと明かりが灯り、長屋門の黒い影と、屋根の上に枝葉を広げた枇杷《びわ》の黒い樹影が、星空を背に見分けられた。

定助の案内で裏門側へ行くと、隣の武家屋敷地を隔てる土塀に沿って、三軒長屋が並び、周辺にまばらな真竹の林が高く繁って、長屋の屋根の上に黒い影を垂らしている情景が見えた。長屋に庭の仕切りや板塀はなく、暗がりに閉じこめられ寂《しん》としていたが、一軒だけ、格子の煙出しと表戸《おもてど》の腰高障子を透かして、戸内の明かるみが、裏門へ通じる往来の暗がりへぼんやりと射していた。

三軒長屋のうす明かりがもれる一軒を、提灯を手にした人影が遠巻きに囲んでいた。そのほかに提灯の明かりが数張《はり》集まって、山岡《やまおか》頭巾をかぶった侍を囲んでいる一団の人影があった。そのうちの三人が、定助と龍玄に気づき、小走りに駆けてきた。

「鵜飼さん、ご苦労だった。お留守居役がお待ちかねだ。こちらが……」

侍たちは、定助から龍玄へためらいも見せずに提灯を差し出した。

「別所龍玄どのだ。川路さまはいつ見えられた」

「つい先ほどだ。ご機嫌がよくない。なぜこんなことになったと重役方を叱責なされ、それから、なぜ家中以外の者が入ることを許したと、それもお気に入らないようだ」

「今さら何を言う。別所どのにわざわざお越しいただいたのだ。無礼ではないか」

「われらに言われても困る。お留守居役がそうなのだから仕方がない」

山岡頭巾をかぶった侍が、凝《じ》っと龍玄を見ていた。遠巻きの侍衆の目も、定助と龍玄へ注がれ、別所龍玄とはどんな男だ、あれがそうかと、様子をうかがっていた。

すると、龍玄は中間部屋を見遣り、けれんみなく言った。

「鵜飼さん、お留守居役にお目通りにきたのではありません。このまま参りましょう」

「わかりました」

「末期の水、腹切刀《はらきりがたな》、首を洗う水桶《みずおけ》の支度を、お願いいたします。よろしいか」

龍玄は、菅笠の下から三人を冷やかに見つめた。龍玄に見つめられ、三人は不意を衝《つ》かれたかのように戸惑った。

「た、ただ今すぐに」

ひとりが慌てて言った。

定助が案内し、うす明かりの灯る中間部屋へ向かった。戸内は物音ひとつせず、静まりかえっていた。

「匡さん、別所龍玄どのをお連れした」

定助が腰高障子ごしに声をかけ、

「入ってくれ」

と、返事が聞こえた。

龍玄は、血まみれで土間に打ち捨てられた一体、四畳半の片隅に身体を折り曲げ蹲り、これも袴を血に染め、すでに息絶えている一体、そして下げ緒と腰紐に手足を縛《いまし》められ、それを恥じるように顔を伏せ、匡の傍に横たわる一体を見た。匡は四畳半の中ほどの行灯の傍《かたわ》らに端座し、土間に立った龍玄へ、膝に手を揃え丁重な辞儀を寄こした。

「別所さん、またお会いできて嬉《うれ》しい。どうぞ、あがってください。最期のときを、別所さんにお願いして迎えたかったのです。お引き受けいただき、礼を申します」

「謹んで、お受けいたします」

龍玄は菅笠をとり、辞儀をかえした。部屋にあがって、匡に対座した。すると、匡は定助に言った。

「定助、龍玄どのと最期の一献《いっこん》を酌《く》み交わしたい。その棚に徳利《とっくり》と碗《わん》があるので、持ってきてくれ。おまえも呑め。それから……」

と、縛められた矢野梅二郎へ膝を向けた。

「矢野、おぬしは運よく生き残った。江本と橘は、紙一重の差でこうなった。若いおぬしらには気の毒だったが、これも侍の習いだ。もうおぬしを斬るつもりはない。おぬしも剣を納め、鵜飼とともにわが切腹の検使役《けんしやく》を務めると約束するなら、縛めを解く。刀もかえしてやる。どうだ」

梅二郎は顔を伏せたまま、頭を小さく繰りかえし頷かせた。

「よかろう。定助、矢野の碗も頼む」

匡は、梅二郎の手足の縛めを解き、起こしてやった。梅二郎は縛められた跡の残る手首を摩《さす》りつつ、部屋の一角に端座し、言葉もなくうな垂れた。定助が小さな塗盆《ぬりぼん》に徳利と四つの碗を載せて運んできた。それぞれの膝の前に碗をおくと、

「酒はそれがしが注ぐ」

と、匡は徳利をとり、定助、梅二郎に注ぎ、龍玄の碗にも徳利を傾けた。

「別所さんとは、二度目の酒宴です。このたびはそれがしのもてなしです」

「ありがたく、頂戴いたします」

龍玄は押しいただいた。

そこへ、腰高障子が叩かれた。定助が出ると、末期の水の徳利と白 盃《しろさかずき》、杉原紙《すぎはらがみ》を巻いた腹切刀を載せた三方《さんぼう》が二つ、首を洗う水桶と柄杓《ひしゃく》を、先ほどの三名が運んできた。

「どういう具合だ」

ひとりが声をひそめて訊ねた。

「しばし待て。長くはかからん」

「お留守居役が、苛々《いらいら》しておられる」

「われらは思い知らされた。人を見くびって無理をし、こうなった。傍輩が二人も落命し、今ひとりがこれから腹を切るのだ。静かに見送ろうではないか」

定助が言った。

侍は無言で頷き、ほかの二人とともに踵をかえした。定助は二つの三方と水桶を運び入れ、自分の碗の前に戻った。

「これで支度は整った。では……」

匡は碗をあげ、喉を鳴らした。龍玄も口に含んだ。

「美味い。本途《ほんと》に美味い。先だって、別所さんのお住居《すまい》をお訪ねして馳走になった酒には及びませんが、それがしには十分だ」

匡はまた喉を鳴らした。そして言った。

「別所さん、この最期の酒宴の肴《さかな》に、それがしの愚痴話を聞いていただきたいのです。かまいませんか」

「どうぞ。深田さんがなぜこうしたのか。こうしなければならなかったのか。その訳をお聞かせください」

匡は考える間をおき、やおら話し始めた。

「紀代と幸兵衛の欠け落ちのあとも、それがしは、ひとり暮らしになったというだけで、それまでと変わらず、南部家に仕える侍として、お城勤めを続け、仁王丁の拝領屋敷にて日々暮らしておりました。天明三年に領内が大凶作に見舞われ、多くの農民が命を失い、われら家臣はその年のみならず、翌年も凶作の対策に追われ、紀代と幸兵衛の欠け落ちごときにかまっている余裕もなかったのです。しかし、五年目の天明五年の春、江戸の紀代の従姉より、思いがけず、紀代と幸兵衛が江戸で見かけられた、二人は姿を消したのちも、江戸市中のどこかに忍ぶ身をおいているらしいとの知らせが届き、他人にどう見られようと何を言われようと、女敵討などどうでもよかったはずが、二人が江戸にいるらしいとわかっては、それを放っておけなかったのです。姦夫姦婦を成敗しなければ、武士の一分がたちません。縁者の三男を養子に迎え深田家の家督を継がせたのち、藩庁に女敵討の届書を出し、南部家の御暇も許され、天明五年の暮れに出府いたしました。盛岡城下しか知らぬ田舎侍が、天下の江戸に着いて、紀代と幸兵衛を捜すどころか、江戸で暮らしていく手だてもなく、右往左往するばかりのそれがしを、江戸勤番の定助が手助けしてくれ、どうにか手習師匠の生業を見つけることができました。ありがたいことに、それから足掛六年、飢えもせず生きながらえ、それどころか、貧しくとも、手習師匠の暮らしにささやかな生き甲斐すら、覚えるようになりました」

夜半をだいぶすぎて、ただ夜の深い静寂がときを刻んでいた。定助も梅二郎も、そして龍玄も沈黙し、匡の話を聞いていた。江本薫と橘新五の死臭に誘われたか、早や蠅《はえ》の羽音が聞こえてきた。

「別所さん、ここまでの話は、先だっていたしましたな」

「はい。お聞きいたしました」

「ですが、別所さん、酒の肴にしたい愚痴はこれからです」

匡は碗をあおった。

「出府し、手習師匠を始め、江戸の暮らしにどうにかこうにか慣れる一方で、それがしは、暇を見つけては両国大橋まで出かけ、ぶらりぶらりと橋を渡り、またぶらりぶらりと戻ってくる徘徊《はいかい》を続けておりました。紀代と幸兵衛が両国橋で見かけられたのが、天明五年の雪の正月のことでしたので、二人が両国橋の界隈に暮らしていたら、またいつか二人一緒に、あるいはどちらかひとりでも、両国橋を渡るときがあって、そのときに出会う見こみがないとは言えないと、希《のぞ》みを懸けておりました。この期に及んで恥など捨てておりますので、隠さずに申しますと、それがしが出府したのは、武士の一分がたたぬというのは体面の理由にて、じつは、紀代と幸兵衛が欠け落ちしたのち、わが肚《はら》の底にずっと隠し、忘れようとしていた疑念を晴らすためでした。深田家は、身分は低くとも南部家に代々仕えてきた武家です。紀代はその深田家に嫁いできた妻で、それがしと紀代は、十年も連れ添った夫婦です。それがしが四十一、紀代は三十四歳。分別があってしかるべき武家の妻がなぜこうなったのか、あのときからずっと疑念があったのです。あれはなぜ武家を捨て、中間風情と、とずっと思っていたのです。それがしの出府はその疑念を解くため、それがしの疑念に始末をつけるためでした」

匡の顔が見る見る苦渋に歪《ゆが》み始めた。

「両国大橋の夥しい人混みの中で、幸兵衛を見つけ、薬研堀まで追って一太刀を浴びせ、瀕死《ひんし》でなお逃れようともがくところに止《とど》めを刺しました。なんたることだ。幸兵衛を見つけた途端、それがしはおのれを見失い、武士の一分をたてるためでも女敵討でもなく、ただただ、どうにもならぬ憎悪にかられて、幸兵衛を斬殺したのです。紀代が跣《はだし》で駆けつけ、幸兵衛を、おまえさん、おまえさん、と女房が亭主を呼ぶように呼んだのです。それがしは怒りの本性を剝《む》き出《だ》し、紀代を斬り捨てようとしました。そこへ、かか、かか、と母親を呼ぶ声が聞こえ、紀代と幸兵衛の娘の志まが、紀代を追いかけてきてすがりついたのです。肚の底の疑念が解けた気がしたのは、そのときでした。疑念が解けたというより、負けた、終ったと感じたのです」

「負けた、のですか」

龍玄が言った。

「巧《うま》い言葉が見つかりません。強いて申せば、紀代にも幸兵衛にも出会わなくともよかったと、出会わなければよかったと、そのとき思ったのです。女敵討など、武士の一分などどうでもよい、紀代と幸兵衛に出会うことなく両国大橋を彷徨《さまよ》い続け、いつかもっと年老いて、両国大橋で行き倒れて命つきる間際《まぎわ》、これでよいと言うてやる。それがそれがしには相応しかったと、負けたとはそんな感じです。あのときそれがしは、それがしにはない何ものかに気づいた、気づかされた、とでも言うべきですかな。と言うて、それが何かは今もって言葉にはできませんが。あははは……つくづく無駄な、愚かな一生だったと思えてなりません。国を出るとき、戯れに命など棒にふればよいと思っていたら、そうなりました。やれやれでござる」

あはは、あはは……

匡は声を引きつらせて笑い続け、碗の酒を、一滴残らず飲み干した。そして碗をおき、

「別所さん、それがしの愚痴はこれだけです。ころ合いです。始めましょう」

と、匡は立ちあがった。

龍玄は匡を見あげた。

「狭いが、土間で済ませましょう。すぐに終る。定助、梅二郎、おぬしらは部屋にいて、しっかり見届け、検使役を務めるのだぞ」

匡はほろ酔いが気持ちよさそうな風情で、跣のまま土間に降りた。土間の江本薫の亡骸に集《たか》っていた蝿が、驚いたように羽音をたてた。龍玄は刀袋より爺《じい》さま譲りの同田貫を抜き出し、村正《むらまさ》に替えて腰に帯びた。同じく白足袋のまま土間に降りた。

定助が、消沈し震えてさえいる梅二郎の腕をとり、部屋の中ほどに居並び、土間に着座した匡と相対した。

龍玄は匡の左後ろに片膝づきについた。

「別所さん、なんとしてもひと突き、わが皺腹《しわばら》に突き入れます。介錯はその折りに」

「心得ました」

「定助、梅二郎、頼んだぞ」

部屋の二人へ、励ますように言った。

龍玄は末期の水の三方を差し出し、水盃を済ませた。次に、杉原紙を巻いた切腹刀の三方をおいた。龍玄が片膝づきから立ちあがり、匡は紺帷子を諸肌《もろはだ》脱ぎになって、青白い痩身をうす明かりに曝《さら》した。龍玄は麻裃の肩衣《かたぎぬ》を払い、同田貫を音もなく抜いて八双《はっそう》にとった。羽音を鳴らし、蝿が飛び廻っていた。

匡は三方へ腕をのばし、腹切刀をつかんだ。

「拙者、別所龍玄。士分でござる」

龍玄が言った。匡は切先を左脇腹にあてた。

「素麺が美味かったと、お内儀さまにお伝えください」

それから、腹切刀を両手でにぎり締めた。

「紀代に済まなかったと……」

言いかけた途端、ふむ、と匡がひと突きに突き入れた。龍玄の同田貫が一閃《いっせん》し、喉の皮一枚を残して匡の首が打たれ、匡は声もなく抱え首となって俯せた。土間に血は見る見る広がったが、龍玄は片膝をつき、匡の髻《もとどり》をつかんで喉の皮を切り離し、かた通り検使役へ差し向けた。

「大儀」

定助が懸命に声を張りあげた。一瞬遅れて、

「見届けました」

と、梅二郎が童子のように叫んだ。二人は涙を溢《あふ》れさせていた。ぷうん、と羽音がいっそう激しくなり、蠅が飛び交った。

九

八月二十八日まで両国川開きの賑わいは続く。六月も末のその昼下がり、龍玄は、亀戸《かめいど》天神《てんじん》の

賑やかな社前《しゃぜん》をすぎ、町はずれに近く、亀戸村《かめいどむら》の田畑や集落の茅葺《かやぶき》屋根、寺院の堂宇《どうう》が連なる一角に、つげの高い生垣が囲い、入母屋ふうの贅を凝らした茅葺屋根が生垣ごしに見える一軒を訪ねた。生垣に設けた木戸を開けた前庭に、踏石がさつきやぼけ、沈丁花《じんちょうげ》などの低木の間を、入母屋ふうに趣きが似合う縦格子の表戸まで続いていた。

龍玄は軒庇の下の敷石に立って菅笠をとり、縦格子の両引きの表戸をそっと引いた。昼下がりの明かるみが、百姓家の内庭のような、うす暗く広い前《まえ》土間に射した。店は深川佐賀町の呉服商岩手屋の寮である。長年、この寮の番を務める老夫婦が住みこんでいて、六月になって、紀代と五歳の娘の志まが、老夫婦の手伝いに雇われ、暮らし始めた。手伝いと言っても、老夫婦の指示に従い、広い庭や部屋数の多い店を毎日手入れし、清潔に保っておくことと、南部盛岡より岩手屋の江戸店を訪ねてくるお客や、主人夫婦の親類縁者が、この寮にしばらく滞在する折りの接客を、老夫婦とともにするぐらいであった。

前土間の左側に落縁《おちえん》と広い部屋があり、明《あかり》障子が閉ててある。前土間の奥に中仕切りの、ここも縦格子の木戸を閉じていた。店は寂《しん》とした静けさに包まれていた。庭の木でにいにい蟬が懸命に鳴いて、店の静けさに果敢ない寂しさを添えていた。

「お頼みいたします……」

龍玄は、前土間に声をかけた。さして待たず、「はい」と、女の声がかえってきた。中仕切りの格子戸がそっと開いて、涼しげな白絣《しろがすり》に、赤茶が少々派手な半幅帯を締めた年増が、中仕切りの敷居を跨《また》ぎ、前土間の中ごろまできて、膝に手をあて辞儀をした。

「おいでなさいませ。お名前とご用件を、おうかがいいたします」

年増はうす化粧にかすかに紅を注《さ》した口元をゆるめ、やや低い声で言った。瘦身で背が高く、背中に垂らした束ね髪の下の、色白の目鼻だちが整って器量はよかった。四十三歳のはずだが、歳より若く見えた。ただ、切れ長なひと重の目が、年増の相貌に、心なしか暗みを落としていた。

「別所龍玄と申します。佐賀町の岩手屋さんの寮に身を寄せておられる、紀代さんをお訪ねいたしました」

龍玄は庇下に立ったまま言った。

「紀代さんですね」

「はい。紀代でございます。別所龍玄さまはどちらの……」

「主を持たぬ浪人者です。町奉行所の御用を請け、只今は小伝馬町牢屋敷にて務めております」

「小伝馬町の牢屋敷にお務めとは……」

「首打役の手代わりを務めております。のみならず、ときにゆえあって屠腹なさる武家の、切腹場の介添役も務めております」

紀代は目に戸惑いを浮かべた。

「先月末、南部藩の佐賀町下屋敷にて、深田匡どのが切腹なされ、相果《あいは》てられました。その折りの介添役を、わたくしが務めました。切腹場で、深田どのが紀代さんに言い残された言葉があります。深田どのに頼まれたのではありません。ですが、これはやはり紀代さんにお伝えすべきであろうと忖度《そんたく》いたし、まかりこしました。しかしながら、それは迷惑にて無用と思われるなら、このまま退散いたします。いかようにも」

　龍玄は言った。紀代の肩が少し震えていた。

「どうぞこちらへ」

　と、紀代は身をかえした。

　そこは、小簞笥《こだんす》と丸鏡、行灯が一灯、位牌《いはい》はないが、遺骨壺《つぼ》と思われる白布《しろぬの》のひと包みを飾っただけの、殺風景な四畳半だった。ただ、畳は新しく、押し入れもあって、紀代が引違いの明障子を開けると、濡縁《ぬれえん》ごしに高いつげの生垣が囲い、小楢《こなら》の高木が葉を繁らせる裏庭に面していた。使われていないような古い井戸と、板屋根と土壁の小さな納屋が、一角に見えていた。だが、生垣の上には、白い雲が浮かぶ青空が広がって、鳥影《とりかげ》が空をよぎって行った。

　小楢の木で、にいにい蟬が鳴いている。

「こんなところにしかお通しできなくて、申しわけありません。岩手屋さんのお情けで、住まわせていただいている身ですので」

「おかまいなく。志まさんとお二人で越してこられたのですね」

　小簞笥の上の、遺骨壺の包みの傍《かたわ》らに色紙が重ねてあった。

「いろいろなことが急に起こって、娘はしばらく口が利けなくなっていたのです。でも、ここへ移ってから、少しずつ話ができるようになりました」

「よかったですね」

　紀代は龍玄だけに、小盆に蓋《ふた》つきの碗を載せて運んできた。そして、龍玄に相対して沈黙し、龍玄が匡の切腹の顚末《てんまつ》を話す間、ずっと平静を装った。だが、紀代の肩のわずかな震えは収まらなかった。膝にのせた手の甲を 掌《てのひら》 で摩り、青白い手の甲が赤くなった。

「……深田どのは、それからただひと言、紀代に済まなかったと、そう言われたのです。そのあとの言葉は続きませんでした。深田さんはそこで、腹を召されました。あの一瞬、わたしはその言葉を、深田さんより託されたような気がいたしました。お伝えしたかったのは、それだけです」

龍玄は言った。

紀代は、少し陰のある眼差しを、物憂げに庭へ遊ばせた。凝《じ》っと沈黙を続け、その硬い沈黙の蔽《おお》いを払う様子を見せなかった。

龍玄は少し心残りを覚えた。だが、これでよいと思った。そのとき、紀代が言った。

「いつも眉間に深い皺を寄せて、気むずかしそうな、不機嫌そうな顔をして、いらっしゃいました。笑顔は見たかもしれませんが、思い出せません。大きな声で笑ったこともありません。嫁いで十年も暮らしたのに、いたわりの言葉もねぎらいの言葉も、深田さんは仰らなかった。これをしなさい、それはだめだ、ぐずぐずするな、はしたない、馬鹿者、怪《け》しからん、うるさい、黙れ、口を出すな、引っこんでおれ、そんな言葉なら、幾らでもあります。今思い出しても、あんなに毎日毎日不機嫌そうにして、人に小言ばかり言って、深田さんは何が楽しくて暮らしていらっしゃったのだろうと、不思議に思えるほどです。でも、わたしもそれが当たり前で、夫はこうしたもので、妻はそんな夫に従い耐えて暮らしていくのが夫婦なのだろうと、おかしいとも、間違っているとも、思ったことはありません。わたしの里も徒士衆の下役《したやく》で、父と母も似たような夫婦でしたし。喜びも安らぎも、思いやりも慈しみも、知りませんでしたし、それでいいのだと思っていました。そうですね。でも一度……」

紀代は、眉間に指を当てて考えた。

「嫁いで四年ほどがたって、まだ舅《しゅうと》も姑《しゅうとめ》もいた時分です。お腹《なか》に子ができたのです。なかなか子が生まれず不安でしたので、ようやくできて安堵《あんど》いたしました。けれど、お腹の子は育つことなく亡くなり、生まれてくれませんでした。哀《かな》しくても諦めて耐えるしかありませんので。そのころ来客があって、わたしが台所でお出しする茶や菓子の支度をしていたとき、座敷のほうで深田さんとお客さまが、子ができなかった話をしているのが聞こえてきたのです。お客さまが残念でしたなと仰ったあと、深田さんは、不束《ふつつか》な嫁です、と言ったのです。その言葉を聞いた途端、なんと心無いことをと仮令、本心ではなかったとして、ほかに言葉はないのですかと思えて、涙がこぼれてとまりませんでした。人は人に、それほどむごい言葉を投げるものなのかと、哀しくてなりませんでした。深田さんに、わたしから声をかけた覚えはありません。十年も仁王丁の屋敷で暮らしたのですから、ないはずはないのですが、思い出せません。深田さんが冷やかに何かを告げ、わたしは、はいとかええとか、わかりましたとか、答えただけしか」

紀代はまた庭へ目を遊ばせ、ふっ、と吐息をもらした。庭へ向けた紀代の横顔に、仄《ほの》かな笑みが浮かび、まつ毛が細かく震えていた。

「岩手屋さんの江戸店に嫁いだ従姉の誘いで、一生にただ一度の江戸見物の旅をしたのは、三十四歳の夏の初めでした。今にして思えば、深田さんがよく許してくれたと思います。きっと、魔が差したのでしょうね。旅だつ前から、もう心が躍ってならず、自分が自分でないような、そんな自分を抑えるのが息苦しいほどでした。あの夏の江戸は、見るもの聞くもの、風も雨も、町の匂いも町の息吹も、何もかもがこれまでのわたしの知っていた景色とは、まるで違って見え、聞こえ、感じられました。北上川舟運で石巻に出て、廻船に乗り換え、江戸の鉄砲洲《てつぽうず》沖に着いたのです。岩手屋さんの迎えの艀《はしけ》にゆられて大川を漕《こ》ぎ上《のぼ》り、永代橋と江戸の町の風景を眺めたとき、胸に熱いものがこみあげて、泣けて泣けて泣けてなりませんでした」

龍玄は茶を含み、紀代が目を遊ばせる庭へ目を遣り、話の続きを聞いた。

「両国が川開きになったばかりのあの日、従姉夫婦と子供ら、岩手屋さんの手代さんたちと一緒に、わたしは供の幸兵衛を従えて、両国大花火の見物に出かけたのです。深川から川船で両国まで行き、岡すずみにあがって、明るいうちからみなで美味《おい》しい物を食べ、お酒も少しいただいて、夕方になってから始まった大花火の打ち上げを楽しみました。大花火が打ち上げられるたびに、両国橋の人波が歓声とともにゆれるのです。そのたびに気持ちがかきたてられ、みなで両国橋へ行って花火を楽しもうということになり、子供はつき添いの手代らがしっかり守り、従姉は夫婦がしっかり手をとり合い、わたしは中間の幸兵衛に手をにぎられて、従姉が田舎者なんだからお内儀さまの手を放しちゃあいけないよと幸兵衛に言って、幸兵衛が、お内儀さまをお守りいたしますと、南部訛りで応えるのが少し恥ずかしくて、でもおかしかったのを覚えています」

龍玄は、紀代の震えるまつ毛を見ていた。

「両国橋の人混みの中にまぎれ、夕空にあがる大花火を見あげては、歓声と一緒にわあと声をあげました。そうして、幸兵衛に手を引かれるのに任せ、人混みに揉《も》まれ押されながら、先へ先へと渡って行ったのです。そのときはまだみなと一緒でした。幸兵衛がわたしの手をちゃんと引いていたからです。でも、花火は川下と川上の両方から上がりますので、幸兵衛がお内儀さま駄目ですと止めるのに、こちらもと川上のほうの手摺《てすり》へ引っ張って行き、ほんのしばらくの間、みなから離れたのです。それからみなのところへ戻ろうとしても、人混みに揉まれてどうにもならず、とうとうわたしと幸兵衛は、みなとはぐれてしまったのです。幸兵衛は慌てて、手を放してはなりませんよと言いつけ、両国橋の人、人、人の間を彷徨ったのでした。そのときわたしは、人混みの中を彷徨いながら、夜空に次々と打ちあがる花火を見あげ、どおんと花火が夜空に開き、沸きあがる歓声に包まれながら、なぜか、自分が自分でないような、えも言われぬ恍惚《こうこつ》とした眩暈《めまい》を覚えていたのです。これからわたしは、幸兵衛の後ろ姿をただぼうっと見つめ、幸兵衛に身を任せてついて行くだけでした。これからわたしはどこへ行くのだろう、幸兵衛はわたしを、どこへ連れて行ってくれるのだろう、とそんなことを、ぼうっと思い続けておりました。幸兵衛の掌《て》は汗でぬるぬるしていたのに、ちっともいやじゃなかった。あとで、わたしの袖で拭いてあげようと思って、それが楽しみにすら覚えました。それからだいぶたって、広小路の岡すずみまでやっと戻りましたが、従姉夫婦も手代たちもおりません。お内儀さま、みなさんとはぐれてしまいました、歩いて戻りましょう、と幸兵衛が言いました。けれど、わたしは幸兵衛の手を放さず、おまえが行くところへわたしも行くと、言ったのです。幸兵衛はすぐには意味がわからず、はい？　と聞きかえしましたが、幸兵衛の腕にすがると、幸兵衛は目をぱっちりと見開き、戸惑い恐れながら、激しい怒りに捉われたような、深い悲しみと憐れみに打ちひしがれたような眼差しで、わたしを凝っと見つめたのです。わたしは、十代の末ごろから深田家に奉公する、八つ年下の若い中間の幸兵衛の顔を、そのとき初めて、目をそらさず真っすぐに、心を澄まして見たのです。なんと美しい、なんと優しい、なんと愛《いと》おしいと、胸を打たれました」

紀代は頰に伝う涙を、袖の下着で拭った。

「大丈夫ですか」

龍玄が言い、紀代は涙を拭いながら頷いた。

「そのあと、柳橋の船宿で幸兵衛と夜ふけまですごしました。わたしは幸兵衛の腕の中で、もう仁王丁の屋敷には帰らない。盛岡にも南部にも帰らない。そう思っておりました。深田さんの顔は、一瞬もよぎりませんでした。あのときは、申しわけないと一瞬も思いませんでした。佐賀町の岩手屋の店に戻ったら、従姉が恐《こわ》い顔をして、どこへ行ってたのと叱られました。幸兵衛が小声で、両国橋の人混みに押され、みなさま方とはぐれてしまい、仕方がないから、もう少し花火を楽しんで行こうということになり、と言い訳するのがおかしくて、わたしは噴き出しそうになるのを堪《こら》えておりました。従姉は、わたしと幸兵衛の仲を、疑っていたかも知れません。従姉の様子にそんな感じがしたのです。疑われても、わたしはもう平気でした。死ぬも生きるも幸兵衛とともにと、心に決めておりましたから」

紀代は深い溜息を吐いた。涙は乾いていた。そのとき、四畳半の襖《ふすま》がそっと引かれ、

「かか……」

と、志まが心配そうな顔をのぞかせた。龍玄は志まに頬笑みかけた。志まは母親の側に小走りできて、痩せた小さな身体を寄せ、ちょこなんと坐った。

「別所龍玄さまですよ。かかに大事なお話があって見えられたのです。ちゃんと、ご挨拶をしなさい」

紀代が母親の声で言った。

「おいでなさいませ」

志まは小さな手をついて、龍玄に言った。

「今日は。別所龍玄と申します。志まさんのお名前は聞いておりました。わたしにも三歳の娘がおります。杏子という名前です」

「あんず？」

志まが聞きかえした。龍玄は志まへ笑みを絶やさず、こくりと首を上下させた。

紀代は、志まの小さな肩を抱き寄せた。

「許されなくても、わたしにはこうするしかなかったのです。四十近い歳になって、思いもかけず志まが生まれました。この子のために、わたしは、生きて行かなければならないと思いました。志まは幸兵衛とわたしの宝ですから、志まのために生きて行かなければ。深田さんには、申しわけないことをしたと、深田さんの何もかもを台無しにして、本途に申しわけないことをしたと思っています。けれどあのとき、わたしは死ぬも生きるも幸兵衛とともにと、決めたのです。深田さんにはわかっていただけなかったでしょうけれど」

「いえ、深田さんはわかっていらっしゃいました。何もかも、ご存じでした」

龍玄が言うと、紀代は呆然とした。言葉を失い、ただ龍玄を凝っと見つめ、やがてまたひと筋の涙を頬に伝わせた。

裏庭の小楢で、にいにいが騒がしく鳴いていた。


龍玄は、天神橋《てんじんばし》の河岸場で、神田川の佐久間町《さくまちよう》へ戻る荷足船《にたりぶね》に便乗することができた。だが、荷足船が竪川《たてかわ》の一ツ目橋《ひとつめばし》の近くまできたとき、ふと思いたち、一ツ目の河岸場で船を下り、徒歩《かち》で両国橋へ向かった。まだ昼間の明るさは十分に残しつつも、次第に夕方の気配が兆《きざ》し始めていた。

東《ひがし》両国の広小路から、もう多くの人通りで賑わう、両国大橋を渡った。大川には早や川遊びの船が彼方此方《あちこち》に浮かび、対岸の広小路の岡すずみの茶屋も客が混んでいた。

龍玄は、ゆるやかに反った両国大橋の天辺《てつぺん》へだんだんと上って行った。そのとき、両国大橋の天辺に両国のほうから差しかかった侍が見えた。深編笠をかぶった、背の高い痩身に両刀を少し面倒そうに帯び、懐《ふところ》手《で》をした紺絣の袖を川風になびかせていた。侍は大橋の天辺で歩みをゆるめ、行き交う人々を見わたすかのように深編笠を持ちあげた。

赤味を帯びた西日が、侍の風体をきらきらと耀《かがや》かせていた。

嗚呼、やはりお会いしましたね。

龍玄は侍に言った。

鉄火と傅役《もりやく》

一

寛政《かんせい》二年八月中旬の夜、小石川傳通院《こいしかわでんづういん》門前の肴店《さかなだな》で捕物《とりもの》騒ぎがあった。

その日、まだ明かるみの残る暮れの六ツすぎ、常盤橋御門内北町《ときわばしごもんないきたまち》奉行所の縁廊下《えんろうか》に、当番与力と同心らの足音が低くとどろいた。奉行所内座之間《うちざのま》において、捕物出役《しゅつやく》を指図する当番与力一名、従う同心三名が出役する前の祝儀が行われた。与力同心一同が内座之間の下座につくと、黒裃《くろかみしも》に正装した北町奉行初鹿野傳右衛門《はじかのでんえもん》と、桐《きり》の実を載せた三方《さんぼう》を捧《ささ》げ持つ公用人《こうようにん》の内《うち》与力が出座《しゅつざ》し、祝儀はただちに執り行われた。町奉行は与力と同心を各々面前へ呼び出し、与力には、

「検視《けんし》に行け」

と命じ、同心には、

「十分に働け」

と申しつけた。そして、桐の実を載せた三方を供し、ひとりずつ水盃《みずさかずき》を交わした。捕物出役の慣例通りの祝儀を終え、当番与力は、一番手、二番手、三番手、と捕物にかかる同心の順序を定め、一同は即座に表玄関へ向かう。

このとき与力は、陣笠《じんがさ》をかぶって継裃《つぎかみしも》に両刀を帯び、同心は麻裏つきの鎖帷子《くさりかたびら》に半纏《はんてん》を着こみ、籠手《こて》に股引脛当《ももひきすねあて》、長脇差《ながわきざし》の一本を差して、笠はかぶらず、鎖の入った鉢巻に、白木綿《しろもめん》の襷《たすき》をかけた。足拵《あしごしら》えは、与力同心ともに紺足袋《こんたび》に草鞋《わらじ》である。

表玄関式台から表門までの敷石には、与力が従える槍《やり》持ち、若党《わかとう》二人、草履《ぞうり》とり、また、奉行所雇いの木刀を帯びた中間小者《ちゅうげんこもの》らが、六尺棒、突棒《つくぼう》、刺股《さすまた》、袖搦《がらみ》、竹梯子《たけばしご》に戸を打ち破る掛矢《かけや》、鉄槌《てっつい》などの捕物道具を携えて打ち揃《そろ》い、与力同心が出役するときを待っていた。小者足軽《あしがる》らがかざす御用提灯《ちょうちん》に、玄関前は明々《あかあか》と照らし出され、捕物出役の昂《たか》ぶりが弥《いや》が上に熱く兆《きざ》していた。

ほどなく、玄関前に出役の与力同心が揃い、玄関まで見送る奉行や公用人、奉行所内の者らも見守る中、表門が八の字に開かれ、与力とその供、同心、中間小者らが続々と表門をくぐった。表門の外には、岡《おか》っ引《ぴき》、手先《てさき》、御用聞《ごようきき》などと呼ばれる同心雇いの者らが、それぞれ手下《てか》を率い、町奉行所支給の捕物用の鍛鉄《たんてつ》の十手《じって》を帯び、御用提灯をかざして屯《たむろ》している。この岡っ引らの人数が門外に出てきた出役の後尾につき従い、捕り方は総勢二十名を超えた。

北町の捕り方が出役したときは、宵の空に残っていた明かるみが、小石川御門橋《ごもんばし》を小石川へ渡るころは疾《と》うに消え、漆黒の夜空に星が瞬《またた》き始めていた。北町の一隊は小石川の富坂下《とみさかした》、大下水《おおげすい》に架かる丸太橋《まるたばし》の袂《たもと》で、南町《みなみまち》奉行所より出役した、やはり二十数名の捕り方一隊と落ち合った。

「出役、ご苦労さまでござる。よろしくお頼みいたす」

北町の当番与力増井宗次郎《ますいそうじろう》は、南町の一隊を率いる与力坂巻弥一郎《さかまきやいちろう》に声をかけた。

「心得申した。搦手《からめて》はわれら南町が備えますゆえ、増井さん始め北町の方々は、存分のお働きを」

坂巻は、捕り方の御用提灯が丸太橋袂の一帯を昼間のように明かるく照らす中で、屈託なく言った。町奉行所の捕物は、常に南北両町奉行所の出役が決まりである。事件の吟味《ぎんみ》に当たる町奉行所側が表より踏みこみ、他方の町奉行所は、搦手を押さえる分担になっている。

「行くぞ」

増井宗次郎は、同心らを指図して富坂へと向かい、北町の後ろに、南町の一隊が粛々と続いて行く。

富坂は、広大な水戸《みと》家上屋敷の土塀《どべい》に沿って、およそ一町半に幅六間《けん》余の、だらだらと上る大坂《おおさか》である。坂道の南側は、水戸家上屋敷の高い土塀が連なり、昼間ならば邸内に鬱蒼《うっそう》と繁《しげ》る樹林が塀の上にまで見え、鳥ののどかな囀《さえず》りが聞こえる。だが、今は初秋の夜空の下で静かな眠りについていた。

一方、坂の北側は富坂町の火除《ひよ》け地の林が、上り坂に沿って黒い影を屏風《びょうぶ》のように連ね、火除け地の草むらから早《は》や聞こえる虫の声が、秋の気配を淡く漂わせていた。そうして、北町南町両隊合わせ四十数名が富坂を上る背後の、東の空高くに、次第に欠けていく十八日の月が、いつの間にか不気味な青白い光を放っていた。

水戸屋敷の土塀が、富坂上から南へ折れる手前に辻番《つじばん》があった。辻番の六尺棒を手にした番士《ばんし》らが、町方《まちかた》の出役に驚きを隠さなかった。同心が辻番へ駆けて行き、番士に、只今《ただいま》より小石川肴店においで捕物があるゆえお騒がせいたす、と伝えた。その間も南北両隊は辻番の前を通りすぎ、どの店も板戸を閉《た》てた小石川肴店の北側往来に展開した。

小石川肴店は、北側の傳通院門前の往来に小店《こだな》を並べる町家で、西側は小石川表町《おもてちょう》、南側は西《さい》岸寺《がんじ》、東側は小路《こうじ》を隔てて水戸屋敷の高い土塀が続いていた。

茶漬屋の《彦助《ひこすけ》》は、水戸屋敷の高い土塀沿いの小路を南へ半町ほど入り、西岸寺の土塀に突き当たる南角地の、板葺《いたぶき》屋根の二階家だった。小路は店の前をすぎ、上水端牛天神《じょうすいばたうしてんじん》の牛坂《うしざか》に通じており、昼間は人通りもあるが、夜は真っ暗闇で人気《ひとけ》が途絶える。肴店の西側の表町と、南側西岸寺の土塀との境は、人ひとりがやっと通れるほどの路地しかなく、表側の北町隊が小路を囲み、搦手の南町隊が表町側の裏路地を押さえてしまえば、茶漬屋をねぐらにする一味は袋の鼠《ねずみ》も同然だというのが、事前の調べでわかっている。

明かるいうちから彦助を見張っていた岡っ引の手下が、真っ暗闇の小路から小走りに出てきて、岡っ引に店の中の様子を伝えた。その日は彦助の茶漬屋は休業で、夕方より一味が酒宴を開いていた。

「一味は頭《かしら》の彦助と手下が三人、それと龍升《りゅうしょう》という素性の知れねえ浪人者《もの》と手下が二人の男は七人。女は彦助の女房のおみねと一切《ひときり》いくらで客の相手をする女郎が二人。女郎らは何も知っちゃおりやせんので、おみねを入れた仲間は八人。みな揃っておりやす。明かるいうちからずっと騒ぎっ放しで、御奉行所の動きはまったく警戒しておりやせん」

見張りの手下の知らせを、岡っ引が増井に伝えた。

「よかろう。すぐに始めよう。坂巻さんは搦手の表町のほうから裏路地を固め、合図の呼子《よぶこ》と同時に背戸口《せとぐち》から頼む」

「承知。みな行くぞ」

坂巻弥一郎率いる南町の一隊は、肴店の西隣の表町の往来へ駆け入り、表町の往来からもれてくる捕り方の提灯の明かりが、ゆらゆらと暗がりの中にゆれた。

北町の一隊も、水戸家の土塀と肴店との境の小路へ、一番手、二番手、三番手の順に、中間小者、岡っ引とその手下らを率いた同心が駆けこんで行くと、真っ暗闇の小路に御用提灯の明かりが乱れ、南角の茶漬屋《彦助》の店頭を明々と照らし出した。彦助の板戸を閉てた二階より、戯《たわむ》れの声や笑い声、女の嬌声《きようせい》が入り交じった酒宴の賑《にぎ》わいは、まだ捕り方に気づかずに続いていた。

一番手が《彦助》と印した柱行灯《はしらあんどん》をかけた表戸《おもてど》正面につき、左が二番手、右が三番手で、捕り方の指図と検視を務める与力は、二人の若党、槍持ち草履とりに囲まれ、捕り方から少し離れた小路の中ほどに位置を占めた。


一番手の平《ひら》同心本条孝三郎《ほんじようこうざぶろう》は、酒宴の賑わいが続く店へ大音声《だいおんじよう》を投げた。

「茶漬屋彦助、御用である。ただちに戸を開け、神妙に縛《ばく》につけ。御用である」

途端、二階の騒ぎがぴたりと止《や》んだ。小路のどこかの叢《くさむら》で、虫の声がかすかに聞こえた。続いて二階の出格子《でごうし》の板戸ががらりと開け放たれ、片肌脱ぎの男が、店頭を囲む御用提灯と捕り方を見おろした。

「役人だあっ」

男が叫び、すぐに板戸が激しく閉じられた。女の悲鳴があがり、どどど、と店が音をたててゆれた。

「打ち毀《こわ》せ」

本条が叫び、掛矢と鉄槌を中間と小者が表戸へ叩《たた》きつけ、同時に呼子が吹き鳴らされた。すぐに、搦手のほうでも、南町の呼子の音が応じた。

表戸の引違いの木戸を、掛矢と鉄槌の二打三打で忽《たちま》ち叩き割り打ち毀して、本条を先頭に小者岡っ引中間らが戸内へなだれこんだ。

戸内は幅の狭い表側の土間が、仕切りも衝立《ついたて》もない奥の竈《かまど》に小さな炎がちらちらとゆれる調理場へ通り、背戸口に突き当たっていた。その背戸口を打ち破った南町の捕り方と提灯の明かりが見えたとき、前土間より天井の切落《きりおと》し口へ段梯子を駆けあがりかけた本条の頭へ、半裸の二人の女が、悲鳴と絶叫を甲走《かんばし》らせ段梯子を滑り落ちてきた。段梯子を上りかけた本条は女らともつれ、土間に尻餅をついた。きゃあきゃあ、わあわあ、と騒ぐ女らを押し退《の》けふり払い、懸命に身を起こしたところへ、一味の男らが段梯子を駆け下《くだ》り、歯を剥《む》き出し匕首《あいくち》をふり廻《まわ》して、本条へぶつかってくる。人ひとりが上れるだけの段梯子へ女郎らを先に突き落とし、段梯子を上る捕り方が混乱する隙に、段梯子を下って逃げる魂胆《こんたん》だった。本条は二尺一寸の長十手を、匕首をふり廻す男の腕に叩きつけ、男の衝突を肩で跳ねかえした。跳ねかえされた男が腕を抱えて階段下の土間へ転がった上から、捕り方が群がり取り押さえにかかる。

あとの二人が段梯子の途中より土間へ飛び降り、背戸口へ逃走を図ったが、背戸口から突入した南方の捕り方に行手を阻まれ、そこへ半裸の女郎らも叫びながら背戸口へ逃れたため、捕り方と男らのみならず、女郎らも取り押さえるのに狭い土間で揉《も》み合い圧《へ》し合いの乱闘になった。棚が倒れて碗《わん》や皿や鉢ががらがらと土間に落ち、罵声《ばせい》怒声に交じって、火を消せ、火の用心、火の用心、と口々に喚《わめ》いた途端、竈の火に水が掛けられ、煙と灰が一気に噴きあがり土間を蔽《おお》いつくした。

一方、本条を先頭に二階へ上る捕り方を、彦助とおみねが切落し口で匕首を激しくふり廻して阻んでいた。本条は彦助らの匕首を十手で防ぎつつ、一段一段と段梯子を上って行き、岡っ引に中間小者らが続いた。そうして、低い屋根裏の二階へやっと踏みこむと、酒宴の膳や徳利や鉢、皿や盃、食物《くいもの》が散らかり、彦助と女房のおみね、素性の知れぬ浪人者ら三人が、小路側の出格子を背に固まっていた。出格子はすでに板戸も障子戸もなく、残った五人は、東の夜空に不気味に青白く耀《かがや》く月を背に捕り方へ身構えた。

小路では絶えず呼子が吹き鳴らされ、御用提灯の明かりがゆれている。

五人の中で、龍升は長身痩軀《そうく》に海老茶《えびちゃ》のよろけ縞《じま》を着流し、朱鞘《しゅざや》の長刀《ちょうとう》を肩にかついで、大きく見開いた目に冷笑を浮かべていた。歳《とし》は本条と同じ二十代の半ばごろと思われ、痩身をくねらせる仕種《しぐさ》がどことなくにやけ、御用提灯が、細い眉の下に見開いたきりりとした目と、通った鼻筋とうすい唇の片側を少し歪《ゆが》めた、舞台子《ぶたいこ》のような色白の細面《ほそおもて》を映し出していた。

龍升の素性は、町方にもまだわかっていなかった。代々江戸暮らしの素浪人とも、数年前、上方《かみがた》より下ってきた無頼漢、とも噂《うわさ》は聞こえていた。龍升の名も、一味の間でそう呼ばれているだけで、本名ではあるまい。

龍升、正体を暴いてやる。

本条の血が沸きたった。

「かかれ」

ひと声かけ、束《つか》の間の睨《にら》み合いが破れ、捕り方が一斉に、突棒、刺股、袖搦、六尺棒や十手を五人へ浴びせかけた。

「どうせ捕まりゃあ獄門《ごくもん》だ。片っ端から道連れにしてやるぜ」

彦助が吠《ほ》え、五人は匕首と刀で防ぎ、散らかった膳や徳利を投げつけ、捕り方に激しい抵抗を続けた。しかし、屋根裏が低く狭い部屋では身動きがままならず、捕り方の得物《えもの》を次々と容赦なく浴びせられ、ひとりまたひとりと血塗《ちまみ》れになって力つき倒され、早縄《はやなわ》を掛けられていった。頭の彦助が血塗れになって蹲《うずくま》り、最後に残った龍升がざんばら髪でひとり狂い廻った。捕り方のほうにも負傷者が次々に出た。そこへ出格子に竹梯子を掛け、小路側の新手《あらて》が上《のぼ》ってくるのを、龍升が長刀をふり廻し、新手と竹梯子もろともに薙《な》ぎ払った。その隙に、本条は十手を龍升に浴びせたが、すかさず身をかえした龍升の大刀《だいとう》がうなり、かあん、と本条の十手をはじき飛ばした。十手が飛んだ瞬間、本条は何も考えず、ただ、

「それえっ」

と、ひと声放って身をかがめ、大きく踏みこんで龍升の懐《ふところ》へ体当たりを食らわした。そうして、龍升の懐に食らいついたまま、出格子窓からもろともに、東の夜空にかかる青白い月光の中へ飛びこんで行った。

おお……

店の中からも小路からも、捕り方の喚声がどっとあがった。

二

それから五日がたった。

八月下旬のその午後、本郷菊坂臺町喜福寺裏《ほんごうきくざかだいまちきふくじ》の大沢虎次郎《おおさわとらじろう》の一刀流道場を、手土産《てみやげ》を携えた中間を供に従え、五十代半ば、あるいは六十前後にも見える年配の侍が訪ねた。侍は取次の若党に、

「生野清順《しょうのせいじゅん》と申します」

と名乗り、道場主の大沢虎次郎に取次を頼んだ。大沢家に長く仕える若党は清順を覚えていて、慇懃《いんぎん》に出迎えた。

「生野さま、お久しゅうございます。お待ちいたしておりました。どうぞおあがりください。ただ今主《あるじ》は稽古場におりますが、すぐに着替えを済ませて参ります」

生野清順は若党に案内され、中庭を隔て道場が見わたせる座敷へ通った。

道場ではまだ前髪を落とさぬ少年らの稽古が行われており、若い喚声が賑やかだった。と言ってうるさくはなく、瑞々《みずみず》しく澄んだかけ声が、むしろ華やかに感じられた。清順は座敷に端座《たんざ》し、風通しに明障子《あかりしょうじ》を透《す》かした中庭の低木ごしに、道場の少年らの稽古をうっとりと眺め、物憂く切ない感傷を覚えた。

若党が温かい煎茶を運んできた。

清順は茶を一服し、道場の少年らから、中庭の低い生垣ごしに、本郷台下《だいしした》の眺めのよい景色へ目を遊ばせた。

本郷台下は、大小の武家屋敷や大名屋敷、寺院の堂宇《どうう》で埋まり、その間に、ぽつん、ぽつん、と小さく見分けられる町家が、谷中《やなか》のほうへ続いている。本郷台下の向こうは小石川の高台で、広大な水戸屋敷の黒い屋根と杜《もり》と富坂町の間を、白い坂道が上って行き、坂上の武家屋敷や寺院や町家、そして、傳通院の杜が、秋の雲が棚引《たなび》く空の下にはるばると眺められた。

菊坂臺町の大沢虎次郎の道場を訪ねるたびに、眺めてきた景色だった。この前訪ねたのは三年前になる。変わらぬな、と清順は思ったが、ふと、三年前とは違う、何かが変わっていると、同じ景色を眺めていながら、そんな気がその日はした。変わらぬなどと若蔵でもあるまいに、と少年らの甲高いかけ声を聞きながら、清順は自嘲した。

ほどなく、縁廊下を踏む虎次郎の影が、明障子に差した。

「清順さん。お待たせいたしました」

虎次郎が清順と対座し、若々しい笑みを寄こした。虎次郎の上背のある痩身に、縹《はなだ》色の上衣《うわぎ》と鉄《くろがね》色の細袴《ほそばかま》の質実な装いが、剣術道場主に似合っていた。清順は焦茶に紺羽織を羽織り、目だたぬ青鼠《あおねず》の平袴《ひらばかま》である。

「今朝、清順さんの使いの方が見え、久しぶりに清順さんが訪ねて見えるとわかって、楽しみにしておりました。清順さんがわが道場を訪ねてこられたのは、三年ぶりです。つい先だってと思っておりましたのに、もうそんなになるかと、つくづく、季《とき》のすぎる早さが身につまされます」

「昨日夜、虎次郎さんに会わねばと思いたち、その折りに、お訪ねするのは三年ぶりになるとわたしも気づいて、溜息《ためいき》を吐《つ》きました。三年前は、旦那さまの相談役を退き、隅田村《すだむら》の別邸の留守役、要するに留守番を申しつかって、その報告がてらお訪ねいたしました。しかし、隅田村ののどかな田舎《いなか》暮らしに慣れますと、案外わたしの性に合っておるようで、浅草の本家は元より、こちらの本郷まで出かけるのが億劫《おっくう》になって、どうもいけません」

「同感です。わたしも三年前は、隅田村の別邸をお訪ねすると申しましたのに、この春には次の秋にはなどと思いながら、つい先延ばしになって、三年もご無沙汰いたしました。近ごろは何をするにも億劫で。こんなはずではなかったのですが」

「虎次郎さんは十分にお若い。髪に白いものが交じっても、この町に道場を開かれたころと変わらず、はつらつとしておられる。隠居も同然の田舎暮らしの年寄りと、武家のみならず町家でも名の知られた剣術道場を長く続けてこられた道場主とでは、三年でこうも違ってくるのですから、やはり歳ですな」

「清順さん、三年ぶりにお会いしたのです。歳の話はこれまでにいたしましょう」

あはは……

二人は遠慮ない笑い声を揃えた。

「今日は、ゆっくりできるのでしょう。夕餉《ゆうげ》の支度をいたします」

「そのつもりで、と申したいのですが、このあと、浅草の本家に戻り、旦那さまにご報告いたさねばならんのです。虎次郎さんにお頼みいたしたいことがござる」

「わたしに、ですか」

「はい。そうだ。まずはこれを。天王町《てんのうちょう》の菓子処《かしどころ》で買い求めて参りました。いつもの茶巾餅《ちゃきんもち》と羽《は》二重餅《ぶたえ》です」

清順は傍らのうす紫のくるみを解《ほど》き、菓子箱を差し出した。虎次郎は笑みをかえし、菓子箱を捧げ持った。

「遠慮なく。清順さんにいただくこの茶巾餅と羽二重餅は好物です。では、こうしましょう。わたしは昼の稽古を終えてから、いつも御八《おや》つをいただきます。道場の子供らにも、昼の稽古を終えたあとは御八を出します。簡単な物でも、子供らは稽古のときより夢中になります。夕方までに一刻《いっとき》余ありますので、御八をいただきながら、お頼み事をうかがうのはいかがですか」

「いいですな。虎次郎さんと三年ぶりに会って、頼み事だけを済ませて別れるのは、面白くありませんし、心残りです。ただ、御八をいただきながら、お話しする事柄かどうかは別ですが……」

「二十数年前、江戸に出てきたときから、まだご存命だったお父上と清順さんのお力を借りることができ、またずい分お世話になりました。面白くないこと、つらいこともありましたが、お父上がまあ一杯呑《の》もうと言うてくだされ、郷里の米沢《よねざわ》の話をしていると、気がすっと晴れましてね。人の気持ちをよくわかってくださるお父上でした。われらも歳をとり、今はお父上はおられませんが、お父上がおられたころのように、米沢者の流儀で参りましょう。清順さん、どのようなことでも、おうかがいいたしますぞ」

「ありがとう。そう言うてもらうと、重たい気分が少し軽くなる」

清順は、おのれの肚《はら》の内を確かめるように、物思わしげな眼差《まなざ》しを明障子へ流した。道場の少年らのかけ声が続いている。

「わたしが長尾《ながお》家ご長男の、四歳になられた長尾京十郎《きょうじゅうろう》さまの傅役《もりやく》を命じられたのは、三十代の半ばのときでした。それから、京十郎さまが十八歳になられるおよそ十五年間、寄合組家禄《よりあいぐみかろく》五千八百石の旗本《はたもと》長尾家のご長男として、人格品性、また骨柄風采《こつがらふうさい》、武芸においても、あれは長尾家の京十郎さまと言われるほどの侍にお育ていたすべく、傅役を務めて参り、そうして、他人に後ろ指を指されることのないひと角の侍としてお育ていたしたと、手前味噌《みそ》に思っておりました」

「清順さん、御八の支度をするように伝えますので、人を呼びます。続きはそのあとでうかがいます」

「いや、虎次郎さん。まずこれだけは、先にお伝えしておかねばなりません」

清順は虎次郎へ向きなおって言った。

「京十郎さまの傅役より退いてから七年がたち、京十郎さまは御歳二十五歳になられた。その七年の間に、京十郎さまの境遇に何があったのか、また長尾家にいかなる経緯があったのか、それは京十郎さまご自身の事柄、長尾家の事情であって、長尾家にお仕えする家臣にすぎぬわたしに申すこと、口を差し挟むことなど、あろうはずがありません。三日前、旦那さまのお指図により、京十郎さまは浅草のご本家を出られ、隅田村の別邸にお移りになりました。只今は別邸にて、蟄居《ちっきょ》をなさっておられます。旦那さまは、隠居も同然の別邸の留守番にすぎぬわたしに申されました。本家よりは検使役のみを送る。わたしが差配してすみやかに済ませよとです。すなわち、旦那さまは、京十郎さまのご切腹は已《や》むをえぬと、ご決心なされたのです」

「えっ、ご嫡男《ちゃくなん》の京十郎さまが、ご切腹を申しつけられたのですか」

清順はゆっくりと、首を上下させた。

「長尾家は、京十郎さまの四つ下の、弟君の昌之《まさゆき》さまが継がれます。ただし、それはわたしが昌《しょう》右衛門《えもん》さまの相談役を退き、隅田村の別邸の留守居に役目が替わる以前から、ご一門の中で内々に決まっていたことなのです。京十郎さまのご切腹と、かかわりはありません。ただ、長尾家家中に、長尾家の家督はご二男の昌之さまがお継ぎになるらしいと、もっともらしく噂だけは広まっておりました。わたしはあり得ぬと思っておりましたので、埒《らち》もない噂と捨てておいたのですが、まさか旦那さまがそのようなことを内々にお決めになっていたとは、まことにうかつなことでございました」

「清順さん、すみやかに済ませよとは、もしかして、京十郎さまはご自分のご切腹の沙汰を、ご存じではないのですか」

虎次郎は言った。

「幼いころより傅役を務め、京十郎さまがとても頭のよい方と、わかっております。勘が鋭すぎ狷《けん》介《かい》な気質もあって、人に誤解を招くことの多いお方でした。ですが、愚鈍な方ではありません。ご自分のことは、よくご存じです」

清順はしばし、ためらいの間をおいた。

「別所龍玄《べっしょりゅうげん》と申されるご門弟が、若くして切腹場《ば》の介添役《かいぞえやく》を務められたと、三年前にお聞きいたしましたな。去年、小伝馬町《こでんまちょう》の牢屋敷《ろうやしき》にて首打役《くびうちやく》の手代わりを務める別所龍玄どのの評判を知る機会がありました。若い町方の間では、別所龍玄は化け物と言われているほどの使い手と、そういう評判です。虎次郎さんのご門弟の、別所龍玄どのですな」

「いかにも。十七、八のころには、道場の稽古では道場主のわたしにすら、手加減をしておりました。別所龍玄の剣の才は、天が授けたと申すしかありません」

「虎次郎さん、別所龍玄どのに京十郎さまの介錯《かいしゃく》をお願いいたしたいと、思いたったのです。今朝、旦那さまにおうかがいをたて、旦那さまは内々にとのご意向ながら、五千八百石の長尾家に、腕自慢力自慢はいても、主筋《しゅうすじ》にあたる京十郎さまの、介錯人を務めるほどの器量を備えた者は見当たらず、ご了承なされました」

「では、別所龍玄をここに呼びましょう。清順さんご自身が龍玄に話されるといい。ただ、龍玄は、ご嫡男の京十郎さまのご切腹がいかなる子細《しさい》によるのか、訊《たず》ねると思います。差し支えありませんか」

「別邸の留守番を任されているだけの年寄りが知っている長尾家の内情など、限られておりますが、知る限りのことは……」

三

生野清順の父親清右衛門《せいえもん》は、奥羽《おうう》米沢藩上杉《うえすぎ》家勘定方《かんじょうかた》に仕える家臣であった。三十歳のとき、徳川《とくがわ》家旗本長尾家の先代に乞われ、上杉家の許しを得て、妻と五歳の清順を伴って出府《しゆっぷ》し、長尾家に仕える身となった。長尾家は寄合組ながら、家禄五千八百石の大家《たいけ》で、清右衛門は江戸勤番の折り、長尾家先代の知己《ちき》を得る機会があった。それが長尾家との縁の始まりとなり、長尾家の家宰《かさい》役《やく》に迎えられたのだった。

清順は五歳の春より、浅草御蔵《おくら》からさほど遠くはない長尾家の二階のある長屋暮らしを始めた。そして、十代の半ばごろから若党の役目を申しつかり、そのあとは侍衆として、長尾家に三十四歳まで仕えた。

同じ米沢上杉家の家臣である大沢家の二男虎次郎との交わりは、清順が三十歳になるかならぬかのころに始まった。同じ米沢が郷里であり、また上杉家を離れて江戸暮らしをする境遇も似ていることもあって、清右衛門は若い虎次郎を気にかけ、清順も年下の虎次郎のよき友となり親交を深めた。

虎次郎が本郷菊坂臺町の喜福寺裏に一刀流の道場を開いたのは、明和《めいわ》四年、虎次郎は二十八歳であった。むろん、清右衛門清順親子も祝いの宴《うたげ》に駆けつけた。田沼意次《たぬまおきつぐ》どのが将軍家治《いえはる》さまの御《お》側用人《そばようにん》に就《つ》かれたこの年、清順は三十二歳。父親の清右衛門は五十七歳で、未《いま》だ長尾家の相談役として、先代に仕えていた。その翌々年の明和六年、長尾家の先代が隠居をし、当代の昌右衛門さまが長尾家を継がれると、清右衛門も相談役を退き、隠居の身となった。そして、清順は新しい旦那さまより、その春四歳になられたご嫡子京十郎さまの傅役に任じられた。

父親の清右衛門は家宰にとりたてられたが、清順はそうはならなかった。清順に父親の器量はないと、そんな陰口も聞こえた。しかし、清順は気にしなかった。自分は長尾家の重き役に就く器ではない。むしろ、京十郎さまの傅役のほうが、おのれの気性に向いているしやり甲斐《がい》を覚えていた。隠居になった老いた父親も、それでよい、いかなる役目であれ、精々《せいぜい》と務めるのが侍のご奉公だと、清順がご嫡男の傅役に就いたことを心より喜んだ。ただひとつ、清順が四十歳をすぎたのちに亡くなった父親と五十歳で亡くなった母親は、清順に縁がなく、妻を娶《めと》らず、子がなかったことを残念がった。

京十郎さまは、麗《うるわ》しく伸びやかに育たれ、また頭のよいご嫡男だったが、少々癇《かん》が強く狷介な気質の御曹子《おんぞうし》であった。それゆえ、他人との交際交流をあまり好まれなかった。しかし、それでは名門の旗本長尾家を継がれるご嫡男に相応《ふさわ》しいとは言えず、心をお開きになり、おおどかにふる舞わねばと、清順は、京十郎さまの傅役に心血を注いだ。優しさと慈しみ、憐《あわ》れみを絶やさぬようにお育て申しあげた。その甲斐あって、京十郎さまの癇の強さや狷介な気質は、歳を重ねるに従って影をひそめ、周囲にも段々と心を開かれ、名門の長尾家を継ぐに足るご嫡男に成長なされた。

京十郎さまが十八歳になられた春、清順は京十郎さまの傅役をよく果たした功により、旦那さまの相談役にとりたてられた。清順は四十八歳だった。父親の清右衛門が先代の相談役に就いていたが、遅ればせながらもようやくわが父に追いついたか、わが父に器量はおよばずとも、父の言いつけを守り精々とご奉公を続け、ようやくここまできた、やれやれと清順は思った。

その不可解な噂が聞こえたのは、それから二年ほどがたったころだ。旦那さまの昌右衛門さまが、ご嫡男の京十郎さまを廃嫡にし、弟君の昌之さまを長尾家の世継ぎにたてることをお決めになった、という噂だった。その噂を初めて耳にしたときは、埒もない、とすぐに打ち消したが、邪《よこしま》な燻《くすぶ》りが物陰から怪しく煙を昇らせるように、京十郎さま廃嫡の噂は、清順の知らぬ間に、下男下女《げなんげじょ》の間ですらひそかにささやかれていることが知れた。

家禄五千八百石の長尾家は、勘定方を兼ねた家宰役のほか、清順が就く相談役、昌右衛門さまの近侍役《きんじやく》、侍衆など八名、若党足軽が五名、中間に一季半季《いっきはんき》で働く下働きの男女、中働きの女中方、門番など、常に二十六、七名の者が主人一族のほかに暮らしている。

ある日、内玄関の式台前で中間と足軽が、声を低め、噂話に耽《ふけ》っていた。

「どうやら、昌之さまが家督を継がれる話は本決まりらしいね」

「そうさ。本決まりさ。京十郎さまに、家督を継ぐ目はもうないよ」

「京十郎さまは近ごろ、だいぶ荒れていらっしゃるそうじゃないか」

「うん、お気の毒なんだがね……」

声はいっそう低くなり、あれはよくないね、まずいよ、などと続いた。たまたま、内玄関の取次の間を通りかかった清順は、足軽と中間の遣《や》りとりが聞こえ、

「そのほうら、今の話は誰に聞いた」

と、内玄関の式台に降り、足軽と中間を質《ただ》した。足軽と中間は慌てて式台前に屈《かが》み、清順へ辞儀を寄こした。清順は二人の噂話に聞き捨てがならず、

「申せ」

と語気を強めると、溜《たまり》で昌右衛門さまの近侍役と番衆《ばんしゅう》が話していたと答えた。

「あれはよくないとか、まずいとか申していたな。それはなんのことだ」

「はい。お世継ぎのこととかかり合いがあるのかないのかは存じませんが、京十郎さまの暮らしぶりが、数ヵ月前からひどく乱れて、このごろは、昼間はお住居《すまい》にお籠《こも》りになって、旦那さまのお呼び出しがあっても、病と称されて出てこられませんが、暗くなってからこっそり屋敷を抜け出され、これも噂では、悪所《あくしょ》通いをなさっておられるそうでございます。旦那さまがひどくご立腹なされているとも、聞いております」

清順は、そう言えば、以前は旦那さまのご諮問《しもん》があってご前へ罷《まか》り出た折りなど、ときに京十郎さまがお側《そば》におられることもあったが、ここ数ヵ月ほど、そういうことがなかった。また、邸内でも、京十郎さまのお姿をお見かけしなくなった。うかつな、察しの悪いことだと、清順は自分をなじった。

長尾家では、二千坪を超える邸内の北側の一角に、主屋《おもや》のほかに一棟を普請《ふしん》し内塀で囲み、ご嫡男の住居に定めていた。当代の昌右衛門さまが長尾家を継がれる前も、その離れにお住まいであった。清順は、京十郎さまをしばらくお見かけしないのは、元々向学心の強いお方ゆえ、離れに籠って勉学に励んでおられるのだろうと、勝手に思いこんでいた。夜な夜な屋敷を抜け出し、悪所通いだと。若い侍にそういうことがあってもいたし方あるまい。それ式の乱れが、廃嫡の噂となんのかかり合いがある。清順は、埒もない噂話が広まっていることを不快に思った。

「士家《しゅか》の噂話を、軽々しく口にするものではない。気をつけよ」

清順は足軽と中間をたしなめ、その場を去った。旦那さまの居室へ向かいかけたが、ふと、埒もない、と思う一方で、まさか、とも思った。というのも、近ごろ旦那さまのご前に罷り出て、旦那さまの公私にかかわらず相談事にお答えする機会が、めっきり減っていた。家宰や近侍役の傍輩《ほうばい》らと毎月一、二度開かれる定例の寄合には呼ばれているが、旦那さまのお声がかからなくなって久しい。相談役に就いてこの二年余、そういうことはなかった。もしかして、旦那さまは自分を遠ざけておられるのか、と清順は不審を覚えた。

清順は、京十郎さまの四つ年下の、弟君の昌之さまを気にかけたことはなかった。京十郎さまの傅役を申しつかっておよそ十五年、京十郎さまをお育て申しあげたのち、旦那さまの相談役に就いてからも、弟君の昌之さまがご長男の京十郎さまを差しおいて長尾家の家督を継ぐなど、京十郎さまがご息災でおられる限り、あり得ぬことだった。

京十郎さまは、昌右衛門さまが離縁なされた前の奥方さまとの間にできた一子だった。京十郎さまのお母君の奥方さまを離縁後、旦那さまは後添えに、小姓組番頭《こしょうぐみばんがしら》にお就きの坂崎勇之進《さかざきゆうのしん》さまのご息女祐実《ゆうみ》さまを迎えられ、お生まれになったのが昌之さまである。

小姓組番頭は長尾家より高いお家柄で、祐実さまは気位が極めて高く、下々《しもじも》の者は言うに及ばず、長尾家の侍衆にすら、お声をかけられることはなかった。清順が奥方さまにお声をかけられたのは、一度だけである。京十郎さまの傅役を終え、旦那さまの相談役を新たに命じられた場に同座しておられた奥方さまが、いきなりお訊ねになられた。

「生野、京十郎どのは長尾家を継ぐご器量を備えられておられるか」

「京十郎さまは人品骨柄申し分なく、長尾家を継ぐご器量を、十分にお備えでございます」

清順は低頭したままお答えした。だが、それ以上のお訊ねはなく、

「退《さが》ってよい」

と、旦那さまが言われたのみであった。

それ以後もそれ以前も、奥方さまにお言葉をかけられたことはない。奥方さまは、里より伴ってきた四名の女中に囲まれ、殆《ほとん》ど主屋の奥ですごされ、ごく稀《まれ》に、奥方さまの御駕籠《おかご》がお女中に囲まれ、挟み箱を担いだ中間を従えてお出かけになるのを、お見かけするぐらいであった。清順は、京十郎さまを廃嫡にし、昌之さまを嫡子にたてることが決まったという、物陰で怪しく燻り続けるような邪な噂の背後にひそむ、奥方さまの強い意向をひりひりと感じた。

ふと気が変わり、主屋の定口《じようぐち》を出て、邸内の北側一角にある離れに向かった。土塀に囲まれた小門をくぐり、離れの玄関式台で、清順は訪問を告げた。すぐに京十郎さまづきの若党が玄関の間に出てきた。

「生野さま、おいでなされませ」

「京十郎さまは、いかがしておられる」

「居室におられます。どうぞ、おあがりください」

離れは玄関の間のほかに座敷が三部屋あり、それに台所の間と勝手の土間があった。若党の案内で、京十郎さまの居室へ通った。

「京十郎さま、生野清順さまがお見えでございます」

「ああ、そうか」

懈怠《けだる》げな返事があった。

間仕切りが引かれると、居室が面した庭の縁側に、黒帷子《くろかたびら》を諸肌《もろはだ》脱ぎの上半身を露《あら》わにした京十郎さまが腰かけ、抜き放った大刀を昼の明るみに高くかざし、矯《た》めつ眇《すが》めつ眺めていた。柄《つか》の握りを、ちゃ、ちゃ、とかえすたびに、刃《やいば》が白くきらめいた。

「ご機嫌をおうかがいにきただけゆえ、茶などはいらん。帰るときに声をかける」

若党を退らせ、明障子を開け放った敷居の手前まで進み、若衆らしく疵《きず》も染みもない綺麗《きれい》な背中を晒《さら》した京十郎さまの背後に、刀を右わきに寝かせ端座した。

京十郎さまは清順へ見向きもしない。ただ、

「なんだ」

と、背中を明かるみに晒したまま、ぞんざいに言った。背中がほんのりと汗ばんでいた。痩身ながら、肩の筋と背中の骨組みはしっかりしている。

「しばらく、京十郎さまのご尊顔を拝しておりませんので、ご機嫌をおうかがいに参りました」

京十郎さまは無駄な肉のない上半身をひねり、清順へ顔を向けた。月代《さかやき》がのび、無精髭《ぶしょうひげ》も生やして、顔色が青白い。

「見ただろう。これでよかろう」

京十郎さまは言い捨て、すぐに身体《からだ》を戻し、大刀を腰の鞘に納め、ぱちんと鍔《つば》を鳴らした。それから庭へ目を遣って、物憂そうな吐息をもらした。庭は若い松の木が、塀よりも高く枝を秋の空に

遊ばせ、葉を枯らした沈丁花《じんちょうげ》や庭梅《にわうめ》の低木が塀ぎわに連なり、石灯籠が一灯、おかれている。

「汗をかいておられますな。素《す》ぶりをなさって、おられたのですか」

清順は言った。

「剣術の稽古など、辛気臭くて大嫌いだが、身体が鈍《なま》ると苛々《いらいら》する。思いつく限りの者らを斬り捨ててやった。おれの頭の中では、長尾家の屋敷中が、血塗れの死体だらけだ。空《むな》しくとも、昨日の酒がようやく抜けたからよい。もっとも、清順は震えて許しを乞うたから命ばかりは助けてやった」

あは、と清順は笑った。

「お助けいただき、礼を申します。酒が次の日まで残るほど、昨夜はどちらでお呑みになられたのですか」

「どこでもいいだろう。堅物《かたぶつ》の清順先生の与《あずか》り知らぬ塵界《じんかい》だ。酒と女と、乱痴気《らんちき》騒ぎだ。楽しいぞ」

「うかつにも、わたしは存じませんでした。近ごろ、暗くなってから、悪所へおひとりでこっそり出かけておられるそうですな。今年の春ごろまではそのようなことがなく、却《かえ》って心配に思っておりましたが、いつの間にそのようなお遊びを覚えられたのですか」

「人は変わる。いつまでも無垢《むく》で愚かな子供ではない。変わるのが当たり前だ。変わるから面白い。生きていられる。違うか」

京十郎さまは、中高の端正な横顔を見せた。

「御歳二十歳の京十郎さまが、悪所にお出かけになるのを、お諫《いさ》めするつもりはございません。ただし、京十郎さまは長尾家のご嫡男でございます。どこでどのようにお遊びになるにしても、ご身分お立場に障りがなきよう、わきまえねばなりません。お出かけの折りには必ず供をお連れになり、真夜中の九ツ前にお屋敷にお戻りなさらねばなりません」

「清順、おまえがおれの供をするか」

「五十の老いぼれですが、ご命令とあらば」

「馬鹿を申せ。清順など、足手まといを連れて歩けるか。ひとりではない。供はおる。屋敷の外に迎えにきておるのだ」

「ほう、屋敷の外に。どのような者が」

「浅草で意気相投じた地廻《じまわ》りだ。その者らが吉原《よしわら》へ案内してくれた。吉原のように面倒なことがなく、もっと面白いところへもな」

「浅草の地廻りなど、そんな無頼な輩《やから》とつき合《お》うておられますのか」

「そんな者らだから面白いのだ。ご奉公ひと筋の清順には、わからぬだろうな。入谷《いりや》の水茶屋《みずぢゃや》だ。ちょいと遠い」

「旦那さまのお呼び出しにも、病と称して遠慮しておられるとも聞こえております。なぜそのようなふる舞いをなさるのです。旦那さまにご心配をおかけしてはなりません」

「父上は心配などしておられぬ。近ごろの父上のご用は、おれの金遣いが荒いと、小言を申されるだけだ。同じ小言を一々聞かずともわかっておる。だからだ」

清順は戸惑いを覚えた。二十歳の御歳になられたこの春ごろまでは、初々《ういうい》しく清々《すがすが》しさを感じる若侍になられた、と思っていた。目鼻だちの凜《りん》とした相貌《かお》、伸びやかな身体は、京十郎さまこそが公儀直参《こうぎじきさん》、名門の旗本長尾家を継ぐ嫡男に相応しい。京十郎さまをそのようにお育てした、と清順には自負があった。

しかし、このわずか数ヵ月の間に、京十郎さまは別人のように人が変わっていた。その変わりようは、十代の半ばごろまで、癇が強く狷介な気性で、周囲に心を開かれなかった気むずかしさとはまるで違う、投げ遣りで自堕落な、人を寄せつけぬ性根の退廃を感じさせた。

一体何があった、と自問し、清順に思いつくことは廃嫡の噂しかなかった。しかし、清順はそんな埒もない噂話など、口にはしなかった。京十郎さまはまぎれもなく、長尾家のご嫡男なのだ。廃嫡など、あろうはずがない。清順は、京十郎さまの疵も染みもない綺麗な背中を、凝《じ》っと見つめた。

四

半刻後《はんとき》、別所龍玄がきた。やや小柄な中背の痩軀へ、朽葉《くちば》色の上衣、紺青の細袴、空色の若やいだ半羽織を羽織っていた。総髪《そうはつ》を一文字髷《いちもんじまげ》に結い、広い額と細く濃い眉、通った鼻筋の下のひと筋に結んだ赤い唇が、少しのっぺりした相貌に、作り物のような硬質さと、それでいて艶《つや》めくような息吹を感じさせた。若いとはわかっていた。別所龍玄は下げていた黒鞘《くろざや》の大刀を右わきへ寝かせ、

「別所龍玄でございます」

と、対座した清順へ手をついて言った。

嗚呼《ああ》、確かに若い。

清順は思った。京十郎さまと自分の隔たりとは違う別の隔たりを、清順はこの若い侍に感じた。自分の手には負えない。強いて言えば、そんな覚えだった。清順も手をついた。

「生野清順と申します。公儀直参旗本長尾昌右衛門さまにお仕えいたしております。大沢虎次郎さんに、別所龍玄どのとお引き合わせをお頼みいたし、ご足労いただきました。礼を申します」

「龍玄、清順さんのお父上と清順さんは、郷里がわたしと同じ米沢でな。お父上が三十歳のとき、妻子を連れて江戸に出られ、長尾家にお仕えになった。わたしが二十数年前に出府し、この道場を開く折り、お父上と清順さんにひと方ならずお世話になった。お父上が亡くなられてからも、清順さんと年に一度は会っていたのだが、三年前、清順さんの役目が替わり隅田村の別邸に移られてから、つい無沙汰になってしまった」

清順に並んだ虎次郎が言い、清順は黙然《もくぜん》と首肯《しゅこう》した。

「三年ぶりに、清順さんと酌み交わすつもりだ。妻が門弟らに出す御八に笹巻《ささまき》すしを拵えている。龍玄もつき合え」

「かすかに、酢締めのよき匂いがいたします。喜んで馳走《ちそう》に相なります」

「だが、その前にまずは清順さんの用を済まさなければならない。清順さんは、龍玄に切腹場の介添役のご依頼に見えられた。長尾家の内々の事情があって、長尾家のさる方が腹を召されることになった。龍玄にその介添役をと、お申し入れなのだ。清順さん……」

虎次郎が清順を促した。

「はい。ご切腹をなされますのは、寄合組旗本長尾家五千八百石のご長男の長尾京十郎さまにて、京十郎さまは御歳二十五歳でございます。ときは明日夕七ツ。場所は隅田村の長尾家別邸において、執り行うことが決まっております。別所どの、お引き受けいただけますでしょうか」

清順が言った。

「大沢先生のお口添えにより、お目にかかりました。しかとお受けいたします」

龍玄は答え、しばしをおいて言い添えた。

「差し支えなければ、京十郎さまがおん腹を召される事情を、おうかがいいたします」

「それは、長尾家の内々の事情なのですが……さようですな」

清順はためらった。

「京十郎さまが、おん腹を召される事情を知らぬ者の介添を受け、それを無念と思われないのであれば、どうぞそのように」

龍玄が言うと、

「いえ、よろしいのです」

と、清順はやおら話し始めた。

「わたくしは明和六年の春、新しく長尾家の家督を継がれた昌右衛門さまの、四歳になられたご嫡子京十郎さまの傅役を申しつかり、およそ十五年、京十郎さまにお仕えいたしました。七年前、傅役を退いたのち、旦那さまのご相談役を申しつかり……」

刻限は八ツ半に差しかかっていた。道場では、門弟の少年らが午後の稽古を終え、早速、御八の笹巻すしを、声もなく夢中になって頬張っていた。中庭ごしの道場のほうからか、台所の間のほうからか、笹巻すしのほんの微弱な酢締めの匂いが流れてくる。道場の少年らが静まると、中庭ではおじろが囀り、縁側に閉てた明障子の、軒庇《のきひさし》の影の下に、忙《せわ》しなく飛び交う鳥影《とりかげ》がしきりによぎった。

清順の話は続いた。

「長尾家ご一門において、ご嫡男の京十郎さまやご二男の昌之さまのお立場を巡り、どのような協議が行われ、どのような話し合いが交わされていたのか、相談役とは申せ、一家臣にすぎぬわたくしに、申す意見などございません。ただ、二十歳になられた京十郎さまの、わずか数ヵ月の間にご様子が変わられ、乱れたお暮らしぶりを目《ま》の当たりにいたし、一体何があったのだと。京十郎さまを廃嫡にし、弟君の昌之さまをお世継ぎになどと埒もない噂話のはずが、もしかして、奥におられるお姿をお見せにならない奥方さまのご意向が強く働いて、と急にもっともらしく思われ、胸騒ぎがしてなりませんでした。しかしながら、家督相続を巡り僭越《せんえつ》なことは申しあげられず、旦那さまのお呼び出しを待つしかなかったのでございます」

「お世継ぎについて、旦那さまのご下問《かもん》は、なかったのですか」

と、それは虎次郎が訊《き》いた。

「じつは、離れの京十郎さまをお訪ねした翌日、旦那さまのお呼び出しがございました。しばらくそれがなかったゆえ、京十郎さまをお訪ねした翌日というのが、却って不審に思われました。どうやら、京十郎さまづきの若党が、京十郎さまのお暮らしぶりやご様子を逐一ご報告しているらしく、旦那さまは不機嫌なご様子で、なぜ訪ねた、もう傅役ではないのだから軽々しい真似《まね》はするなど、お叱りを受け、お呼び出しの用はそれだけでございました。ですがわたくしも、屋敷中に広まっている噂話の、真偽をお訊ねいたすよい機会でしたので、旦那さまにお訊ねいたしました。旦那さまはすぐにはお答えにならず、しばらくお考えになったのち、そのほうはどう思うと、逆にお訊ねになられたのでございます。それは道理にはずれております。京十郎さまを廃嫡にするなど、以《もっ》ての外《ほか》でございます。お家の乱れになり兼ねませんと、申しあげました。すると旦那さまは申されました。昌之に上様《うえさま》に近侍いたす小姓衆に上《のぼ》る話が進んでおる。小姓衆は十六歳以上の名門の子弟でなければならぬ。昌之はこの春十六歳になった。家柄禄高において、長尾家の者が小姓衆に上るのに、何も障りはない。昌之が小姓衆として上様に近侍いたせば、先々代より寄合組に甘んじてきた長尾家にとって、この上ない名誉ぞ。昌之の将来が開け、のみならず、長尾家も寄合組を抜ける好機でもある。昌之を長尾家の嫡子にたてることこそが道理にかなうではないか、と申されました」

「昌之さまが小姓衆に上る話が進んでいるとは、どういう筋からきた話なのですか」

虎次郎がまた言った。

「むろん、それは間違いないのでございますかと、お訊ねいたしました。上様近侍の小姓衆はわずか五十数名。徳川家臣の名門子弟の中でも、特に選《よ》りすぐりの子弟しか就けぬ役目にございます。二年で諸大夫《しょだいぶ》の官位が与えられ、もしも上様の御目《おめ》にとまれば、当人にも、また当人の一門にもこの上ない名誉。より高い役目に就く望みも開けます。それゆえ、云々《しかじか》の元金《もときん》があればご子弟を云々のお役目になどと誘う、いかがわしい者も暗躍しておると聞いております。旦那さまはお答えをためらっておられましたが、奥方さまの里の坂崎勇之進さまのお働きだと申されました。坂崎勇之進さまのお役目の小姓組番頭は、大番頭《おお》に次ぎ、書院番頭《しょいん》に並ぶ番方《ばんかた》の要職でござる。その坂崎さまのお働きなのです。やはり奥方さまは、京十郎さまを長尾家の嫡子より退け、ご自分の一子の昌之さまに継がせることを強く望まれ、そのように見えぬところでお働きなのだと知れ、わたくしに異論を差し挟む余地などなかったのでございます。旦那さまに、家臣の分際で要らざる口出しは無用だと、お叱りを受けました」

清順は冷めた茶を一服した。御八が終わったらしく、道場の少年らの賑わいが起こっていた。少年らは、道場の掃除を始めている。明障子に射《さ》す日に少し赤味が増し、縁側の庇の影が長くなっていた。

「それから一年と七、八ヵ月がたった天明七年に、わたくしは旦那さまの相談役を解かれ、隅田村別邸の留守役を命じられ、別邸がござる隅田村や、綾瀬川《あやせがわ》から分流する用水の対岸の堀切村《ほりきりむら》を散策するぐらいしか、これといって用のないのどかな田舎暮らしが、始まったのでございます」

清順は唇をぎゅっと結び、束の間考えた。そして続けた。

「旦那さまの相談役と申しましても、京十郎さまの廃嫡の噂が屋敷内に聞こえ始めたころより、お呼び出しは殆ど絶えておりました。旦那さまは、若い近侍役を何かと頼りにしておられ、わたくしの相談役は、名目だけになっておりました。京十郎さまとも、同じ屋敷内におりながら、お会いする機会はなく、隅田村の別邸に移ったのでございます。聞こえてくる京十郎さまの噂は、気にかけておりました。よい噂はひとつとして聞けず、離れに閉じこもって、よく独り言を呟《つぶや》いたり、大声で叫んだりしておられるとか、暗くなると、無頼な浪人者のような一本差しの着流し風体でお出かけになり、破落戸《ごろつき》らと盛り場をうろついておられるとか、あれでは、お世継ぎどころか、今にこれになるぞ、と京十郎さまご切腹の噂まで聞こえて参りました」

道場の掃除が済んで少年たちがいなくなり、座敷の外が急に寂《しん》となった。烏《からす》の声が遠い空を鳴き渡って行った。

「別邸へ移ると決まって、ご挨拶のため離れにうかがったのですが、京十郎さまは会ってくださらなかった。京十郎さまがご病弱という理由で惣領除《そうりようのぞ》になり、ご二男の昌之さまをご嫡子にたてる届けが御公儀に出されたと知らせを聞いたのは、隅田村の別邸に移って半年ほどがたってからでござる。わたくしは、京十郎さま四歳の御歳より、およそ十五年も傅役を務めながら、結局のところ、なんのお力にもなれなかったと、あのとき、おのれの無力が後ろめたく、やりきれない思いに駆られました」

「では、昌之さまは上様近侍の小姓衆に就かれたのですか」

虎次郎が訊いた。

「いえ。昌之さまに小姓衆の御沙汰は、未だ下されておりません。今年、昌之さまは二十一歳になられました。わたくしが別邸に移る三年前は、昌之さまに小姓衆の御沙汰が下されるのでは、という噂が奉公人らの間で言い交わされておりましたが、このごろは殆ど噂に上らなくなっているそうでございます。京十郎さまのご様子については、ご嫡子ではなくなったことで、むしろ、箍《たが》が外れたかのように、放蕩《ほうとう》無頼なふる舞いをお隠しにならなくなったと、別邸にまで聞こえておりました。しかし、長尾家に京十郎さまをお諫めできる者などおりません。と申して、京十郎さまの行状を改める手だてがあろうはずもなく、京十郎さまをこのまま放っておいては、今にいかがわしい輩らと事件に巻きこまれ、昌之さまがお小姓衆に就くどころか、長尾家の体面に泥を塗ることになりかねないと、それを危惧《きぐ》する声も伝わって参りました」

「旦那さまが、京十郎さまを直《じか》にお叱りにならなかったのですか。お父上なのですから、倅《せがれ》の放蕩無頼を厳しく咎《とが》め、お聞き入れにならないのであれば、謹慎を命じるとか、厳しい手だてを講じれば、切腹までにはいたらなかったのでは」

「旦那さまは、何もなされなかったのです。昌之さまを無理矢理嫡子にたてるため、京十郎さまを惣領除にし、京十郎さまがあのような荒《すさ》んだふる舞いを始めるきっかけになったと、負い目を感じておられるのかもしれません。あるいは、昌之さまが小姓衆に就く望みをまだ捨ててはおられず、長尾家は厄介な長男の処遇でごたごたしているという噂が広まり、昌之さまの障りになってはと、表だたぬよう何も手を打たれなかった、とわけ知りに申す者もおるようでございます」

「それが、疵口を広げたのですな」

「でしょうな」

吐息交じりに、清順は呟いた。

「京十郎さまに、何があったのですか」

やおら、龍玄が訊いた。

「はい。長尾家の奉公人はみな口を固く閉ざしており、わたくしは京十郎さまに何があったのか、子細を聞いておりません。ただ三日前、浅草の本家に呼ばれ、旦那さまより、わたくしに裁量を任せる、京十郎さまの身柄を隅田村の別邸で蟄居させ、すみやかに詰腹《つめばら》を切らせよ、と申しつけられたのでございます。わけを訊ねますと、その前々日夜、町奉行所の大捕物があって、強請《ゆすりたか》り集りを渡世《とせい》にする凶悪な一味のねぐらに、町方が踏みこんで一網打尽にいたしました。その一味に、浪人者風体の京十郎さまが加わっておられたのでございます。一味は大番屋にしょっ引かれ、ひとりひとり取り調べましたところ、浪人風体の京十郎さまが公儀旗本五千八百石の大家長尾家の者とわかって、町奉行さまにご報告が上がり、町奉行さまのご指示で、京十郎さまの身柄は、一旦長尾家に戻されました。翌日、町奉行さまが御目付《おめつけ》さまにその旨を伝えられ、決まり通りであれば、京十郎さまは牢屋敷の揚《あがり》座敷に入牢《じゅろう》と相なり、評定所《ひょうじょうしょ》でのお裁きを受けなければなりません。ところが、その一件をお知りになった若年寄《わかどしより》の安藤対馬守信成《あんどうつしまのかみのぶなり》さまが激怒なされ、公儀旗本の一族の者が、ならず者の一味と徒党を組み悪事を働くとは言語道断、当人は元より、長尾家に対してもしかるべき咎めをと、御目付さまに命じられたのでございます。それが寄合組の組頭を通して旦那さまのお耳に入り、旦那さまの動揺は殊《こと》の外《ほか》ひどく、もう昌之さまの小姓衆の話どころではなくなったと、聞いております」

「京十郎さまが、無頼な一味の仲間だったことが明らかになれば、評定所のお裁きは厳しい結果になりましょうな」

虎次郎が言った。

「そうなっては、長尾家も無事では済みますまい。奥方さまの祐実さまが里のお父上の小姓組番頭坂崎勇之進さまに泣きつかれ、そちらのほうから相応の賄《まいない》を添えて幕閣《ばっかく》に働きかけが行われたようでございます。結果、京十郎さまは揚座敷への入牢はまぬがれ、評定所のお呼び出しを待つ身となられたのでございます。すなわち、評定所の呼び出しまでの間に長尾家自らが対処いたし、京十郎さま病死の届けを支配役《しはいやく》の組頭へ出せば、評定所のお裁きが下される前ゆえ、長尾家への処罰は、もしあっても形だけで済むであろう、ということでございました。わたくしは京十郎さまの傅役となっておよそ十五年お仕えいたし、そうして今、京十郎さまの最期を見とるお役目を申しつかったのでございます。まことに皮肉な巡り合わせと、申さざるを得ません。別所どの、わたくしが存じております限りの事情は、これだけでございます。これでよろしゅうございますか」

「はい」

龍玄はひと言、短く答え、静かに目を伏せた。虎次郎は、龍玄の背後の明障子に、赤々と燃える夕方の空の茜《あかね》色に目を奪われた。龍玄はその茜色の光の中で凝っと端座し、身動きひとつしなかった。ただ、伏せた目の長いまつ毛だけが微動《びどう》していた。

「龍玄……」

と、呼びかけたとき、明障子に若党の影が差した。若党は縁側に着座し、明障子ごしに言った。

「失礼いたします、旦那さま。お内儀《ないぎ》さまが笹巻すしはいかがいたしますか、とお訊ねでございます」

「そうであった。かまわぬ。すぐに運んでくれ。それから明かりも頼む」

虎次郎は若党に声をかけた。

五

翌日昼四ツ前、龍玄は八丁堀北島町《はっちょうぼりきたじまちょう》の提灯掛《ちょうちんかけ》横丁から南へ折れた、町方組《くみ》屋敷の一軒を訪ねた。板塀に片開きの木戸があって、木戸から内塀ぎわに、踏石《ふみいし》が主屋の表戸まで並んで、板庇下の表戸が一尺ほど開いたままになっていた。主屋の瓦《かわら》屋根の上で雀《すずめ》が賑やかに囀り、青空には白い雲がくっきりと浮かんでいた。秋の兆《きざ》しが少しずつ感じられる。

表の格子戸の隙間から戸内をのぞくと、土間と板縁《いたえん》続きに二畳ほどの寄付《よりつ》きがあって、衝立が立ててある。屋敷の裏手のほうで水を使う音が聞こえていた。

龍玄は近ごろ上生菓子《じょうなま》で評判の練羊羹《ねりようかん》の木箱を持ち替え、一尺ほど開いた格子戸を、もう少し引き開けた。外の明かるみが、戸内の前土間から板間、衝立を立てた二畳ほどの狭い寄付きへぼうっと射した。

「お頼みいたします」

声をかけると、裏手の水の音が途絶え、寂とした静けさがたちこめた。返事がなく、今一度声をかけようとしたところへ、内塀と反対側の庭のほうから下駄の音が聞こえ、見かえると、襷がけの紺絣《こんがすり》を裾短《すそみじか》に着けた十三、四歳ごろの小女《こおんな》が、小走《こばし》りに駆けてきた。

「おいでなさいまし」

小女は立ち止まって、格子戸の前の龍玄へ辞儀を寄こした。色白の頬が桃色になった幼い顔をあげ、恥ずかしそうに言った。

「あの、どちらさまでございますか」

跣《はだし》に赤い鼻緒の塗《ぬり》下駄を履いて、踝《くるぶし》の上の脹脛《ふくらはぎ》が見えていた。どうやら裏の井戸端で洗い物をしていたらしく、袖を襷がけで手繰《たぐ》った細い肘《ひじ》と手が、水仕事の所為《せい》でか、少し赤らんでいた。片方の手には、手拭《てぬぐい》をぎゅっとにぎっている。

「別所龍玄と申します。北町奉行所の本条孝三郎さまをお訪ねいたしました。今朝ほど常盤橋御門の北町奉行所にて、本条さまがお怪我《けが》を負われ、組屋敷にて養生なさっておられるとお聞きいたし、見舞いに参りました。本条さまのお怪我の加減は、いかがでございましょうか」

「あ、はい。旦那さまはだいぶ具合がよくなって、もう起きていらっしゃいます。ただ今お取次《とりつぎ》いたします。少々お待ちくださ い」

小女が行きかけたとき、寄付きの間仕切りが開いて、寄付きの隣の部屋にいた本条孝三郎が、月代がうっすらとのび、無精髭を生やした首だけをのぞかせ、衝立をさけるように、表戸の龍玄へ首を傾けた。

「やあ、別所さん。御番所《ごばんしょ》で聞いたかい」

本条は表情をゆるめた。龍玄は間仕切りの本条へ向き直り、普段、無縁坂《むえんざか》の住居に御用で訪ねてくるときとは違う、本条の寛《くつろ》いだ様子に、つい破顔した。

「今朝、御奉行所に本条さんをお訪ねいたしますと、お怪我をなされたと聞き驚きました。御奉行所で本条さんのお屋敷を教えていただき、見舞いに参りました」

と、本条にも言った。

「別所さんがおれの見舞いにわざわざ訪ねてきたってえことは、わけありの事情があるってえことだね」

「お怪我の具合に差し障りがあるようでしたら、無理は申しません。どうしても、というわけではありませんので」

「大丈夫さ。もうすっかり良くなったが、医者がいいとなかなか言わなくてさ。仕方がないからどこへも出かけず、一日中だらだらしてると、毎日が退屈でならない。ともかく、あがってくれ。おひさ、お客さまを座敷へお通ししてな」

本条は外の小女に声をかけた。

「はあい」

おひさが澄んだ声をあげ、下駄を鳴らして裏のほうへ戻って行くと、瓦屋根の上で飛び交っている雀の囀りが、おひさに合わせるかのように慌ただしくなった。

おひさに、八畳の座敷へ通された。南側の腰付《こしつき》障子が両引きに開かれ、庭の塀ぎわに、榊《さかき》が塀よりもずっと高く、たっぷりとした葉を広げ、踏石が点々と並ぶ庭の一角に、蓮華《れんげ》つつじの灌木《かんぼく》が繁っていた。飾り気のない庭でも雀が囀り、八月下旬の午前の日が、じりじりと降っている。本条孝三郎の組屋敷を訪ねたのは、初めてである。

さほど待たず、本条は茶染に麻葉《あさば》小紋のさっぱりした着流しで現れた。

「どうぞこれを」

龍玄は見舞いの木箱を差し出した。

「見舞いの菓子かい。ありがとう。これは近ごろ評判の練羊羹だね。楽しみだ。遠慮なくいただくよ」

本条はさりげなく、木箱を傍らにおいた。おひさがそろそろと、茶托《ちゃたく》の碗と五色《ごしき》おこしの乾菓子《ひ》を運んできた。

「おひさ、別所さんに上等な練羊羹をいただいた」

本条は木箱をおひさにわたし、

「別所さん、まあ、一服してくれ」

と、龍玄にすすめた。

龍玄は温かな茶を一服し、怪我の具合を訊いた。本条は、左肩と左膝の打撲で、左わき腹も痛めた。今日で六日目になり、もう殆ど回復した。左肩の痛みが少し残り、左肩を庇《かば》って左腕を晒《さらし》で吊《つ》っていた。昨日ようやくそれもとれてやれやれさ、と本条は顔をほころばせた。

「で、見舞いはありがたくお受けしてそっちは済んだ。肝心の別所さんはおれに会いにきた用があるんだろう。なんでも訊いてくれ。別所さんは傍輩も同然だ。奉行所で知れわたっていることなら、大抵は教えてやれるぜ。おれもむずむずしていたところさ。何が訊きたいんだい、別所さん」

はい、と龍玄は頷《うなず》いた。

「長尾京十郎という旗本の倅がおります。父親は長尾昌右衛門。長尾家の二千坪を超える拝領屋敷が数代前から浅草にあって、無役《むやく》の寄合組ながら、家禄五千八百石の大家です。京十郎は長尾家の惣領でした。ところが、三年ほど前、長尾家のある事情で惣領除になり、四歳下の弟が嫡子に決まっております。長男の京十郎を惣領除にした長尾家の事情は、ある方の手前、お話しできないのです。何とぞお許しください」

「いいさ。続けてくれ」

「先日、町奉行所の捕り方が、強請集《ゆすりたか》りを働くある一味のねぐらに踏みこんで、一味を一網打尽にいたしました。その折り、一味とともに、旗本の長尾京十郎がお縄になったのです。そのような無頼な一味に与《くみ》していた旗本の長尾京十郎がいかなる者か、本条さんがご存じなら、お訊きできないかと思い、お訪ねいたしました」

「長尾京十郎がいかなる野郎だろうと、おれはどうでもいいが、野郎が大家の旗本だからと、揚座敷の入牢をまぬがれたのは、町方の間じゃだいぶ不評だ。ああだこうだと、長尾京十郎の噂は、怪我の養生をしていても聞こえてくる。そんな噂程度の事情なら話せるが、それでもいいかい」

龍玄は頷いた。

「六日前の宵五ツごろ、南北の両町方が彦助一味のねぐらに踏みこんだ。その彦助一味ってえのが、傳通院門前の肴店で、茶漬屋《彦助》を営み、客がその気になりゃあ、給仕の女に一切いくらで客をとらせる、表向きはそういう店を隠れ蓑《みの》にして、正体は強請集りで、日本橋神田《にほんばしかんだ》浅草あたりの商家を荒らし廻っていた、町奉行所が前から追っていたならず者だ。その昼間、一味の頭が彦助で、傳通院門前で茶漬屋を営んでおりやすと、差口《さしぐち》があった。手下が三人と、彦助の女房のおみね。給仕の女が二人いるが、何も知っちゃあいない女らは邪魔になっただけだが、そこに龍升という素性の知れなかった浪人者と、龍升の仲間の浪人風体が二人の全部で八人だった。六日前の夜、一味は町方に囲まれたとは気づかず、茶漬屋の二階で賑やかに酒盛りの真っ最中だった。そこへ踏みこんだ捕り方の一番手がおれだ。この怪我はそのときに負ったんだ。言っとくが、やつらにやられたんじゃないぜ。店の一階と二階で大捕物になって、一番手のおれが捕り方を率いて、頭の彦助とおみね、浪人者の龍升と仲間の二人を、狭い二階の出格子の際《きわ》に追いつめた。やつらは捕まったら打首《うちくび》獄門はまぬがれねえとわかっているから、観念する気はなかった。散々に打ち合った末、おみね、浪人風体の二人、それから彦助をとうとうお縄にしたが、最後にひとり残った龍升が、ざんばら髪で刀をふり廻してあばれ狂い、捕り方にも怪我人が出る始末だった。そこでおれは、龍升に十手をぶんと浴びせ、やつがそれをかちんとはじき飛ばしたその一瞬の隙に、えいやあっ、と龍升の懐へ飛びこんだ。狭い二階の出格子を背にした龍升は後ろに退れず、捕り方に囲まれて左右にも逃げられない。仕方なく龍升は、懐にどしんとぶつかったおれを抱えたまま、二階の窓からぶっ飛んだってわけさ」

本条はそのときのことを思い出して、ふふん、とおかしそうに鼻で笑った。

「ぶっ飛んだ一瞬、夜空にかかった月が見えたが、おれと龍升が地面へ叩きつけられたのは、じつは覚えていない。龍升が下になり、上に乗っかったおれはごろんと転がり落ちてから気がついた。おれは、左肩から左脇腹、左足まで痛めて、周りの捕り方の手を借りなきゃあ起きあがれなかった。なのにだ。龍升はすぐに立って、わあっと取り押さえにかかった捕り方と、さすがに刀は手にしていなかったが、素手で揉み合っていたんだ。もうどうにもならねえのはわかりきっていながら、往生際が悪い野郎だと思ったが、それ以上に、おれの下敷きになって地面に叩きつけられてなんともないのかい、なんて野郎だと、そっちに驚いた。確かに、龍升の懐に飛びこんだとき、背は高くとも痩せっぽちの見かけと違って、骨太のがっしりした身体つきだったのが意外に思ったがな。で、それからおれは戸板に乗せられ、ほかの怪我人らと一緒に御番所に戻り、おれが見た龍升はそれだけだ。龍升がそれからどうなったかは、見舞いにきた御番所の傍輩らに聞いたことなんだ」

本条は続けた。

「龍升の素性が、旗本五千八百石の長尾家長男の京十郎と知って、地面に叩きつけられてなんともない野郎に驚いた以上に驚かされたよ。長男なら、長尾家の嫡子のはずだ。旗本五千八百石の嫡子が、強請集りを働くならず者一味だったとなりゃあ、名門旗本もへったくれもない。長尾家五千八百石はぶっ潰《つぶ》れるぜと、驚いたのを通り越して呆《あき》れた。ところが、それには続きがあって、長尾家には傍《はた》からはわからないこみ入った事情が絡んでいるらしく、これと言って粗相もなかった京十郎が惣領除にされ、四つ年下の弟が嫡子に立てられていた。つまり廃嫡だ。町方の勝手な見たてでは、京十郎は、廃嫡にされたことを怨《うら》みに思い自棄《やけ》になって、ならず者の彦助一味に加わったらしい。長尾家も長尾家だ。惣領除にした長男が自棄になって、拙《まず》い事態になっているのに気づかなかったのは頓馬《とんま》だし、五千八百石の大家に、京十郎さまなりませぬ、とお諫めする気の利く家臣のひとりもいなかったのかね。町方が大番屋にしょっ引いた彦助一味の取り調べを始めたら、旗本の長尾家の倅がいたことがわかって、京十郎の扱いは上の指図を仰いだほうが無難だという具合になった。

で、報告を上げたところ、御奉行さまの命《めい》で、その夜のうちに京十郎の身柄は長尾家に一旦引き渡された」

　本条は左肩を軽く揉みながら庭へ目をやった。庭に並ぶ踏石に数羽の雀が舞い降り、心地よげに囀りながら、午前のまだかすかに青みの残る日射しの下で、踏石の何かを啄《ついば》んでいる。

「彦助一味は、京十郎以外は町奉行所で裁かれる。京十郎の手下の浪人風体の二人は、浅草の馬道《うまみち》の地廻りが二本差しを真似て、京十郎にくっついていただけだから、これも同じだ。彦助の打首獄門、おみね以下の打首は間違いないだろう。京十郎だけが評定所で裁かれるが、やつも斬首はまぬがれねえ。長尾家はせめて京十郎に詰腹をと願うだろうが、まず無理だ。あり得ねえ」

　本条は庭から龍玄へ見かえった。

「しかし、町方の間に流れている別の噂がある。どうやら、長尾京十郎は評定所では裁かれないらしい。長尾京十郎が評定所に呼び出され、彦助一味に加担した咎を受けて斬罪を申しつけられたら、当然、長尾家に咎めがおよぶ。そこで長尾家は、京十郎に評定所の呼び出しがくる前に、長尾家自らが始末をつける。すなわち、京十郎に腹を切らせて病死と支配役に届け、長尾家への処罰を軽くするわけだ。おれのような、侍か侍じゃないのかよくわからないたった三十俵二人扶持《ににんぶち》の町方でも、五千八百石の旗本と同じだ。しがない町方の本条家を残すために、同じことをするだろうな。でだ、さっき表戸の前に立っている別所さんを見たとき、ぴんときたんだ。やっぱり、そっちの噂通りかいとね。別所さんは長尾京十郎のこれを、長尾家のどなたかから頼まれたなとね」

　本条は手刀《てがたな》で空《くう》を斬って見せた。

龍玄は黙然と首肯した。

「別所さん、こっから先はおれの勘だ。もしかしたら、わざわざ見舞いにきてくれた別所さんの、ちっとは役にたつ勘かも知れないし、なんの役にもたたないかもな。役にたたなきゃあ忘れてくれ」

本条はその感じを探るように、龍玄との間の空へ目を流しながら言った。

「六日前のあの捕物で、素性の知れねえ素浪人の龍升を出格子へ追いつめ、やつの懐へ飛びこんで、出格子からぶっ飛んだときだがな。さっき言った、痩せっぽちの見かけと違って、骨太のがっしりした身体つきだったのが意外に思ったのとは別に、今でも忘れられない覚えというか、いやな感じが、じつは残っているのさ。おれが龍升の懐に、どしんとぶつかった一瞬、やつが言ったんだ。触るな下郎《げろう》。間違いなく、触るな下郎とだ。それからおれと龍升はぶっ飛んで地面に叩きつけられたから、やつが言ったことはすぐに忘れた。だが次の日、見舞いにきた傍輩から、龍升が五千八百石の旗本の長尾京十郎だったと聞いて、触るな下郎、とやつが言ったのを思い出した。途端、ぞくっとするようないやな感じがしてさ。別所さん、おれの勘じゃあ、長尾京十郎は元々、自分を恃《たの》む気位《きぐらい》がむやみに高く、周りはみな自分より劣っていると、そう思っている男だ。あの男はひと筋縄ではいかねえだろう。周りから何を言われ、何を命じられようと、長尾家の体裁を損ね、障りになろうとも、もはやこれまでと観念して腹を切る、長尾京十郎はたぶん、そういう性分の男じゃねえと思うぜ」

本条は束の間をおいて、

「だから……」
と言いかけ、止めた。龍玄は本条の言いかけた言葉を、肚の中に収めた。

六

長尾家五千八百石の別邸は、隅田《すだ》村の綾瀬川より分流した用水の西岸にあって、東岸は堀切村である。用水は向島《むこうじま》の田野《でんや》を、途中、幾つかの枝川に分かれつつ流れ、中川《なかがわ》へそそぎ、用水沿いの寺島村《てらじまむら》のほうには、木々に囲まれた大名家の下屋敷もある。

高禄の旗本は、別邸を持つことが許されていた。長尾家が隅田村に別邸を持ったのは、当代の昌右衛門の祖父の代だった。寄合組に廻ったのも、その祖父の代からである。

昼下がりの八ツすぎ、龍玄は隅田村水神《すいじん》の船着場《ふなつきば》にあがった。

水神の鳥居前をすぎ、木母寺《もくぼじ》の山門へ下る隅田堤《すだづつみ》を越え、隅田村の集落を抜け、稲が黄色く実り始めた田んぼ道をとおった。八月も末に近い秋の空はくっきりと澄み、うす衣《ぎぬ》のような雲のたなびく下を、群れになった鳥影がかすめていた。遠くの田んぼの上を、数羽の白鷺《しらさぎ》が優雅に舞っている。

龍玄は、麻裃《あさかみしも》に両刀を帯び、菅笠《すげがさ》をつけ、着替えの衣類を包んだ紺風呂敷と同田貫《どうだぬき》の刀袋を提げていた。

ほどもなく、南の寺島村と東の堀切村へ向かう分かれ道に出て、堀切村のほうの道を行き、田んぼ道の先の用水に架けた橋が見えるところまできた。田んぼ道からはずれた小道《こみち》に沿って、数軒の茅葺《かやぶき》屋根の農家が集落を作り、集落を抜けた小道のだいぶ先に、漆喰《しっくい》がささくれだった低い土塀が囲う、長尾家の別邸を認めた。土塀よりも高く欅《けやき》や山もみじや白かしが繁って、邸内の茅葺屋根を隠している。まだ西の空に高い日射しが、暑いくらいだった。田んぼ道にも集落にも人影がなくあたりは寂として、長尾家別邸の木々で鳴き騒ぐひよどりの囀りが、田んぼ道にまで聞こえてきた。

別邸の土塀伝いに小道を行き、龍玄は門扉の片側が半ばまで開いた南側の門前に立った。邸内の塀ぎわに、桜と柿の木が、門屋根を蔽うように枝葉を広げている。門内に踏石が玄関式台へ続いていた。門内に人の気配は感じられなかった。騒がしいほどのひよどりの囀りが別邸の静寂をかき乱して、むしろ、不穏な兆しすら感じられた。

妙な。

龍玄は思った。門をくぐり広い邸内に入ると、土塀に沿って、柿の木、たぶの木やひば、竹林が見えた。踏石は門から玄関まで、東側のうこぎの垣根伝いに続いていた。

玄関は、一間ほどの式台と、式台上は別邸でも武家屋敷らしく、うす暗い槍の間になっていて、衝立が立ててあった。

「お頼み申します」

龍玄は菅笠をとって言った。返答も人の気配もやはりなく、ひよどりの囀りばかりが続いていた。

「本日、生野清順どののご用を承り、お訪ねいたしました別所龍玄と申します。どなたか、おられましたら、お取次を願います」

再び声をかけたが、戸内からは沈黙のみがかえってきた。

とそのとき、主屋の西側の中の口に閉てた腰高障子《こしだか》がそっと開いた。そして、紺木綿の尻端折り《しりばしょ》の下に痩《や》せた膝頭と脛を曝《さら》した男が、小腰をかがめて顔を出し、玄関前の龍玄の様子をうかがった。昨日、大沢虎次郎を訪ねた清順の供をしていた年配の中間だった。宵の刻限に辞去した清順を見送った際、供のその中間に見覚えがあった。

龍玄は中間へ辞儀をした。

すると中間は、周りの様子をうかがい、それから龍玄のほうへ小走りになって、ひたひたと藁草履《わら》を鳴らした。白髪頭に小さな髷を結い、頬のこけた老いた顔は怯《おび》えたかのように血の気が失《う》せ、土色になっていた。

中間は龍玄の一間半ほどまできて、小腰をかがめた恰好《かっこう》のまま、膝に手をあて、深々と辞儀を寄こした。

「昨日、大沢虎次郎さまのお屋敷にてお見かけいたしました、別所龍玄さまでございますね。与平《よへい》でございます。清順さまのお若いころより、お雇いいただいております」

与平は声を落として言った。

「別所龍玄です。今夕七ツの、生野清順どののご用を承り、参上いたしました。生野清順どのにお取次を……」

龍玄が言い終らぬうちに、与平は土色の顔を苦渋に歪めた。

「は、はい。ではございますが、清順さまはお亡くなりになられました。半刻ほど前で、ございます。まことに、おいたわしいことでございます」

龍玄は沈黙した。ひよどりの囀りが、午後のときを刻んでいる。

「何が、あったのですか」

龍玄が言った。与平は歪んだ顔をあげ、唇を震わせ、目を潤ませた。

「別所さま、玄関からお入りになるのは、危のうございます。何とぞ、こちらへ。事情をお話しいたします。別所さま、どうぞこちらへ、どうぞ」

与平は怯えつつも、龍玄を中の口へ促した。龍玄は中の口から入り、囲炉裏《いろり》のある台所の間に通された。囲炉裏にくべた薪《まき》が燃えつき、白くなっていた。流しと竈が三つ並んだ勝手の土間に、下男下女がいて、龍玄へ丁寧な辞儀を寄こした。

「浅草の本家のほうより、普段、長尾家の殿様奥方様、お客さまがお見えにならないときは、清順さまとわたくし、この二人でこちらの留守をいたしております。お仙《せん》さん、別所さまに茶の支度を頼むよ」

へえ、と怯えつつ茶の支度にかかるお仙を、龍玄が止めた。

「何とぞおかまいなく。寛ぎにきたのではありません。与平さん、事情を……」

「さようでございました。では、じゅ、順を追ってお話しいたします。お仙さん、茂吉《もきち》さん、あんたたちも坐《すわ》っておくれ」

お仙と茂吉が、与平の後ろに控え、肩をすぼめた。

「長尾京十郎さまがこの隅田村の別邸にこられましたのは、四日前でございます」

与平は話し始めた。

「北側の六畳間にお入りになり、誰も出入りができないように、窓と間仕切りは板戸を釘《くぎ》で打ちつけて塞《ふさ》ぎ、食事は板戸に小窓を開け、そこから差し入れるのでございます。本日の京十郎さまのご切腹は、その折りに、清順さまからお聞きいたしておりました。京十郎さまがそれまで、お心安らかにすごされるよう、注意を怠ってはならんぞと、申しつかっておりました。四日前から今日まで、京十郎さまは殊勝なご様子で、身を慎まれ、まことに静かにおすごしでございました。大沢虎次郎さまをお訪ねいたしました昨日は、本家より上島藤次《かみじまとうじ》さまが見え、京十郎さまの見守りは、上島さまがなさっておりました。上島さまは、本日の京十郎さまご切腹の介添役を、清順さまとともに、お務めになるはずだったのでございます」

そのとき、屋敷内のどこかから、低くうなる声が聞こえた。与平の後ろに控えているお仙と茂吉が、不安そうに声のするほうへ頭《こうべ》を廻《めぐ》らした。はあ、と与平が溜息を吐いて肩を落とした。

「京十郎さまでございます。とき折り、何かを思い出したかのようにうなっておられます。本途《ほんと》に気味が悪くてなりません」

「京十郎さまは、どこにおられるのですか」

「今は、蟄居なされていた部屋を出られ、玄関のほうの座敷でございます。玄関からお入りになるのが危ないと申しましたのは、京十郎さまが座敷におられるからでございます。京十郎さまが、酒を持って参れと、申されました。わたくしとこの二人だけでございますので、仕方ございませんでした。簡単な膳を調えてお運びいたしました。それからあのようにおひとりで、とき折り、うなっておられます」

「上島藤次どのは、どうなされたのですか」

「同じでございます。上島さまもお亡くなりでございます」

与平は顔を伏せた。

「長尾家本家より、検使役がお二方お見えになると聞いておりました。検使役はまだ、お見えではないのですか」

「検使役の内藤正助《ないとうしょうすけ》さまと倉沢伝五郎《くらさわでんごろう》さまは、八ツ前にご到着なされ、隣の茶の間に控えておられましたが、清順さま、上島さまと同じく……」

龍玄は、うなり声がした座敷のほうへ頭を廻らし、与平を促した。

「続けてください」

「九ツに、京十郎さまは湯漬《ゆづ》けをお召しあがりになられました。そのときは、蟄居なされていた板戸をはずし、清順さまが手ずから膳を運んで給仕をなさり、わたくしは清順さまのお手伝いでお側についておりました。京十郎さまは清順さまと幼いころの思い出話を交わしながら、とき折りは高笑いをなされ、とてもさっぱりとして清々しいご様子でございました。その場に控えておりましたわたくしは、最期をお迎えになるご境地に、なられたのだな、さすがは名門のお血筋だな、と思っておりました。湯漬けが済んでからもしばらくなごやかな談笑が続き、それから湯殿《ゆどの》でお身体を清められました。月代を剃《そ》って髷も綺麗に結い、お髭《ひげ》も清順さまがお剃りになり、傅役にお仕えのころを偲《しの》んでおられました。切腹場は、座敷の板戸をすべて閉て、白張りの屏風、血止めの白布団を敷き、二灯の燭台《しょくだい》、腹切刀《はらきりがたな》を寝かせた三方、首を洗う水桶《みずおけ》と柄杓《ひしゃく》、末期の白盃《しろさかずき》、塩を盛った土器、水徳利など、それらの支度も清順さまがお指図なされ、すでに整っておりました。それが起こりましたのは、八ツ前、検使役の内藤さまと倉沢さまがご到着になってほどなくでございました」

与平はひと息を吐いた。

「内藤さまと倉沢さまは、長尾家に長くお仕えの侍衆でございます。供に足軽の野崎文蔵《のざきぶんぞう》さまを従えておられ、お三方は茶の間にて、刻限までお待ちいただきますよう、わたくしがご案内いたしました。それから、京十郎さまのお召し替えをお持ちいたし、やはり清順さまがお召し替えのお世話を、甲斐甲斐しくなされました。京十郎さまは痩身ながら身の丈があり、白無垢と無紋の白裃がよくお似合いで、清順さまは目を潤ませておられました。わたくしは、お二方の睦《むつ》まじいご様子をお側で見守っておったのでございます。ただ、万が一にも間違いがないように、上島さまが間仕切りを隔て、廊下に控えてはおられました。あとは別所さまがお見えになり、夕七ツのときを迎え粛々と事を終えるはずでございました」

龍玄の脳裡《のうり》を、本条の言葉がかすめた。

もはやこれまでと観念して腹を切る、長尾京十郎はたぶん、そういう性分の男じゃないと思う、と本条は言った。

与平の話は続いた。

「白裃にお召し替えが済みますと、京十郎さまは清順さまの前に片膝《ひし》をつかれ、清順、世話になった、礼を言う、と声を絞り出されました。そして、清順さまを緊と抱き締められたのでございます。

清順さまも感極まって、京十郎さまを抱きかかえされました。異変が起こったのは、それからでございます。京十郎さまは清順さまを抱き締めたままお放しにならず、長い腕を清順さまの首と身体に上から蔽いかぶさるように巻きつけ、巻きつけた腕が小刻みに震えるほどぎりぎりと締めつけられているのが、わたくしにもわかるほどでございました。妙な、と不審に思ったのは、清順さまが、苦しげに喘《あえ》がれ、蔽いかぶさった京十郎さまの裃を鷲《わし》づかみにされ、巻きつけた京十郎さまの腕を引き離そうともがいておられたからでございます。わたくしは、清順さま、とお声をかけ、お側へ膝を進めましたが、京十郎さまの何かしら獣じみたうなり声が低く聞こえると、清順さまはくぐもった悲鳴をもらされ、やがて、両腕をだらりと落とされたのでございます。まことに、恐ろしく、凄《すさ》まじい光景でございました。長いときではございませんでした。わたくしはそのあり様に、わっ、と叫び仰《の》け反りました。身体が震えて起きあがれず、這《は》って逃げました。そのとき、間仕切りの外に控えておられた上島さまが異変に気づかれ、間仕切りを勢いよく引き開けられたのでございます。そうしますと、清順さまの脇差を手にした京十郎さまに、刀の柄に手をかける間もなく一刀両断の袈裟《けさ》懸《がけ》を浴び、凄まじい血を噴きあげ、敢《あ》え無い最期を遂げられたのでございます」

それから、茶の間に控えていた検使役の内藤正助、倉沢伝五郎、足軽の野崎文蔵が、「驚破《すわ》、何事」と座敷へ飛びこんだところが、内藤と倉沢は乱戦の末に討たれ絶命し、手疵を負った足軽の野崎だけが命をとり留めた。野崎は疵の手当もそこそこにして、

「旦那さまのお指図があるまで、この事態を屋敷の外に知られてはならねえ。屋敷には誰も入れるな。京十郎さまを屋敷から出すんじゃねえぞ」

と、与平らに言い残し、事態を知らせに本家へ戻って行ったのだった。

七

「京十郎さまを屋敷から出すなと言われましても、そんな、わたくしどもに何ができましょう。ここで身をひそめ、成り行きを見守るしかございません。ただ、京十郎さまはあの通り、逃げ出すご様子もなく、斬り捨てた方々の傍らで、先ほどから酒を呑んでおられるのです。一体どうするおつもりなのか、京十郎さまのご存念《ぞんねん》など、わたくしどもには計りかねます。別所さま、そのような事情でございます。このまま、お引きとりいただくしかございませんのでしょうね」

与平が困惑して言った。お仙と茂吉も、心細そうにうな垂れている。

「事情はわかりました」

龍玄は言った。しかし、刀袋の紐《ひも》をほどき、同田貫を抜き出した。与平が、意外そうな顔つきを龍玄へ寄こした。

「わたくしは、生野清順さまのご依頼により、京十郎さまご切腹の介添役をお引き受けしたのです。介添役の役目を果たします」

「ええ?」

与平が驚いた。お仙と茂吉が唖然《あぜん》として、龍玄が村正《むらまさ》を菅笠や着替えの包みに並べ、立ちあがって同田貫を麻裃の腰に帯びるのを見つめた。

「別所さま。危のうございます。おひとりでは無理でございます。京十郎さまが、殊勝にご切腹なさるとは思えません。わたくしどもには何もできません」

「ご懸念なく。ここでお待ちください。済んだのちに声をかけます」

龍玄は同田貫の鯉口《こいぐち》を切って、ぬめるような刀身を五、六寸抜き、静かに納めた。

「こちらでよろしいのですね」

台所の間の東側に、引違いの舞良戸《まいらど》が閉ててある。

「さようでございます。で、では、ご案内いたします」

与平が恐る恐る、龍玄の先に立った。

舞良戸を引くと、拭板《ぬぐいいた》の半間ほどの狭い廊下と、引違いの襖《ふすま》が開いたままの六畳間に、台所の間のうす明かりが射した。六畳間に仰《あお》のけに手足を投げ出した黒い人影が見えた。

「清順さまでございます。おいたわしい」

与平がささやき声で言った。

「あちらのほうは、上島さまでございます」

暗い廊下の北側にも、置物のような黒い影が蹲って、黒い血が廊下に広がっていた。六畳へ入ると、与平は清順の亡骸《なきがら》の傍らに着座し、掌《て》を合わせた。清順の見開いた目が、うす明かりを跳ねかえしていた。

六畳間の南側の間仕切りが両引きに開け放たれ、八畳の仏間と、仏間に続く南側の八畳の座敷までが見通せた。長尾家の隅田村別邸は、邸内の西側から東側、北側から南側へ部屋が続く矩形《くけい》の屋敷だった。

西側に、囲炉裏のある台所の間、茶の間、味噌醬油《しょうゆ》酒樽《さかだる》、米俵、台所道具を収納した板間、勝手の土間の西側に下男下女部屋、そして湯殿があった。その一角と拭板の廊下を隔てた主屋の東側には、物置用の小部屋と東向きに縁側のある六畳間、八畳の仏間、南向きに板縁と土縁《どえん》のある八畳の三部屋が、北側から南側へ続いていた。

龍玄が案内を乞うた玄関式台と槍の間は、八畳の隣に南へ向いて開かれていた。京十郎の切腹場は、八畳の仏間が充《あ》てられた。

どの部屋の板戸も閉ててあった。だが、仏間の板戸が一枚はずれて庭へ落ち、八ツ半すぎの明かるい光が仏間に流れ、南側の八畳の座敷にも、午後の淡い明かるみが届いていた。

南側の八畳の座敷に、刀を肩にかけ、片膝立ちの胡座《あぐら》をかいた京十郎の白裃姿が認められた。京十郎は、仏間ごしの六畳間の龍玄と与平へ上体をねじるように向け、凝っと目を据え、動かさなかった。

「与平さんはここまでにて。これからはわたくしが……」

「はい。わたくしは清順さまのお側で、お見守りをいたします」

龍玄は頷き、仏間へ踏み出した。

仏間の縁側の板戸がはずれた庭に、検使役の内藤正助か倉沢伝五郎のどちらかが、血塗れで横たわっていた。もう一体は、肩口から斬り落とされて仏壇の下に仰のけに倒れ、天井を見あげていた。その腹には、刀がむごたらしく突きたったままになっていた。

切腹場の白張りの屛風が倒れ、血飛沫《ちしぶき》が走っていた。二灯の燭台や三方や白盃、徳利、杉原紙《すぎはらがみ》を巻いた腹切刀までが、まるで子供の玩具《がんぐ》のように散らかっていた。血止めの白布団にもべっとりと血の滴《したた》った痕があった。庭の木々の青い葉が、日射しを受けて耀き、小鳥ののどかな囀りが聞こえる。

龍玄は間仕切りの敷居の側まできて、着座した。うす暗い南側の座敷の中ほどにいる京十郎は、身体をねじったまま、きりりとした目と、通った鼻筋とうすい唇の片側に冷笑を浮かべ、舞台子のような色白の細面を龍玄へ向けている。ただ白い裃は、血の赤い模様に染まっていた。片膝立ちの傍らに膳がおかれていて、京十郎は膳の徳利をつかみ、龍玄をみつめたままあおると、濡《ぬ》れた唇を手の甲で拭い、投げつけるように言った。

「おまえ、知らぬ顔だ。長尾家の者ではないな。何者だ」

「別所龍玄と申します。生野清順さまに本日の介添役を承りました。長尾京十郎さま、お支度を願います」

京十郎は声を引きつらせて笑った。

「別所、おれよりもまだ若いな。どこの家中《かちゅう》の者だ」

「主《あるじ》を持たぬ浪人者です。町奉行所の御用により、牢屋敷にて首打役の手代わりを承っております」

「首打役の手代わりだと。虚仮《こけ》が。牢屋敷の首打役ごときが、侍の切腹の介添役など傍ら痛い。退れ退れ」

「京十郎さまのご切腹は、長尾家内々のことに収めねばなりません。長尾昌右衛門さまが生野清順さまに、京十郎さまご切腹を、内々に執り行うようにと命じられました。京十郎さまご切腹ののち、支配役には病死とお届けになられます。病死が認められれば、長尾家が咎めを受けることはありません。しかし、何も手を打たずば、評定所のお裁きにより京十郎さまの斬首はまぬがれず、長尾家にも重き咎めが下されます。それは、京十郎さまもご存じだったはずです。長尾家にどのような経緯《いきさつ》があったにせよ、いかなるご存念にせよ、長尾昌右衛門さまは、京十郎さまに侍らしく自ら始末をつける機会を与えられたのです」

「黙れ。長尾昌右衛門などと、下郎がわが父の名を軽々しく口にするな」

京十郎はつかんでいた徳利を、龍玄へ投げつけた。徳利は龍玄の総髪のほつれをかすかにゆらし、六畳間のほうまで転がった。龍玄はそれを見きっていたかのように、瞬《まばた》きすらせず言った。

「わたくしはやむを得ず屠腹《とふく》なさる武家の介添役も、ときに承っております。生野さまはわたくしがいかなる者かご承知のうえで、介添役を依頼なされました。そのように、生野さまがご判断なされたのです。長尾家のために死ぬも生きるも、それは京十郎さまがお決めになることです。わたくしは亡くなられた生野さまに、介添役をお請けいたしました。お請けしたわが務めを、果たすのみです」

「ふん。口は達者なようだな。首打役の腕も口ほどに達者か」

と、京十郎は肩にかけた刀をつかんで躍りあがり、膳を蹴った。黒塗《くろぬり》の膳と鉢や小皿が仏間に散乱したが、咄嗟《とっさ》に龍玄は跳ね、仏間から八畳間へ踏みこんで行った。

「せえいっ」

京十郎は吠えた。抜刀するやいなや鞘を捨て、痩身を躍動させた。うなる白刃《はくじん》を、龍玄へ浴びせた。だが、龍玄は悠然とした、それでいてすみやかな歩調で京十郎の左方へ左方へと廻りこみ、白刃に空を斬らせた。そして、京十郎が素早くかえした二の太刀の追い打ちも、その太刀筋を見きっているかのように身体を軽々とそよがせ、空へ流しながら抜刀し、かあん、と鋭く跳ねかえした。龍玄の激しいかえしに、京十郎は仰け反り、一歩引いて身構えた。

　龍玄は、一刀を正眼《せいがん》にとり、軽く膝を折って京十郎に相対した。方や、一歩を引いた京十郎は、そのまま右八双《みぎはっそう》にとった。

「なるほど。少々使えそうだ。あの者らとは違う。これぐらいの手ごたえがなければ、斬り甲斐がない。いくぞ」

「何ゆえ、検使役の方々を斬り捨てられた」

　龍玄は質した。

「何ゆえだと。あの者らは長尾家の家臣にすぎぬ。家臣の分際で、おいそれと近づくことさえはばかるおれの切腹の検使役などと、無礼千万、身のほどをわきまえぬ者らだ。この刀はやつらの雑刀《ざっとう》だ。家臣が無礼な真似をした報いに、やつらの刀で手討ちにした。手討ちにされて当然の無礼を働いたからだ。しかし清順は別だ。清順は助けてやりたかった。清順だけが、おれを長尾家の嫡子として育て、敬った。おれが心を許したただひとりの家臣だ。よき家臣だが、清順は足手まといだ。仕方がなかった。やむを得なかった」

京十郎がじりじりと間をつめていく。

「足軽に、わが父へ知らせに行かせた。できるだけ人数を集め、ここへ討手《うつて》を寄こせとな。討手がきたら、斬って斬って斬りまくって死んでやるとな。だが、ひとりでは死なん。旗本五千八百石の長尾家も道連れだ。なんの五千八百石、朽ち果てた大木が倒れるのを、おれがひと押ししてやるだけだ。そういうことだ、わかったか、別所」

「身勝手な。そんなことのために、よき家臣であった生野さまを殺《あや》め、主人に命じられ務めを果たしているだけの家臣を斬り捨てたのですか。ならず者の彦助一味の中で、京十郎さまは龍升と名乗っておられましたな。なるほど。龍升のならず者の性根が、それで見えました。京十郎さまこそ、ただ長尾家の家名にすがり保身に汲々《きゆうきゆう》として、そもそもが、なんの用いるところもない者でしたな。京十郎さま、斬って斬って斬りまくる討手を、待つまでもありません。もう一度申します。介添役を務めます。お支度を」

再び龍玄が言った。

「ほざけ」

京十郎は怒声を発し、低くした身を一転、躍らせた。片膝が畳につきそうなほど大きく踏み出し、龍玄を片手上段の袈裟懸にした。だが、ぶうん、とうなる刃が龍玄を一刀両断するよりも早く、龍玄の同田貫は京十郎の一撃をまた跳ねあげた。跳ねあげられた切先《きつさき》が、座敷の竿縁《さおぶち》天井へかつんと突きたった一瞬の隙に、龍玄はかえす刀で、京十郎の胴を斬り抜けた。仏間の縁側から射す戸外の明かるみが、斬り裂かれはらりと跳ねた白裃の肩衣《かたぎぬ》を、青白く照らした。

京十郎はうめき、かろうじて倒れるのを堪《こら》え、片膝をついた。

すかさず、龍玄はふりかえり様、ひと声を発した。

「介錯 仕《つかまつ》る」

うす明かりの中に閃光《せんこう》が走った途端、喉の皮一枚を残して落ちた首が抱え首となった。京十郎は、もううめき声ひとつもらすことはなかった。ほんのわずかの間、血の噴く音と庭の小鳥の囀りが聞こえたが、血の噴く音はすぐに止んで、竿縁天井に突きたったままの刀がかすかに震えていた。それから京十郎は、ゆっくりと畳に俯《うつぶ》した。

仏間の北側の六畳間に、与平とその後ろにお仙と茂吉がいつしか控え、京十郎の俯せになった亡骸に掌を合わせ、頭を垂れていた。

八

翌々日の、もう八月の末に近い昼下がり、龍玄は本郷菊坂臺町喜福寺裏の、大沢虎次郎の道場を訪ねた。その日も天気はよく、中庭ごしの道場のほうから、少年たちの稽古に励む甲高い喚声が、龍玄と虎次郎が対座した座敷に聞こえていた。

虎次郎は少年たちに稽古をつけていたところで、その稽古着のまま、龍玄が待つ座敷に現れ、気が急《せ》くように言った。

「龍玄、待っていた。首尾は……」

龍玄は一昨日の隅田村長尾家別邸での出来事をつぶさに語り、昨日は馬喰町《ばくろちょう》の郡代《ぐんだい》屋敷で訊きとりがあって、そのあとは浅草の長尾家の屋敷を訪ね、と昨日、報告にこられなかったことを詫《わ》びた。

虎次郎は、生野清順が落命した経緯を知ると、なぜそのようなことが、と驚きを隠せぬ様子を見せ、それから眉間に深い皺《しわ》を刻みうな垂れ、話の続きを黙然と聞いていた。龍玄が話し終えると、

「嗚呼、可哀想《かわいそう》に」

と、重たげな吐息とともに言った。

「これで、江戸の生野家の血は絶えたということだな。米沢には生野家の縁者がおるゆえ、殊更《ことさら》に悲観することではないとしても、清順さんが亡くなったのは、まことに悲しい。寂しく、つらいな」

「はい」

と、龍玄は言った。

「清順さんは妻を娶らず、むろん子もなく、養子縁組もしなかった。わたしが清順さんに縁談の話を持ちかけたことがあって、その縁談は清順さんも乗り気になって進みかけた。だが、結局は巧《うま》くいかなかったのだ。生涯独り身を通された。お父上の清右衛門さんが亡くなられてからは、年に一度か二度ぐらいしか会えなかった。清順さんに会うと、米沢の話になって、気がなごんだ。と言っても、清順さんは五歳のころにご両親と江戸に出てこられ、それからずっと江戸暮らしゆえ、江戸育ちも同然なのに、年下のわたしに話を合わせてくださって、清順さんはそういう気遣いをする人

だった」

虎次郎は、道場の少年らのかけ声が聞こえてくる中庭に面した明障子へ、物憂げな眼差しを向けた。午後の白い日が、明障子に射していた。虎次郎は物憂げに続けた。

「お父上の清右衛門さんは有能な方で、米沢藩の一勘定方だったのが、徳川家旗本の長尾家先代より是非にと乞われ、藩の許しを得て長尾家の家宰役に就かれた。大藩の米沢上杉家の一勘定方ではなく、五千八百石の旗本の家宰役を選ばれたのは、仕える主家は小さくとも、おのれの才覚を生かせる奉公先を選ばれたのだと思う」

しばし、考える間があった。

「清順さんは、お父上と同じく長尾家に仕えられたが、家宰役にはとりたてられず、一侍衆だった。清順さんはそれを、引け目に感じておられたと思う。生涯妻を娶らなかったのも、自分に引け目を感じておられたからではないかな。三十四歳のとき、ご嫡男の京十郎さまの傅役に任じられ、その役目にとても遣り甲斐を感じておられたのに、それがこんなことになるとは、なんたることだ」

虎次郎はまた、考える間をおいた。

「清順さんは、お父上の清右衛門さんのような才覚が自分には備わっていないと、自嘲なさっていた。しかし、わたしはそうは思わなかった。清順さんはとても人柄の優れた人だった。気持ちのさっぱりした、案外によく笑い、楽しい人だった。龍玄、得手不得手は、人それぞれではないか。優れた者、抜きん出た者、有能な者もいれば、そうでない者もいる。それが人の世だし、ひとつでも優れたところがあれば、それだけでも素晴らしいことではないか。人はそれでいいのではないか。

そう思わぬか」

「思います」

龍玄は言った。

「清順さんを偲んで一杯やる。龍玄、つき合ってくれるか」

「はい。わたくしもそのように思っておりました」

「妻がまた笹巻すしを作っている。この前は慌ただしくて、清順さんにゆっくりと味わってもらえなかった。また近々と思っていたのが、あれが最後だったとは……」

この前のように、酢締めの香りが座敷にまでかすかに感じられた。笹巻すしは、五、六日塩漬けにした小だい、こはだ、あじなどを酢締めにし、同じく酢のきいた飯と一緒に熊笹《くまざさ》に巻く。熊笹の強い香りが効いて、夏場でも丸一日は持つし、何よりもその香りが笹巻すしの風味を増した。その日、龍玄と虎次郎は、笹巻すしを酒の肴に、夜ふけまですごした。

弥右衛門

一

ひとところと比べて、湯島天神前《ゆしまてんじん》の茶屋も、抱える陰間《かげま》がずい分少なくなった。

十年ほど前までは、芳町新道《よしちょうじんみち》の茶屋だけで、百人以上の陰間を抱えていた。その中の半分ぐらいは、舞台子《ぶたいこ》とか色子《いろこ》と称して、堺町《さかいちょう》の中村座《なかむらざ》や葺屋町《ふきやちょう》の市村《いちむら》座、木挽町《こびきちょう》の森田《もりた》座の芝居に出て歌舞を演じ、中には本物の役者になった色子も少なからずいた。

寛政《かんせい》の御取締《おとりしまり》を、堀江六軒町《ほりえろっけんちょう》の芳町新道も湯島天神前も、陰間を抱えている茶屋は今のところまぬがれている。けれど、この先も御取締を受けないとは限らない。

お上に睨《にら》まれ細々と営んでいるのでは、大した稼ぎにならず、陰間をおかなくなる茶屋が増えるのも、いたし方なかった。

これがご時世というものなのか、陰間もずい分と肩身が狭くなった。

湯島天神前の茶屋、《藤平《ふじひら》》抱えの弥右衛門《やえもん》には、好いた男がいた。真崎新之助《まさきしんのすけ》という裏神保小《うらじんぼうこう》路《じ》に組《くみ》屋敷のある、賄調役《まかないしらべやく》七十俵の御家人《ごけにん》の部屋住みで、弥右衛門と新之助が陰間と馴染《なじ》みの客から、もっと打ちとけた深い契りを結ぶ間柄になって、はや一年半がたっていた。

弥右衛門が二十七歳。新之助は六つ下の二十一歳となったこの春の正月、弥右衛門は新之助にある話を持ちかけた。

藤平の年季が、冬には明ける。年季が明けたら、木挽町の茶屋を任せてくれるという、贔屓《ひいき》の旦那がいる。旦那は馴染《なじ》みの客ではなく、弥右衛門が江戸に出てきたときから、いろいろ世話になった縁のある商人で、弥右衛門の人物を見こんで、金は出すが口は出さない、儲《もう》けさえ出れば、弥右衛門の思うように営んでよい、と言っている。新之助が承知なら、一緒に暮らし、木挽町の茶屋を手伝ってくれないか、という話だった。

新之助は初め、色よい返事をしなかった。

弥右衛門の話を受ければ、幕府御家人の真崎家から離縁されるのは間違いない。

新之助は真崎家の三男坊で、上には壮健な二人の兄がおり、新之助が真崎家を継ぐことは、まずなかった。むろん、他家《たけ》よりの養子縁組の申し入れなど、あるはずもない。むしろ、次兄ともども、一生を真崎家の部屋住みとして送るのは、世襲とは言え、職禄《しょくろく》わずか七十俵の真崎家には厄介ではある。のみならず、次兄にとっても新之助にとっても、それは酷《むご》い運命に違いなかった。

公儀直参御家人《こうぎじきさんごけにん》の一門とは言え、新之助は、先に希《のぞ》みのない武士の身分を捨てることに、ためらいはなかった。武士の意気地《いきじ》など、今の自分になんの役にもたたない、と思っていたし、両親も、せめて三男の新之助が真崎家を出て身のたつ手だてがあるなら、それを許さないとは思われなかった。

だとしても、真崎家から除《のぞ》かれ、木挽町の茶屋の亭主の《男》になって身すぎとするのでは、両親をさぞかし落胆させるであろう。いずれ、長兄が継ぐことになる真崎家にも何かと障りになりはせぬかと、話を聞いたときは気がかりだったからだ。

だが、あれこれ気がかりではあっても、新之助は長く迷わなかった。弥右衛門と結んだ契りは強く、確かだった。結句、新之助は弥右衛門の持ちかけた話を受け、真崎家を出る覚悟をした。

両親におのれの覚悟を有り体《あ てい》に告げると、両親ともに、初めは唖然《あぜん》としていたのが、やがて母親は目を潤ませ、何も言わず、ただ、自分自身に何かを言い聞かせるように、しきりに頷《うなず》くばかりだった。一方、父親は沈鬱な口ぶりで言った。

「幕府御家人の真崎家の者である限り、為《な》すべき務めがあるし、為してはならぬこともある。仮令《たとえ》、部屋住みであっても、おまえは武門の家に生まれた武士だ。とは申せ、それは立前《たてまえ》。若いおまえに、部屋住みで一生を閉じよ、それが武門の家に生まれた者の、甘んじねばならぬ定めなのだと、頑《かたくな》に言うつもりはない。おまえがそこまで覚悟を決め、それを希《のぞ》むのであれば、希み通りに、不肖の倅《せがれ》が一門の体面に疵《きず》をつけぬよう、真崎家より除いてやろう。しかしながら、真崎家より除いたからには、おまえは二度と、わが真崎家の門をくぐることはならぬ。真崎の姓を名乗ることも許さぬ。おのれひとりで生き抜かねばならぬ。それでよいのだな」

新之助は、父親の言葉に咽《むせ》び泣いた。そして、声を絞りつつ、

「ありがたきお言葉。いかようにも……」

と、こたえたのだった。

それから、二《ふた》月と十日余のすぎた四月初旬の夜ふけ、新之助は、藤平からの戻りの湯島方面より水道橋《すいどうばし》へ下る上水樋《じょうすいひ》の坂道で、たまたま行き合った、三人の侍と口喧嘩《げんか》になった。口喧嘩が昂《こう》じた末に、双方が抜刀して斬り合いが始まり、新之助は斬られ、敢《あ》え無くも二十一歳の命を散らした。

斬り合った相手は、新番頭《しんばんがしら》長谷《はせ》定勝《さだかつ》嫡男《ちゃくなん》の典隆《のりたか》、新番衆《しんばんしゅう》稲田《いなだ》重之助《しげのすけ》二男の金次郎《きんじろう》、同じく、新番衆高桑《たかくわ》八兵衛《はちべえ》嫡男の晋右衛門《しんえもん》の、いずれも番町《ばんちょう》の拝領屋敷に居住する旗本《はたもと》の倅《せがれ》らで、新之助と同じ二十一歳であった。

典隆、金次郎、晋右衛門の三人は、坂下の辻番《つじばん》の番人《ばんにん》が、斬り合いに気づいて駆けつけ、とり押さえられた。斬られた新之助は虫の息で横たわり、医者を呼ぶ間もなく絶命した。

辻番の番人は、武家屋敷の外で起こった斬り合いのため、一旦、北町《きたまち》奉行所に通報した。北町奉行所より検視役《けんしやく》の町方《まちかた》が出役《しゅつやく》し、新之助の亡骸《なきがら》の検視と、新之助を斬った、典隆、金次郎、晋右衛門より事情の訊《き》きとりが行われた。そののち、裏神保小路の真崎家に辻番の番人が知らせに走り、三人の旗本の処置は、町奉行所は支配外のため、御目付役《おめつけやく》の処置を待つようにと指示をし、その場はそれぞれの屋敷に帰らせた。

事件の子細《しさい》は、その夜のうちに町奉行所から江戸城の目付役当番に届けられ、目付配下の徒《かち》目付が、長谷家、稲田家、高桑家に遣わされたのは、翌朝の未明であった。

徒目付は、事件の評定《ひょうじょう》が開かれ、それぞれにくだされる御沙汰《おさた》を、妄《みだ》りに騒がず神妙にお受けいたすべしと命じ、三人は小伝馬町《こでんまちょう》牢屋敷へ入牢《じゅろう》となった。三人は、御目見《おめみえ》以上の旗本ゆえ、牢屋敷の揚《あがり》座敷に収監された。
　さらにおよそ、二十日がすぎた四月下旬の二十二日、真崎新之助斬殺の廉《かど》により、典隆、金次郎、晋右衛門の評定が、和田倉御門外辰ノ口《わだくらごもんがいたつのくち》の、伝奏《てんそう》屋敷に隣接する評定所にて開かれた。公事方勘定《くじかたかんじょう》奉行二名、寺社《じしゃ》奉行四名、南北両町奉行、評定所留役《とめやく》二名が臨席した三手掛《みてがかり》であった。
　評定所は、当夜、新之助と典隆ら三人の斬り合い騒ぎに気づいて駆けつけた辻番の番人らのほか、三人がその刻限まで酒を呑《の》んでいた湯島横町《ゆしまよこちょう》の酒亭《しゅてい》の亭主、新之助がいた湯島天神前の茶屋藤平の主人らを召喚し、新之助と三人の当夜の行動などを訊問《じんもん》した。
　さらに、それぞれの身内の者、三人の父親の新番頭長谷定勝、新番衆稲田重之助と高桑八兵衛、新之助の父親の賄調役の真崎昌三郎《しょうざぶろう》の訊きとりも行われた。
　評定は二度開かれて結審し、
《……双方が遊興ののちの、夜ふけの市中において偶然行き合い、不埒《ふらち》にも互いに暴言を吐き、そしり合った末に、ついには斬り合いにおよび、真崎新之助斬死にいたった子細は、はなはだ遺憾であり、以《もっ》ての外《ほか》である。しかしながら、真崎新之助斬死《ざんし》は、夜ふけまで遊興に耽《ふけ》っていた双方に、不届きなる落ち度があったことは明らかであり、評定にはおよばぬ双方の不始末、と見なさざるを得ない。よって、真崎新之助斬死については、双方が相対《あいたい》で談合すべきことであり、長谷典隆、稲田金次郎、高桑晋右衛門の落ち度についてのみ、屹度叱《きっとしか》りを申しつける》
　すなわち、長谷家、稲田家、高桑家の三家と真崎家が話し合って決着を図れ、というもので、典隆ら三人には寛大な裁決となった。

これは、斬った三人が旗本の家柄、斬られた一方が御家人ゆえ、なんらかの裁量が働いたのではないか、三人対ひとりの斬り合いで斬殺されたにもかかわらず、いくらなんでも不公平な裁決ではないか、という声も聞かれた。

けれども、この不可解な事件はすぐに忘れられた。三男の新之助を喪《うしな》った真崎家の悲しみも、日がたつうちに癒《い》えた。そうして、四月がすぎ、夏もすぎた秋も半ばの虫の声を聞くころ、次の事件が起こったのだった。

二

寛政二年九月、無縁坂《むえんざか》の越後高田藩《えちごたかだ》榊原《さかきばら》家の中《なか》屋敷では、夕闇の迫るころより、可憐な松虫の声が、邸内のどこかの叢《くさむら》より聞こえて、毎夜、無縁坂の静寂を彩《いろど》った。しかし、しとしとと秋の冷たい雨の降る日は、松虫の鳴く声は聞こえなかった。しとしとと降る雨の下で、すぎゆく季《とき》の空《むな》しさを凝《じ》っと耐えるかのように、松虫の鳴く声は聞こえなかったのだ。

不忍池《しのばずのいけ》にも秋の気配がだんだんと立ちこめ始めた九月のその日は、そんな雨が朝から続いて、雨の細流が、無縁坂を幾筋も坂下の茅町《かやちよう》へと流れ、坂の上り下りに難渋《なんじゆう》した。

午後、日本橋本銀町《にほんばしほんしろがねちよう》の菓子問屋《富川《とみかわ》》の手代《てだい》が、お仕着せの裾《すそ》を端折《はしよ》り、白足袋《しろたび》に足駄《あしだ》をつけて唐傘《からかさ》を差し、手紙の入った木箱を脇に抱え、雨にぬかるむ無縁坂を、難渋しつつ上ってきた。

手代は、無縁坂右手に土塀をつらねる、称仰寺《しようこうじ》門前をすぎた講安《こうあん》寺門前の、門前通りの次の小路を北へ折れた。

別所《べっしょけ》家の住居《すまい》は、小路の四半町余先にすぐ見つかった。

手代は、板塀に設けた引違いの木戸門を通り、木犀《もくせい》とつつじの灌木《かんぼく》のわきより玄関へ敷いた踏石《ふみいし》を途中からそれ、玄関の片側に腰高《こしだか》障子を閉《た》てた中の口へ廻《まわ》った。手代は唐傘を差した恰好《かっこう》のまま、中の口の障子戸ごしに住居の気配を束《つか》の間うかがった。それから、張りのある声をかけた。

「まことに畏《おそ》れ入ります。わたくしは、日本橋本銀町の菓子問屋富川に奉公いたしております良ノ《よしの》助《すけ》と申します。こちら様は、御奉行所の御用をお務めの、別所龍玄《りゅうげん》さまのお住居《すまい》と存じあげ、お訪ねいたしました。本日、主人の富川喬太郎《きょうたろう》より申しつかり……」

良ノ助は用件を伝え、返事を待った。

雨が庭の木々をさわさわと鳴らし、遠い風のざわめきのように聞こえていた。戸内に人の気配はあったが、返事はなかった。良ノ助が再び言いかけた。

「まことに畏れ入ります。こちら様は、別所龍玄さまのお住居と存じあげ、お訪ねいたしました」

そのとき、中の口の戸内で、「ただ今」と女の声がかえった。すぐに腰高障子が引かれ、すっと背の高い女が、中の口の土間に立ち、良ノ助に丁寧な辞儀を寄こした。そうして、丸髷《まるまげ》の下の顔つきをやわらげ、雨の中に立つ良ノ助を気遣うように言った。

「どうぞ、玄関のほうへお廻りください。そちらでは、足下が悪うございます」

良ノ助は、あ、と出そうになった声を呑みこんだ。別所龍玄の女房が、里は名門の旗本で、しかも、器量よしと評判の年上、と聞いていた。これがそうか、と良ノ助は女に見惚《みと》れ、返事をするの

が少々遅れた。すると、

「どうぞ、玄関のほうから」

と、さりげなくもう一度促され、良ノ助は慌てて言いかえした。

「いえ。わたくしは主人の富川喬太郎に申しつかり、別所さまに、主人の手紙をお届けにあがりました使いにすぎません。無縁坂でこれほど難渋するとは思わず、この通りひどく足下も汚れております。別所さまのご返事を、このままこちらで、お待ちいたします」

良ノ助は、書状を入れた木箱を、軒《のき》の雨垂れが飛沫《しぶき》を散らす戸口の、別所龍玄の妻の百合《ゆり》へうやうやしく差し出した。

「お内儀《ないぎ》さま、主人の富川喬太郎に申しつかりました手紙は二通ございます。一通は主人の手紙にて、もう一通は、新道二番町《しんみちにばんちょう》のお旗本の立原勝介《たちはらしょうすけ》さまより、別所さまへおわたしするように、とお預かりいたしました添状《そえじょう》でございます。こちらに二通が入っておりますので、何とぞ、お改めを願います」

「それはご丁寧に。お旗本の立原勝介さまは、存じあげております」

百合は、少し気の毒そうに良ノ助を見つめ、手紙の入った木箱を受けとった。

「それでは、雨の中でお待たせいたすわけには参りませんので、勝手のほうへお廻りください。茶の間ですけれど、茶の用意もいたします」

「さようでございますか。お気遣い、畏れ入ります。では、勝手のほうでしたら、そのようにさせていただきます」

「お玉《たま》、お客さまをご案内して差しあげて」

白合が戸内へ見かえり言うと、「はあい、奥さま」と快活な返事が聞こえた。

紺縞《こんしま》の着物を裾短《すそみじか》に着けた、丸顔に団子鼻の、器量はよくなくとも愛嬌《あいきょう》のある若い下女《げじょ》が、傘を差して庭のほうから廻ってきた。

「富川さん、こちらへ」

と、下女のお玉は、良ノ助を椿《つばき》の木の下に井戸のある勝手口へ導いた。

勝手の土間は案外に広く、大きめの竈《かまど》や流し場があって、土間続きの広い板間に切った炉《ろ》のそばに、年配の婦人が坐《すわ》っていた。婦人の傍《かたわ》らには、桃色の着物を着けた玉のような幼女が、婦人の肩に小さな白い手を載せて、ぽつんと立っていた。幼女は、黒目がちなくるりとした目を土間の良ノ助に向け、不思議そうに見つめている。婦人は、穏やかに頬笑《ほほえ》んで、良ノ助に丁寧な辞儀をして言った。

「おいでなさいませ。雨の中を、ご苦労さまでございます」

そして、傍らの幼女の手をとって坐らせ、

「杏子《あんず》もお坐りをして、おいでなさいませと、お客さまにご挨拶をするのですよ」

と、幼女の頭をそっと押さえた。

幼女が坐って、たどたどしく何かを言ったので、婦人と下女が笑った。

良ノ助は、裾端折りの着物をなおし、深々と辞儀をした。改めて名乗ると、婦人は掌《て》を合わせて言った。

「菓子問屋の富川さんは、本銀町に立派なお店《たな》を構えておられますね。前に二度ほど、行ったことがございます。富川さんのきんつばは、本途《ほんと》に美味《おい》しゅうございますので、ご進物などにもとても良いのです。お玉も、富川さんのきんつばを、覚えているでしょう」

「はい、大奥さま。富川さんのきんつばは、とても美味しゅうございました」

下女のお玉が言ったので、良ノ助は、「へへえ」と恐縮しつつも、勝手の土間と台所をかねた茶の間を、ちらりと見廻し、奥さま、とか、大奥さま、というほどのお屋敷ではないがな、と少々訝《いぶか》った。

良ノ助は、別所龍玄の母親が、これも御家人の出自《しゅつじ》ながら、貧乏武家相手に、高利の金貸《かねかし》業を営んでいるとも聞いていた。牢屋敷で首打役《くびうちやく》を務める別所龍玄の母親で、しかも金貸なら、きっと女ながらにさぞかし強面《こわもて》の、と思っていたのが、意外にもちょっと品があり、穏やかで、しかも、玉のような愛くるしい幼女がいて、下女も明るく愛嬌があって、質素でも、居心地のよさそうなこの住居の様子が、不思議に感じられてならなかった。

聞いていたのとはだいぶ違うな。別所龍玄とは、どういうお侍なんだろう。

と、首をひねった良ノ助に、婦人が勧めた。

「さあ、良ノ助さん、今お茶の支度をいたしますよ。どうぞおあがりください」

「へい、畏れ入ります、大奥さま」

良ノ助は思わず言っていた。

三

茶屋《弁天《べんてん》》は、池之端仲町《いけのはたなかちょう》の土手道《どてみち》に葭簀《よしず》をたて廻した掛茶屋《かけぢゃや》や瀟洒《しょうしゃ》な茅葺《かやぶき》屋根の茶屋が、庇《ひさし》を並べる中の一軒であった。別所龍玄が通された部屋の出格子《でごうし》の外に、枯れるまでにはまだ間のある蓮《はす》の葉を雨の打つ不忍池が一望にできて、池中《ちちゅう》の弁才天《べんざいてん》の赤い屋根が雨に烟《けむ》り、東方に上野《うえの》仁王門前町《におうもんぜんちょう》の町家、西方には茅町の町家、茅町から本郷《ほんごう》へとのぼる無縁坂の、榊原家中屋敷《なかやしき》の鬱蒼《うっそう》とした杜《もり》が、灰色の雨に包まれていた。

菓子問屋富川の主人の喬太郎に、龍玄は面識がなかった。旗本の立原勝介は、龍玄の師である本郷菊坂臺町《ざくさかだいまち》の、一刀流大沢《おおさわ》道場の道場主大沢虎次郎《とらじろう》を介して、二年ほど前からの知己《ちき》であった。立原勝介の添状には、菓子問屋の富川は、徳川《とくがわ》御三家の水戸《みと》家御用達の老舗《しにせ》にて、また代々新道二番町の立原家にも出入りをしており、と記されていた。

お頼みいたしたき儀有之候

と、手代の良ノ助が届けた富川喬太郎の書状にはあった。だが、どのような頼みか、子細は記されておらず、立原勝介の添状でも、それについては触れていなかった。

龍玄は使いの良ノ助に、承知した旨を告げ、半刻後《はんときご》、雨の無縁坂を下ったのだった。

喬太郎は、彫りの深い顔だちと大柄な体軀《たいく》に、銀鼠《ぎんねず》の着物と、黒紬《くろつむぎ》の羽織が似合う、いかにも裕福そうな年配の商人だった。不忍池を一望する出格子を片側にして、喬太郎と対座した龍玄は、秋らしい錆朱《さびしゅ》の上衣《じょうい》と細縞の小倉袴《こくらばかま》、黒の単羽織《ひとえ》である。黒鞘《くろざや》の刀を、右膝わきに寝かせていた。

「別所龍玄さま、この雨の中をわざわざおこしいただき、心よりお礼を申しあげます。本来ならば、わたくしがお訪ねいたすべきではございますが、まことに勝手ながら、わたくしの一存にて、このようにお呼びたていたしましたご無礼を、何とぞお許し願います」

喬太郎は、勿体《もったい》をつけて言った。

「どなた様にも、様々な事情があることは、わが仕事柄、承知いたしております。いかなるご依頼であっても、できるならばお引受けいたします。できぬときはそのように申します。どうぞ、ご用の向きをお聞かせ願います」

龍玄は穏やかにかえした。

喬太郎は、龍玄の様子をそれとなくうかがった。龍玄は、二重の目を伏せ気味にして、喬太郎へ真っすぐに向けていた。中背痩身の、武張《ぶば》ったところのない、むしろ少々幼げな感じさえする、風貌だった。

「畏れ入ります。では……」

と、喬太郎は続けた。

「わたくしども菓子問屋富川は、先代の寛延《かんえん》の御代《みよ》に水戸家御用達を承り、以来四十年余、小石川《こいしかわ》の水戸屋敷に、お出入りを許されております。また、水戸家ご家中《かちゅう》のお武家さま方にもご用を申しつかり、殊《こと》に、水戸家先手物頭役《さきてものがしらやく》を代々お襲《つ》ぎの、手塚《てづか》家の良斎《りょうさい》さまとは、良斎さまが江戸勤番であった若きころより、江戸屋敷お出入りの菓子問屋とお客さま、というかかり合い以上の、親しいおつき合いをさせていただいて参りました。只今《ただいま》、良斎さまは、すでに家督をご長男の市郎太《いちろうた》さまにお譲りになられ、水戸のお屋敷にご隠居の身でございます。良斎さまのお子さまは、長男の市郎太さまと二男の弥右衛門さま、三男の作之助《さくのすけ》さまの三人兄弟にて、二男の弥右衛門さまは、十年前の十八歳の年、藩より許しを得て、修行方々の諸国遍歴の旅に出られたのでございます。それからおよそ十年、弥右衛門さまは只今、江戸におられます」

喬太郎は、そこで語調を変えた。

「じつはわたくし、弥右衛門さまが江戸でお暮らしを始めて以来、お住居先を訪ね、そのご様子を水戸の良斎さまに、お知らせして参りました。またときには、弥右衛門さまに、水戸のお父上の近況や、手塚家ご一家の様子などを、お伝えしておりました。なぜそのようにしていたかと申しますと、弥右衛門さまは、十年前の十八のときに水戸を出られたのち、お父上の良斎さまへの音信を、絶たれていたのでございます。お父上だけではございません。手塚一門のどなたさまとも、没交渉《ぼっこうしょう》でございました。弥右衛門さまは自らすすんで、そうなされました」

喬太郎は、龍玄へ上体を傾けた。

「別所さまは、陰間と申す者の生業《なりわい》をご存じでございますか」

龍玄は首肯《しゅこう》した。

「弥右衛門さまは、十年前、修行方々諸国遍歴の旅に出られたのでは、ございません。江戸の町家の陰間茶屋の抱えとなって、宴席に侍《はべ》り、客の相手をする、陰間としての生業に生きる道を、選ばれたのでございます。良斎さまは、のちに弥右衛門さまの手紙が届いてそれを知り、いかばかりか、お心を痛められたことでございましょう。仮令、家督を継ぐことのない二男の身であっても、殿さまにお仕えする武士に変わりはございません。良斎さまは、不忠者《ふちゆうもの》、腹を切れとお怒りになられました。無理強いに、弥右衛門さまを水戸に連れ戻す手だてを講じるか、あるいは、離縁をなさるおつもりでございました。しかしながら、良斎さまはどちらの方途《ほうと》も、とられませんでした。のみならず、十年前、諸国遍歴の旅と、藩庁に提出された届けを改めることなく、放っておかれました。良斎さまの内心は、わが倅三兄弟の中で、弥右衛門は武士として最も優れよき男と、その才を惜しまれ、弥右衛門さまを離縁するのが忍びなく、あれがそうするのであれば、いたし方あるまい、とわたくしに寄こされた手紙に、認《したた》めておられました。以来、わたくしと弥右衛門さまの、奇妙な、と申しますか、不思議なご縁は、およそ十年、続いておりますが、良斎さまに頼まれて、始まったのではございません。わが友の良斎さまのお子が陰間を生業に、と思いますと、弥右衛門さまのご様子が気になってならず、わたくしが勝手にお訪ねいたし、何かお力になれることがあれば、と申し入れたことが始まりでございます。わたくしは贔屓《ひいき》の客ではございません。それでも、弥右衛門さまとそうしてご縁ができてより、確かに、姿もよいし人柄もよく、なるほどよき男、よき武士と、良斎さまが惜しまれるのもうべなるかなと、心から納得いたしました」

喬太郎は長い吐息をついた。

「長々と、退屈な前口上を申しわけございません。なんと申しますか、まずは、別所さまにこれだけの事情は、ご承知していただかねばなりません」

「ご事情は、承知いたしました。どうぞ、お続けくださいい」

龍玄は喬太郎を促した。

「一昨夜のことでございます。家の者はみな寝静まった子《ね》の刻《こく》、本銀町のわが店の戸を叩《たた》く者がおり、家人《かじん》のひとりが気づいて起き出し、店の戸ごしに誰何《すいか》いたしますと、手塚弥右衛門と名乗られ、夜分の訪問を詫《わ》び、退《の》っ引《ぴ》きならぬ子細があって罷《まか》りこした、何とぞご亭主富川喬太郎どのに取次《とりつぎ》を、と申されました。家人は迷ったものの、ほかならぬ主人に退っ引きならぬ子細、というのであればと判断し、斯《か》く斯く云々《しかじか》と伝えに参りました。弥右衛門さまにそのようなふる舞いは、この十年、一度もなかったことでございます。わたくしは驚き、すぐに起きて店の間へ行ってお訊《たず》ねし、まぎれもなく弥右衛門さまとわかりましたので、自ら戸を開けますと、戸口にぽつんと佇《たたず》まれた弥右衛門さまは、白粉《おしろい》に朱の口紅を注《さ》した顔を、目深にかぶった菅笠《すげがさ》の下に隠し、鮮やかな小袖に袴姿ながら、なんと、腰に両刀を帯びておられました。しかも、その白粉顔の頬や額に、血の雫《しずく》が点々と散っているではありませんか。弥右衛門さまは丁寧な辞儀をくだされ、頼みがある、と申されました。わたくしは弥右衛門さまを店に招き入れ、まずは汚れを落とし、お召し替えなどなされ、落ち着かれてからご用をうかがいます、と伝えましたところ、ときが惜しい、立ち話で済む用ゆえ、ここでよいと言われ、それではせめて座敷へ、と奥の居間にお通しいたしました」

二人の前に、茶屋の供した碗《わん》がおかれていた。喬太郎は碗の蓋《ふた》をとり、とうに冷めた煎茶を喫した。龍玄は出格子へ目を投げ、雨に烟る不忍池の景色を、無言で眺めた。

「弥右衛門さまの頼みは、こうでございます。つい今しがた、三人の男を斬った。三人ともに侍にて、尋常なる勝負を挑んだ末である。その者らは、卑劣な手だてによって、わが友を斬殺いたしたにもかかわらず、おのれらの罪の償いをまぬがれた。ゆえに、わたしはその者らを討ち果たして罪をあがなわせ、友の無念を晴らした。それのみにて、わがふる舞いに一点の曇りもない。しかしながら、その者らを斬ったお上の咎《とが》めは、元より覚悟のうえにて、こののち町奉行所へ向かい、お縄にかかるつもりである。むろん、お上のお裁きの場にて、わがふる舞いの申し開きはするものの、どのようなお裁きがくだされても異存はない。何《ど》の道、わたしの死罪はまぬがれがたく、死はむしろ望むところでもある。ただ、わたしは陰間を生業にしても、武士の矜持《きょうじ》を失ったのではなく、今なお、水戸家先手物頭役を代々襲ぐ手塚一門の者である。すなわち、お上の裁きに服し、武士らしい最期を遂げることが本望であり、父の良斎には不肖の倅ではあったが、最期のわがままは、きっと許してくれると思う。よって、取り調べの町方にわが存念《ぞんねん》を伝え、武士としての扱いを求めるつもりである。それゆえ、明日、すなわち昨日、わたくし富川喬太郎が小石川の水戸屋敷を訪ね、日ごろ懇意にしていただいております、水戸家のどなたかに、手塚弥右衛門さまの事情を有り体に打ち明け、できれば水戸家より町奉行所に、陰間の弥右衛門が水戸家の家臣手塚良斎の倅である旨を、申し入れてくださるよう、とり計らってもらいたい、と申されたのでございます」

喬太郎は龍玄へ、上体をわずかに傾けてなおも言った。

「仮令、武士の扱いを許されようとも、町奉行所の吟味所《ぎんみしょ》が評定所に変わるのみにて、裁かれる身に変わりはない。もし、武士らしく切腹が許されたなら、今ひとつ頼みたいことがある。湯島天神前の藤平からさほど遠くない本郷無縁坂、講安寺門前に居住《きょじゅう》する別所龍玄と申される武士がある。

別所龍玄どのは、一介の浪々の身ながら、江戸屈指の名門と知られている、本郷の大沢道場にて剣の修行を積まれ、大沢虎次郎先生が、別所龍玄の剣は天稟《てんぴん》であり、別所龍玄になれる者は別所龍玄しかいないと驚かれた、と聞こえている。別所龍玄どのは、小伝馬町牢屋敷において、首打役の手代わりを務め、試し斬りの刀剣鑑定を生業とし、のみならず、切腹場《ば》の介添役《かいぞえやく》を頼まれて請《う》けておられる。切腹場の介添役は、義を重んじ、節をまっとうする武士の役目である。わたしはかねてより、介錯人《かいしやくにん》もなさる別所龍玄どのがどのような方か、一度お目にかかりたいと思っていた。去年、さるところで、偶然、別所龍玄どのをお見かけする機会があった。ほんの束の間、お見かけし行き違っただけであったが、あれが別所龍玄どのか、なんとよきお姿かと心打たれた。あのとき、いつかわたしが切腹を申しつかったなら、別所龍玄どのに介錯を頼みたいと、戯《たわむ》れのように思ったことを覚えている。それが戯れにあらず、わが定めの前知らせであったと、三人の者を討つと決めたときにわかった。よって、わが切腹場の介添役、すなわち介錯役を、何とぞ別所龍玄どのにお頼みしたい。そのことを、わたくし富川喬太郎にとり計らってもらえまいか、との願いでございます。死にゆく者の今生《こんじよう》の希みでござる、と弥右衛門さまは言い残され、座を立たれたのでございます」

そこまで言い終えた喬太郎は、龍玄の様子をうかがい、姿勢を戻した。

「弥右衛門さまのお裁きが、いかようにくだされるのか。武士として処遇されるのか、あるいは、陰間風情にと、申し入れは退けられるのか、今はまだ一切が不明でございます。しかし、わたくしは弥右衛門さまの最期の願いを、なんとしてもかなえて差しあげたいと、思っておるのでございます。この十年、弥右衛門さまとご縁ができ、お人柄に触れるにつけ、惜しいことだと、常々思っておりました。だからと申して、陰間風情と貶《おとし》められる謂《いわ》れはございません。陰間であっても武士は武士、ではございませんでしょうか。弥右衛門さまは、ただ、友の無念を晴らされたのでございます。弥右衛門さまが武士だからこそと、わたくしは思うのでございます。別所さま、何とぞ、弥右衛門さまの切腹の介添役を、お頼みいたします」

喬太郎は畳に手をついた。

龍玄は、伏せ気味の二重の目を喬太郎へ向け、穏やかに、静かに、不忍池に降る雨のように冷やかに言った。

「弥右衛門どのは、いつ、どこでわたしを見かけられたのですか」

「申しわけございません。詳しくお訊ねする間もなく、座を立たれましたので。それを確かめ、お知らせいたしますか」

「いいえ。それにはおよびません。弥右衛門どのが見かけたと言われたのなら、わたしも弥右衛門どのをお見かけしたはずです。どのような方か、気になります。それだけです。介添役は承知いたしました。弥右衛門どのの扱いが明らかになれば、お知らせください」

「へへえ。ありがとうございます」

喬太郎は手をついたままかえした。

だが、そのとき喬太郎は、龍玄の言葉を何かしら呆気《あっけ》なく、物足りなく感じていた。喬太郎は、事の次第を急ぎ手紙に認《したた》め、水戸の手塚良斎に送ったことや、昨日、早朝より水戸屋敷を訪ね、そののち、新道二番町の立原勝介を訪ねた経緯《いきさつ》などを、あれも言わねばこれも伝えておかねばと、縷々《るる》語って聞かせたが、自分の弥右衛門さまへの切なる思いが、この若い男に伝わっていないのではと、もどかしさを覚えた。弥右衛門さまの申された前知らせが、本途にこの男でよいのか、と訝しく思った。

四

その夜、龍玄は、およそ一年前、寛政元年の秋のある日のことを思い出していた。昼間、降り続いた雨は止《や》み、秋の夜長の沈黙が流れていた。

あの秋の日、母の静江《しずえ》が懇意にしている浅草《あさくさ》御門《ごもん》橋《ばし》の船宿の主人に招かれ、静江、龍玄と百合夫婦、二歳の杏子、下女のお玉の五人がそろって、向島《むこうじま》の白鬚《しらひげ》神社境内の料理茶屋へ出かけた。白鬚大明神《だいみようじん》は隅田《すみだ》川東岸にあって、寺島村《てらじまむら》の鎮守である。境内には杜の木々が鬱蒼と繁《しげ》り、魚の遊ぶ細流《さいりゆう》が廻《めぐ》り、鳥が美しく囀《さえず》り、秋の虫が集《すだ》く向島の名所と、江戸でも知られている。その秋の景色を楽しみつつ、料理茶屋の高価な料理を味わう宴《うたげ》に、

「ぜひみなさまおそろいで」

と、別所家の一家が招かれた。

龍玄の母親の静江は、御徒町《おかちまち》の御家人の末娘に生まれた身ながら、算盤《そろばん》ができ金勘定の才覚があった。静江は、浪人の別所勝吉《かつきち》、すなわち龍玄の父親の許《もと》に嫁いだのち、勝吉の許しを得て、御徒町や本郷、小石川、牛込《うしごめ》、近ごろは駿河台《するがだい》あたりの武家に、わずかな《融通》という程度の金貸業

を営んでいた。寛政の御《ご》改革までは、浅草御蔵《おくら》の札差《ふださし》と同じ、年利一割五分換算の、春夏冬の三季御蔵米《まい》縛りで貸しつけた。返済ができず証文の書き換えの折りには、少々の手数料をとったものの、厳しいとりたては決してしなかった。

それでも、それなりに儲けが出て、龍玄が五歳のとき、湯島の妻恋町《つまこいちょう》から今の無縁坂講安寺門前の住居を、沽券《こけん》ごと手に入れ越したのも、静江の才覚だった。

寛政の御改革が始まって、札差の金利は六分に定められた。静江は札差ではないので、金利を一割三分に下げ、ただ、春夏冬の三季御蔵米縛りは続けた。金利が一割三分になって儲けは減ったけれど、静江は毎日変わらず、算盤をぱちりぱちりとはじいて、貸付と利息、返済の帳簿づけに余念がない。

浅草御門橋の船宿《鈴《すず》や》の主人百蔵《ももぞう》と静江の縁は、その武家相手のわずかな融通という程度の金貸業が、かかわっている。

鈴やの客のある御家人が、町芸者などをあげて船遊びを何度か楽しみ、溜《た》まったつけの返済が滞《とどこお》った。たまたま、御家人は御徒町の御家人竹内好太郎《たけうちこうたろう》と知り合いだった。

竹内好太郎は、職禄七十俵の徒衆《かちしゅう》ながら、公儀のひとつの役目に三人の徒衆がつき、七十俵の職禄も三人で分ける三番勤めの、内職が欠かせない貧乏御家人である。静江はその竹内好太郎の妹、竹内家の末娘であった。

鈴やのつけの返済に困った御家人は、知り合いの竹内好太郎の妹が、武家相手に金貸業を営んでいると聞きつけ、相談を持ちかけた。

「わずかな額なのだ。おぬしの妹に、融通を頼んでもらえぬか」

好太郎は、その御家人が金遣いにだらしないところがあって気は進まなかったが、無下《むげ》に断ることもできず、静江との間をとり持った。静江は「兄さんのお知り合いなら」と、御家人に、利息や三季縛り、証文の書き換え手数料などを伝え、それでもよろしければと念を押し、融通に応じたのだった。

静江と鈴やの百蔵は、御家人がつけを済ませたその場に同席し、それをきっかけに顔見知りになった。以来、静江は船遊びをするのではないけれど、下女のお玉を伴い、借金や利息のとりたてに、向柳原《むこうやなぎはら》や新堀川《しんぼりがわ》あたりの武家屋敷へ出かける折り、昼どきにわざわざ浅草御門橋の鈴やへ廻って、二階座敷で昼の膳を、供のお玉にも許して、一緒にいただくことがしばしばあった。そして、昼の膳をいただく際、静江は必ず、一本をつけていただけますか、と頼んだ。

静江は五十に近いその歳《とし》になって、少し酒が呑めるようになっていた。

静江の夫の勝吉も舅《しゆうと》の弥五郎《やごろう》も、上背が五尺八寸余の、小柄な静江が見あげる大男で、ともに大酒呑みだった。二人とも呑むと上機嫌になって、楽しそうに騒いだ。舅の弥五郎が、卒中で倒れて亡くなったのは五十五歳だった。夫の勝吉もやはり卒中で倒れ、四十七歳で、長くもない一生を終えた。

呑みすぎですな、と医者は言った。

酒の所為《せい》で舅と夫を見送った静江は、ずっと、お酒など美味しくもないのに、どうしてそんなに呑むのだろう、何があんなに楽しいのだろう、と思っていた。それが、四十代の半ばを二つ三つすぎたこのごろ、あの大男の舅と夫はこういう気分だったのかと、酒の美味しさと呑む楽しさが、少しわかった気がしていた。供をしているお玉には、

「龍玄と百合には、内緒ですよ」

と言ってある。

「はい、大奥さま」

十六歳のお玉は、鈴やの膳を頬張りながら答え、十七歳の今も、ちゃんと心得てそれを守っている。

静江は、鈴やで昼の膳を何度かいただくうち、主人の百蔵と親しく言葉を交わす機会が増えた。

去年の秋のある日、静江は酒のほのかな酔いのくつろいだ気分に任せ、倅の嫁の里が旗本で、一年前に生まれた可愛《かわい》い孫娘がようやくよちよち歩きを始め、本途に可愛くて、などと話し、つい気を許して、倅の龍玄は江戸の武家の間では名うての剣術使いで、武士の切腹の介添役を頼まれ、何度か請けたことがあるのですよ、と自慢げに話した。百蔵が目を丸くし、

「介添役とは介錯人の、これと、これの」

と、手刀《てがたな》で腹切りと首打ちの仕種《しぐさ》をするのを見て、静江は、はっ、と言わずもがなのことを喋《しゃべ》ってしまったと気づき、口を押さえたもののあとの祭であった。

それから五、六日がたって、昼の御膳をいただきに鈴やへいくと、百蔵が待ちかねていたかのように二階座敷にあがってきて、「大奥さま、お待ち申しておりました」と、話しかけてきた。

百蔵は、下女のお玉が静江を大奥さま、龍玄の妻の百合を奥さま、と呼ぶので、自分も静江を、

大奥さま、と呼んでいた。

「じつはあれから、別所龍玄さまをよおくご存じの、駿河台下のさるお旗本の殿さまに、お聞きいたしたんでございます。その殿さまは、別所龍玄さまが、本郷の名門大沢道場で剣術の修行を積まれ、恐ろしいほどの使い手と聞いている。その別所龍玄どのならば、なんと、小伝馬町の牢屋敷の、罪人の首を何するお役人さまの手代わりをお務めと……」

と、百蔵はまた手刀で真似《まね》をし、

「むろんのこと、大奥さまの仰《おつしや》られた通り、ご浪人さまの身でありながら、切腹の介添役もなさっておられることも、ご存じでございました。殿さまの申されるには、切腹の介添役は、ただ剣の使い手、というだけでは務まらないそうでございますね。まことの武芸に優れた、槍《やり》ひと筋《すじ》のお武家さまでないと。それをお聞きいたし、別所龍玄さまのお母上の大奥さまと、ご懇意にしていただいているのが、わたくし、自慢でございました」

静江がうかつな自分を恥じて、もうそれまでに、と止めるのを、百蔵はただ照れているものと勘違いし、「それでございますね、大奥さま」と、御家人のつけを代わって済ませてもらった礼をまだしていないので、ちょうど季節のよい向島の、白鬚大明神の秋の景色を楽しみつつ、料理茶屋の美味しい料理を味わう宴に、別所家の一家を招きたい、と言い出したのである。

そのようなお気遣いは無用に、と静江はしきりに断ったが、百蔵は、お世話になっておいてそういうわけにはいかない、「どうぞご遠慮なく」と譲らなかった。断りきれず、倅には、仕事の話を控えていただきますように、と頼んで、招きを受けたのだった。

晩秋の空が天高く晴れたその日、別所家の一家に下女のお玉を伴った五人は、無縁坂から筋違御門橋《すじかいごもんばし》の花房町《はなぶさちょう》の河岸場《かしば》まで向かい、鈴やの迎えの屋根船《やねぶね》に乗った。途中、浅草御門橋の鈴やの船着場《ふなつきば》で、鈴やの主人百蔵と女将《おかみ》の女房、十五歳の姉娘から九歳の倅まで四人の子供たち、また三人の使用人らも屋根船に乗りこんだ。一同そろって神田川《かんだがわ》を大川《おおかわ》へ漕《こ》ぎ出し、大川を賑《にぎ》やかにさかのぼり、大川橋をすぎて、西岸に今戸町《いまどまち》や橋場町《はしばちょう》の町家が連なり、瓦焼《かわらやき》の煙がゆらゆらとたちのぼる様、東岸の向島の土手の並木、川原《かわら》に蘆荻《ろてき》が繁茂し、あおさぎや鶴が午前の空に舞い、くいなやよしきりの声が彼方此方《あちこち》で聞こえ、鴨《かも》が賑やかに、川原の水草の間で騒ぐ様を眺めつつ、やがて、向島は寺島村の橋場の渡しに着いた。

百蔵は屋根船の船頭に、二刻《ふたとき》ほどして迎えを頼むよと伝え、それから、静江と龍玄夫婦に言った。

「大奥さま、別所さま、奥方さま、ここからは、紅葉の始まっている向島の秋の景色を楽しみつつ、隅田堤《すだづつみ》をゆっくりと白鬚大明神さまへ向かっていただきます。白鬚大明神さままで、さほど遠くはございません。ちょうど昼のよい刻限に、白鬚大明神さまに到着いたし、そろそろお腹《なか》が空《す》いたなというころ合いに、お料理を召しあがっていただく趣向でございます。畏れ入りますが、本日は無礼講にて、わたくしどももご一緒させていただきますので、お許し願います」

「どうぞ、鈴やさんのよろしいように」

静江がこたえ、

「何とぞ、ご懸念なく」

と、龍玄も言った。

百蔵は、龍玄一家を案内するような恰好で先に立って行き、鈴やの一家と使用人らは、龍玄一家より少し離れて、賑やかに隅田堤を白鬚大明神へ向かった。

その途中のことだった。

寺島村の白鬚大明神は、橋場の渡しより川下にある。同じ隅田堤を、寺島村の川下のほうから、鈴やの一行に近づいてくる若衆《わかしゅう》姿の一党があった。若衆姿は七、八人で、派手な小袖に色とりどりの袴《はかま》を着け、声高に言葉を投げ合い、明け透《す》けに笑い騒ぎ、中にはだらしなく絡み合い、ほたえている者らもいた。みな前髪をのばした若衆姿の拵《こしら》えに、芝居の舞台子のように白粉を真っ白に塗り、くっきりと赤い紅を唇に注しているのが、離れていてもはっきりとわかった。

「おや。妙な者らがやってまいりますよ。別所さま、ああいう手合いとかかり合いにならないよう、さっさと通りすぎましょう。大奥さま、どうぞお気をつけて。奥さま、お玉さん、よろしゅうございますね」

百蔵は、龍玄と静江、娘の杏子を抱いている百合、百合の後ろのお玉にも頷きかけ、それから、よそよそしい素ぶりに変えた。

若衆ら一党は、百蔵とすれ違うところまでくると、いかにも楽しそうに、「今日《こんにち》はあ」「いいお日和《ひより》でえ」「ごきげんよう」などと、明かるい声を次々にかけながら行き違っていく。大柄な者、小柄な者が相交じり、濃い白粉のため定かではないものの、かなりの歳ごろと思われる若衆姿も認められた。

百蔵は、はいはい、と相手にならないように適当に相槌《あいづち》を打ちつつ通りすぎ、龍玄は、声をかけてくる若衆らに、さりげない笑みと会釈をかえした。

そのとき、百合の抱いている杏子が、賑やかな若衆らを不思議そうに見つめ、まだ言葉にはならない声をあげた。杏子に気づいた若衆のひとりが、杏子を指差し、大声で言った。

「可愛いい……」

その声につられて、若衆らは百合の腕の中の杏子を、可愛い可愛い、と賑やかに囃《はや》したてた。ひらひらと手をふって見せたり、百合と杏子に近づこうとする者もいて、

「およしったら。子供が吃驚《びっくり》するだろう」

と、年上の若衆が、後ろ襟をつかんで押さえ、そのもつれ合いがまたおかしそうに、若衆らはけたたましく笑い、じゃれ合った。百合は若衆らへ頬笑んで、すっと行こうとした。すると、今度は百合へ声がかかった。

「お内儀さま、お綺麗《きれい》っ」

「本途。器量よしのお内儀さまあ」

などと、口々に声を甲走《かんばし》らせ、若衆らの騒々しさは収まらなかった。隅田堤の通りかかりは、若衆らを避けて行き、龍玄も立ち止まって、百合と杏子へ見かえった。少し遅れてくる百蔵一家も、戸惑って歩みをゆるめていた。百蔵は呆《あき》れ顔で、みなを促し、

「ささ、大奥さま、奥さま、お玉さん、参りましょう。別所さま、白鬚大明神さままで、もう少しでございます。別所さま……」

と、龍玄にも呼びかけた。

そのとき、若衆の間にまぎれていたひとりが、白粉顔の中の鋭い眼差《まなざ》しを、不意に龍玄へ寄こした。龍玄は眼差しに気づき、若衆を見かえした。すると、若衆と目が合い、若衆はまるで龍玄を以前より見知っているかのような、ほのかな頰笑みを浮かべたのだった。

若衆は、一党の中では、大柄なほうだった。若衆髷の下の濃い白粉顔は少し顎が張って、それでも、くっきりと眉墨《まゆずみ》を刷《は》き、鼻筋が通り、ぷっくりとした唇の先に、紅を鮮やかに注して、美しい顔だちに思われた。周りの若衆のようには騒々しくほたえず、むしろ、冷やかで静かな素ぶりに見えた。

束の間がすぎ、若衆は頰笑みを消し、龍玄から素知らぬふうに目をそらした。そうして、若衆らの賑わいにまぎれ、若衆らとともに、隅田堤を陽気に通りすぎて行った。ただ、それだけだった。

あの男か。

龍玄の脳裡《のうり》に、湯島天神前の陰間茶屋《藤平》の弥右衛門の相貌《かお》が、ありありと甦《よみがえ》った。一年前の、あの秋の隅田堤で、ほんの束の間眼差しを交わし、龍玄へ頰笑みかけた、あのときのあの若衆だ、と気づいた。

五

その雨の日から、五日がすぎた。

夕七ツ、龍玄は常盤橋御門内《ときわばしごもんない》の北町奉行所に、平《ひら》同心の本条孝三郎《ほんじょうこうざぶろう》を訪ねた。表門を入ってすぐ右手の番所《ばんしょ》で名乗り、本条孝三郎に面談の委細あってと、取次を頼んだ。龍玄の容姿を知る町方は少ないが、牢屋敷の刑場で、首打役の手代わりを務める、別所龍玄の名を知らない町方はいない。別所龍玄は化け物だと、そんな評判も聞こえている。

「承りました。少々お待ちを」

番所に詰めていた当番の若い同心は、下番《かばん》に本条孝三郎へ伝えるように言いつけると、門内に静かに佇んだ龍玄の若さと、中背痩身の柔和な風貌が意外そうに、それとはない眼差しをもう一度投げた。

罪人の首打ちは、小伝馬町牢屋敷の刑場で町奉行所の若い同心が執刀する。龍玄は若い同心の首打役の手代わりを務め、その胴を試し斬りにする。牢屋敷の刑場には、切場《きりば》のほかに、試し斬りのための様場《ためしば》がある。試し斬りに使った刀剣を、斬れ具合、刃の硬軟などを詳細に記した鑑定書を、刀剣鑑定を依頼した武家に提出し、謝礼を得る。それが龍玄の生業である。同心の執刀役には、奉行所より研代《とぎだい》が二分支給されるが、手代わりからも、執刀役に二分の礼金を差し出した。

本条が本勤めに昇任し、初めて罪人の首打ちを命じられたとき、龍玄の父親の別所勝吉に手代わりを頼んだ。勝吉は倅の龍玄に、手代わりを任せた。龍玄は手代わりの手代わりだった。龍玄にとって初めての首打役であり、試し斬りだった。本条は、龍玄の首打ちと冷然と試し斬りに臨んだ為様《しざま》を見て、慄然《りつぜん》とした。魂消《たまげ》た。別所龍玄は化け物だ、と言い出したのは本条である。本条は二十歳。龍玄は十八歳だった。

あれから、五年がたっている。

本条は、すぐに表門へ現れた。

「別所さん、今日は外へいこう」

と、龍玄を待っていたかのように誘った。

日本橋通り、室町《むろまち》三丁目の浮世小路《うきよこうじ》には、表通りのような大店《おおだな》はないが、瀟洒《しょうしゃ》な店構えの小料理屋や酒亭、茶屋、菓子処《どころ》など、どれも値の張りそうな店が、軒庇《のきひさし》をつらねている。派手な看板行灯《あんどん》などは出さず、屋号を印した柱行灯《はしらあんどん》に老舗らしい暖簾《のれん》を垂らしているばかりである。

本条は、《花菱《はなびし》》と屋号の読める小料理屋の暖簾を分けた。中居に案内された小部屋は、座敷から手をのばせば、囲いの黒板塀に届くほどの狭い庭に面し、熊笹《くまざさ》の間にそうずが涼しい音をたてていた。花菱の膳と、燗酒《かんざけ》の湯気がほのかにのぼる提子《ひさげ》が出た。料理は、平目の刺身、青豆と串海鼠《くしこ》に長芋のおろしの煮物、鯛《たい》の焼物、茄子《なす》のぬたのふた茶碗などである。二人は膳を挟み、酒はそれぞれの提子で手酌である。

「たまには別所さんと、一杯やろうと思ってね。いつも、世話になってるし、先だって見舞いにきてもらった礼もしてなかったからさ。今宵《こよい》はおれに任せてくれ」

本条は、先月八月のことを言っている。

「いえ。わたくしがお願いしたのですから、わたくしが……」

「気遣いは無用さ。花を持たせてくれと、見た目ほど値の張る店でもないんだ。それに、例の話は奉行所では、ちょいとしづらくてね。他言無用というわけじゃないが、何しろ天下の旗本と陰間のごたごたで、旗本のほうに様《ざま》のない顛末《てんまつ》だっただけに、表だって口にするのは差し控えているって、そんな具合でね。大丈夫。子細は大体わかった」

と、本条は言った。

「そもそもの発端の、真崎新之助斬殺の、評定所のお裁きはこうだ。真崎新之助は、湯島天神前の陰間茶屋の藤平で戯れていた。長谷典隆、稲田金次郎、高桑晋右衛門の三人は、湯島横町の酒亭で、夜ふけまで遊興に耽っていた。その戻り、新之助は湯島のほうから堀端へ出て、典隆、金次郎、晋右衛門の三人は、湯島横町のほうから昌平坂《しょうへいざか》をとった。聖堂をすぎて、堀端《ほりばた》を水道橋へ下る上水樋の坂道で両者がたまたま行き合った。典隆らに言わせれば、暴言を先に吐いたのは、新之助のほうだったらしい。それから、暴言を吐きかえし、そしり合った末に両者ともに抜刀し、斬り合いにおよんで、新之助が斬られた。評定所は、新之助斬死の子細ははなはだ遺憾ながら、夜ふけまで遊興に耽っていた双方に、不届きなる落ち度があった。よって、新之助斬死は、評定にはおよばぬ双方の不始末、と見なさざるを得ない。典隆、金次郎、晋右衛門の落ち度についてのみ、屹度叱りを申しつける、と一件落着した。早い話が、新之助斬死は、喧嘩をした双方に落ち度があって、お互いさまだから、双方の家同士で決着をつけろって理屈だ」

「弥右衛門は、富川の喬太郎に言っています。典隆ら三人は、卑劣な手だてによって新之助を斬殺したにもかかわらず、罪の償いをまぬがれた。ゆえに、三人を討ち果たして友の無念を晴らしたと」

「それについて、当夜、通報を受けて出役した、北町の当番同心に質《ただ》したところ、新之助は背中にひと太刀を浴びせられて、仰《あお》のけに倒れて息絶えていた。あたりは血だらけで、新之助の刀は亡骸の傍らに落ちていたが、血糊《ちのり》はついていないし、斬り結んだ刃毀《はこぼ》れもなかった。三人にとり囲まれ、斬り結ぶ間もなく討たれたらしい。当番同心は、典隆らと新之助が、聖堂をすぎたあたりの坂道で行き合い、ささいなことから言い合いが始まって、双方が抜刀して斬り合い、やむを得ずこうなったと、顚末を三人から訊きとっている。上水樋の辻番の番人にも事情を訊いたが、辻番は、坂の上のほうで、叫び声や悲鳴が聞こえて駆けつけたものの、暗くて斬り合いを見たわけではない。新之助斬殺を見た者は、新之助を斬った三人以外にいない。だから、当夜の訊きとりでは、卑劣な手だてだったかどうかは定かではないし、評定所の裁きでも、それは明らかになっていない」

「しかし、弥右衛門は、新之助斬死がお互いさまではなかった証拠か証言を、得ていたのではありませんか。ですから、喬太郎に卑劣な手だてによって、と言ったと思われます。弥右衛門は御奉行所の取り調べで、どのような申し開きをしたのですか」

「弥右衛門は、典隆、金次郎、晋右衛門を斬り捨てたと、自ら御番所に出頭した。本来なら、大番《おおばん》屋《や》で子細を取り調べたうえ、入牢証文を受け、入牢と相なる。つまりそこで、新之助斬死が、お互いさまではなかった証拠か証言を得て、友の無念を晴らすために典隆ら三人を斬り捨てたと、申し開きをするはずだった。ところが、大番屋の取り調べの段になって、弥右衛門は申したてた。自身は、典隆ら三名を斬り捨てた言い逃れは一切しないし、いかなる取り調べにも応じ、処罰を受ける覚悟である。ただし、自身は今、ゆえあって湯島天神前の茶屋藤平の抱えであり、浪々の身も同然ながら、身分は水戸藩先手物頭役を務め、すでに長男の市郎太に家督を譲って隠居の身の、手塚良斎の二男である。すなわち、自身は手塚一門の者ゆえ、武士としての裁きを希んでいる。願わくは、武士として切腹を許されたい。水戸家江戸屋敷に、手塚良斎二男手塚弥右衛門の問い合わせをし、そのうえで、水戸家より、そのような者は手塚一門のみならず、水戸家とも一切かかり合いがない、と返答があれば是非もなし。町奉行所の判断に委ねるとだ」

「御奉行所は、どのような判断をくだしたのですか」

「申したての通り、弥右衛門が徳川御三家の水戸家先手物頭役の一門の者だとしたら、このまま町奉行所扱いにして裁きをくだし、そのあと、万が一、水戸家との間に差し支えが生じて、事態がこじれては厄介だというので、水戸家の返答を待って、判断することになった。水戸屋敷に至急問い合わせたところ、水戸家からは、国元に確かめたうえ知らせるゆえ、しばしの猶予《ゆうよ》をというものだった。水戸家からの返答はまだない」

「では、弥右衛門は申し開きをしていないのですね」

「ずっと、南茅場町《みなみかやばちよう》の大番屋に留めおかれたままだ。ただし、掛《かかり》の者にしてみれば、弥右衛門が武士だろうとなかろうと、旗本の倅ら三人を斬り捨てた刃傷沙汰を、水戸家の返答がくるまで放っておくわけにはいかなかった。武士としての裁きになるかならぬかは不明でも、弥右衛門の申したてを裏づける調べのために、子細経緯《いきさつ》を訊ねる必要がある、と問い質したところ、弥右衛門は求めに応じて子細を語り始めた。それによるとだ……」

六

八月も押しつまった昼下がり、弥右衛門は本郷通りから蜊店横町《あさりだなよこちょう》を西にとり、三念寺《さんねんじ》裏の西竹町《にしたけちょう》の長吉店《ちょうきちだな》に、清助《せいすけ》という四十前後の男を訪ねた。

清助は水道橋へ下る坂上の、中通《なかどお》りから出た角にあるもやいの辻番の番人である。真崎新之助が斬殺された事件の、評定所の裁きが出た四月下旬ごろ、清助は辻番の請人《うけにん》に、御家人の倅を斬った三人は旗本の家柄で、斬られた一方が御家人ゆえ、裁量が働き、寛大な裁決がくだされたと話した。

四月初旬のあの夜ふけ、清助は坂上の辻番の勤めについており、三人の若い侍が、これも若い侍のひとりに執拗《しつよう》に因縁をつけ、因縁をつけられた侍が、坂道を逃げていくのを、三人が追いかけて行ったゆきがかりを見ていた。その話が、藤平の客から陰間仲間を通して、弥右衛門に伝わった。

弥右衛門は、白粉も口紅もつけず、黒紺《くろこん》の単衣《ひとえ》を着流し、横縞の角帯を隙なく締め廻した鳶《とび》か職人の頭《かしら》のような粋な風体で、手土産《みやげ》に一升徳利を提げていった。

弥右衛門は清助に、「わたくしの生業は」と、素性と真崎新之助とのかかり合いを子細に明かし、あの夜ふけ、水道橋へ下る坂道で、新之助がなぜ斬られたのか、その経緯を訊ねた。清助は、いきなり現れた弥右衛門を初めは訝ったが、弥右衛門のひた向きな素ぶりを憐《あわ》れに思ったのか、

「暗くて顔は見えませんでしたし、斬られたところを、見たわけじゃありませんよ」

と、あの夜ふけの坂道で見たままを、ぼそぼそと話して聞かせた。

「斬られたお侍が、真崎新之助というお侍さんで、斬ったほうの旗本の三人も、こういう若衆だったと、あとで知っただけなんですがね。あの三人は、新之助さんをからかうというより、新之助さんが知らぬ態《てい》で、逃げるように辻番の前を通りすぎて行くのを、しつこく追いかけ、何事かを喚《わめ》いて因縁ていうか、言いがかりをつけておりました。そのうち、新之助さんが坂下の暗がりへ駆け出し、三人が怒声をあげて追って行き、見えなくなったんです。可哀想《かわいそう》に、二本差しでも気の弱そうなお侍さんだな、と思っていたら、ほどなく、坂下の暗がりで叫び声と悲鳴が聞こえましてね。こりゃ拙《まず》いんじゃねえか、ちょいと見てくると番人仲間にひと声かけて、提灯《ちょうちん》を持って坂下へ駆けて行きました。するってえと、坂の途中で、新之助さんが背中に袈裟懸《けさがけ》をあびたらしく、うっすらと目を開けて仰のけに倒れて、虫の息も同然でした。新之助さんの周りに、血が見る見る広がっていきましてね。刀は、そこら辺へ投げ捨てたみたいに、転がっていました」

典隆ら三人は、上水樋そばの辻番から駆けつけた番人に囲まれ、とり押さえられていた。三人のうちの稲田金次郎と高桑晋右衛門は、事態の重大さに蒼褪《あおざ》めた顔つきで、殊勝にしていた。だが、典隆はだいぶ酔っていて、無礼者とか、番人ごときがとか、罵《ど》っていた。しかし、医者が駆けつける間もなく、新之助が事きれ、果敢《はか》ない最期を遂げると、さすがに典隆は喚くのは止《や》め、大人しく辻番へ引かれて行った。

「あっしは、上水樋そばの辻番の番人とはみな顔見知りですから、坂上で見た経緯を話して、用があったらいつでも呼んでくれと言って、あとを任せて坂上の辻番へ戻りました。そのときは、あんなひどい真似をして、あいつら切腹だろうな、と思っておりましたし、後日、三人が小伝馬町の牢屋敷に入牢になったと、上水樋そばの当夜の番人に聞いて、てっきり、切腹はまぬがれねえと思っておりました。ところが、四月下旬の評定所のお裁きで、弥右衛門さんもご承知の通り、旗本の三人に、屹度叱りとか何とかのぬるい裁決が言いわたされ、それで一件落着ってえのは、いくらなんでもおかしいじゃねえかと、あの夜ふけの事情を知ったら、誰だって思いますよ。第一、三人対ひとりの斬り合いで斬られた、それだけでも不公平じゃありませんか。どう考えても、新之助さんが御家人の家柄で、斬った三人が旗本の新番衆の家柄だから、身分の差の裁量が働いたのは明らかですよ。気の弱そうな新之助さんが気の毒だし、あのお裁きには、今でも腹の虫が収まりません」

それから、清助の店を出た弥右衛門は、その足で、三念寺裏の西竹町より、裏神保小路の真崎昌三郎の組屋敷へ向かった。

真崎家の組屋敷は、漆喰《しっくい》がささくれだち、ひび割れの見える低い土塀に囲まれ、小ぶりな門扉を閉じた木戸門があった。脇の小門をくぐり、腰高障子の表戸《おもてど》ごしに、「お頼み申します」と声をかけた。しばしのち、庭のほうから現れた下女に、湯島天神前の、藤平抱えの弥右衛門と名乗って、真崎昌三郎に取次を申し入れた。

「ああ、湯島天神前の……」

下女は弥右衛門の名を知った素ぶりで、眉を少しひそめ、素っ気なく言った。

「旦那さまは、ただ今お役目にて登城《とじょう》しておられます。弥右衛門さんは、どなたかの添状をお持ちですか。添状がなければ、旦那さまにお取次はしかねますので、お引きとりを願います。旦那さまには、湯島天神前の弥右衛門さんが訪ねて見えたと、お伝えはしておきます」

弥右衛門はしばし考えてから、下女に断りを言い、屋敷を出た。そして、真崎家の門が見える裏神保小路の往来と、表猿楽町《おもてさるがくちょう》の辻の一角に留《とど》まり、真崎昌三郎の下城《げじょう》を待った。武家屋敷しかないその界隈《かいわい》は、ほとんど人通りはなかった。長屋の侍相手の行商や御用聞らしき商人、槍持ちと挟み箱をかついだ中間《ちゅうげん》を従えた馬上の侍が通りかかったばかりで、また辻番からも離れていて、静かに佇む弥右衛門を咎める者はいなかった。

半刻余がすぎた夕方の七ツ半ごろ、麻裃《あさがみしも》を着け、下男《げなん》を従えた侍が、表猿楽町の往来を通りかかった。やや小柄で痩身の、年配の侍だった。新之助は長身痩軀《そうく》だった。だが、かすかに面影に似たところがあった。

侍と従者は、表猿楽町から裏神保小路の往来へ曲がるとき、辻の角に佇んでいた弥右衛門に、不審そうな一瞥《いちべつ》をくれた。すぐに、胡乱《うろん》な者にかかわるまい、という態で顔をそむけて早足になった。弥右衛門は小走りに侍と従者を追い、真崎家の表門の数間手前で、真崎昌三郎に声をかけた。

「もし。畏れ入ります。真崎昌三郎さまとお見受けいたします。真崎さま、何とぞ、お待ちくださ い」

昌三郎に駆け寄る弥右衛門を、下男が慌てて、「無礼な」と、押しかえそうとするのを、宥《なだ》めつつ払い除《の》けた。

「湯島天神前の藤平抱えの、弥右衛門と申します」

弥右衛門は言いながら、昌三郎に並びかけ、深々と辞儀をした。昌三郎は歩みを止め、背の高い弥右衛門を、不快を露《あら》わに睨みあげた。そして、険しい口調で言った。

「人目のある往来で、迷惑な」

下男が弥右衛門の腕をとり、襟首に組みついた。弥右衛門は下男を、今度は強くひと払いにして押し除《の》けた。

「ご子息真崎新之助さまと、友の契りを結んだ者でございます。この四月、新之助さまが亡くなられた事情をお伝えいたすため、声をおかけいたしました。ご無礼の段、何とぞお許し願います」

「おぬしが、新之助の友であったかなかったか、そんなことはどうでもよい。新之助はもうおらん。弥右衛門の名など、聞いたこともない。立ち去れ」

昌三郎は門前へと歩み、下男が弥右衛門の胸を突いた。それでも弥右衛門は諦めず、門脇の小門をくぐろうとする昌三郎に、なおも言った。

「お待ちください。新之助さまの無念を晴らさねばなりません」

すると、昌三郎は弥右衛門へ見かえった。

「無念を晴らすだと。新之助の一件は裁きがくだされた。すでに落着しておる。人聞きが悪い。要らざることを申すな」

と、顔をしかめて、人目をはばかるように門前の往来を見廻した。

しかし、弥右衛門は止めなかった。

「新之助さまが、あの夜、水道橋上水樋の坂道で、長谷典隆、稲田金次郎、高桑晋右衛門の三名と行き合い、互いに暴言を吐きそしり合った末に、両者抜刀し斬り合いになったと経緯《いきさつ》を聞き、それがでたらめだと思っておりました。お裁きは間違いでした」

「お上のお裁きが間違いだったと。聞き捨てならん」

「坂上の辻番の番人が、当夜、辻番の前を通りかかった新之助さまと、長谷典隆ら三人を見ておりました。新之助さまは、彼《か》の者らへ暴言を吐いてはいないし、そしり合ってもおりません。ただ、彼の者らが新之助さまに因縁をつけ、執拗にからんでいただけなのです」

弥右衛門は、辻番の清助に聞いた事の次第を話して聞かせた。

昌三郎は脇の小門に手をかけていたが、門内に入らず、しかめた顔を、まだ昼の明るみが残る夕方の往来へ向けていた。門前を通りかかった侍と従者が会釈を寄こしても、昌三郎は凝《じ》っと往来を見つめていた。

「新之助さまは、彼の三人を相手にせず、逃げたのです。しかし、三人は執拗に追いかけ、新之介さまは三人のうちのひとりに、背後から袈裟懸に斬り捨てられたのです」

「不甲斐《ふがい》ない。それでも武士か。身分の低い御家人ではあっても、主君に仕える侍ではないか。二刀を帯びた武士の一門ではないか。そのような理不尽な目に遭《あ》ったのなら、なぜ武士らしく戦わなかった。戦わぬのなら、自ら屠腹《とふく》して果てよ。武士の身分でありながら、ただ逃げるばかりで戦わなかったのは、明らかに新之助の落ち度だ」

「新之助さまは、そういうことはしない。できない気だてでした。仮令、武士であってもそういう方もおります。武士らしくという言葉には、欺瞞《ぎまん》と傲慢《ごうまん》が隠されている。そうではありませんか」

「知りもせぬのに。おぬしごときに、武士の何がわかる」

「わたしは、水戸藩先手物頭手塚良斎二男の手塚弥右衛門と申します」

うむ？　と昌三郎は弥右衛門へ向いた。

「諸国修行のため水戸を出て、のちに湯島天神前の藤平の抱えとなりました。わたしはそうしなければならなかった。わが声に従い、そうしたのです。新之助さまに出会い、新之助さまの気だてに憐れを覚え、守ってやらねばと、深く思うようになった。新之助さまと友の契りを結んだ、それが始まりでした。あの夜の、長谷典隆、稲田金次郎、高桑晋右衛門の狼藉《ろうぜき》は、新之助さまが武士らしくふる舞ったか、そうでなかったかとは、まったく別の、人の道理にかかわる事柄です。彼の三人の狼藉は、無頼の輩《やから》と変わるところがなかった。彼の三人に、おのれらが犯した罪を、償わせねばなりません。わが友の無念を、晴らさねばなりません」

そう言った弥右衛門の、大きく見開いた目が、暮れなずむ夕暮れの薄明かりの下できらめいていた。昌三郎は何も言わず、小門をくぐって門内に消えた。

七

九月上旬の夜ふけ、四ツすぎだった。

斬り合いがあったのは、湯島横町から神田川端《ばた》の昌平坂を、聖堂のほうへのぼっていく途中だった。昌平橋の袂《たもと》に風鈴そばの屋台が出ていて、屋台の男が、昌平坂の斬り合いの一部始終を、つぶさに見ていた。

弥右衛門は、白粉に朱の口紅を注し、目深に菅笠をかぶり、鮮やかな小袖と袴姿に両刀を帯びていた。屋台でゆっくりと一杯のそばを食い、「馳走《ちそう》に相なりました」と銭を払って昌平坂をのぼって行った。寝静まった湯島横町をすぎ、聖堂の土塀に差しかかったあたりで、土手の松林の一本に身を隠した。

神田川の対岸、御茶ノ水《おちゃのみず》の高台が、月夜の下の静寂に閉ざされている。雲がきれ、弦月《げんげつ》が南西の空高くかかっていた。

四半刻《しはんとき》余がたって、長谷典隆、稲田金次郎、高桑晋右衛門が、湯島横町の往来を、昌平坂に出てきた。三人には、湯島坂《ゆしまざか》にいきつけの酒亭があった。四月の初めの夜ふけ、酒亭を出た三人は、坂上で真崎新之助と偶然行き合った。弥右衛門は、三人が酒亭よりどういう戻り道をとるか、前以《まえもっ》て調べていた。

正々堂々の斬り合いだった、と弥右衛門は言った。だが、斬り合いを見ていた屋台の男の話では、双方刀を抜き、三人対ひとりの斬り合いだったにもかかわらず、三人は悲鳴をあげて逃げ廻った末に斬られた。

腕が違いすぎた、と屋台の男は言った。

弥右衛門は松の陰から出て、月影を坂道に落とした。三人が賑やかに言い合いつつ坂をのぼってくるのに向かって、大股で下っていき、ほどもなく、顔つきがかろうじて見分けられるほどまで近づき、歩みを止めた。

三人は弥右衛門に気づき、遠慮のない訝しげな目つきを寄こした。互いに顔を見合わせ、にやにや笑いを交わした。むろん、坂道の直中《ただなか》に佇む弥右衛門を避けるつもりはなく、典隆の左に金次郎、右に晋右衛門の横隊で、弥右衛門へ向かっていた。

やがて、弥右衛門が菅笠をあげた。わずかな月明かりながら、弥右衛門の真っ白な白粉顔にくっきりと眉墨を刷き、ぷっくりとした唇に塗った紅色が、不気味に艶《なま》めいた気配をうす暗い坂道にまいた。

おぼろに弥右衛門の白粉顔を認め、三人の顔がいっそう好奇に歪《ゆが》んだ。

「長谷典隆、稲田金次郎、高桑晋右衛門だな。待っていたぞ」

弥右衛門が先に、坂道の静寂へ凛《りん》とした声を投げた。三人は立ち止まり、首をかしげた。典隆が侮《あなど》って言った。

「誰だ、おまえ。刀を帯びて侍の恰好を真似ておるが、どこぞの芝居小屋の旅芸人か」

「小癪《こしゃく》な若蔵が。わたしはおまえらを知っているが、おまえらはわたしを知らぬだろう。冥土《めいど》の土産に教えてやる。わたしは、湯島天神前の茶屋藤平抱えの弥右衛門だ。おまえら三人は、五ヵ月余前の四月、わが友真崎新之助に理不尽にも言いがかりをつけ、逃げる新之助を追って、この先の上水樋の坂道で斬殺したな。忘れはしまい。友の仇《あだ》を晴らしにきた。抜け。わが刀は旅芸人の道具ではないぞ。元服のおり、わが父より譲られた武蔵《むさし》の国の刀工、長曽祢興里《ながそねおきさと》の一刀」

弥右衛門は再び踏み出し、抜き放った。

三人はやっと異様な事態に気づき、啞然とし、慄《おのの》いた。弥右衛門が八双《はっそう》に高くとって二歩三歩と進み、次第に早足になって向かってくると、だらだらと後退《あとじさ》りに坂を下りながら、それぞれ抜刀した。だが、横隊は乱れ、体勢を整え迎え撃つ態ではなかった。それでも、典隆がやっと正眼《せいがん》に構えて怒声を放った。

「おのれ、陰間風情が無礼者。友の仇を晴らすだと。ほざきおって。われら公儀直参旗本、不届きなる陰間を手討《てう》ちにしてつかわす」

と、刀を縦横にふってうならせた。

「金次郎、晋右衛門、囲め囲め」

お、おお、と声をかけ合いつつ、それでも三人は怯《おび》え、後退りを続けていた。

弥右衛門は、真っ先に正面の典隆へ、八双より大上段へとって肉薄した。典隆に逃げる間はなかった。後ろを見せた途端、背中をひと太刀にされるのは見えていた。遮二無二打ちかかるしかなかった。

「おのれが」

と、必死の一撃を浴びせた。

そのとき弥右衛門は、雄叫《おたけ》びを発して大袈裟《おおげさ》を放った。両者は相打ちになった、かに見えた。しかし、弥右衛門はわずかに右へ転じて典隆の袈裟懸を肩先すれすれに躱《かわ》し、一方の典隆は、前襟を裂かれ、裂かれた布地が躍るように跳ねた。血飛沫が噴いて、悲鳴を発した典隆は四肢を投げ出し、坂道へ仰のけに叩きつけられた。

弥右衛門は、そこへ打ちかかってきた金次郎の一刀を、すかさず、かあん、と下段より夜空へ撥《は》ねあげ、かえす刀で顔面を割った。絶叫が坂道に走り、金次郎は両腕を宙に空しく泳がせながら仰《の》け反っていき、土手の松林の一本へ背中をしたたかにぶつけた。そして、木の根方《ねかた》へずるずるとすべり落ちた。力なくうな垂れた金次郎の月代《さかやき》から、溢《あふ》れ出たどす黒い血が顔を斑《まだら》模様にした。

あっという間の展開に、晋右衛門はうろたえ、たちまち戦意を失って、坂道を逃げるしかなかった。

「誰か、助けて」

と、叫んでふり向いたすぐ後ろに、弥右衛門の仮面のような白粉顔が迫っていた。ひいっ、と声が引きつった。恐怖で足がもつれ、坂を下った湯島横町に軒をつらねる店の、板戸に激しく衝突した。晋右衛門は板戸を背にふりかえり、くるな、くるな、と絶叫を投げつけ、白粉顔へ刀を必死にふり廻した。

弥右衛門は声もなく、晋右衛門の懐《ふところ》へ踏みこみ、右上段からの袈裟懸を見舞った。晋右衛門はまともに袈裟懸を浴びたが、板戸にすがって倒れなかった。ただ、助けて、助けて、と泣き声を絞り、なおも弥右衛門から逃れようとした。弥右衛門は容赦しなかった。さらに踏みこんで、二太刀目、三太刀目を浴びせかけ、晋右衛門は、表店の軒下の片隅に横たわり、絶命した。

そのとき、典隆が刀を杖《つえ》に、木偶《でく》のように頭《こうべ》を垂らし、よろけつつ坂下へ下っていた。坂下の昌平橋の袂に、風鈴そばの明かりが見えていた。屋台の男が、坂上の斬り合いを見守っていた。

弥右衛門は、坂道の典隆の背後へ進んでいき、冷徹に言い放った。

「最期だ」

典隆の木偶の首が、わずかに持ちあがった。

弥右衛門は、典隆の背中をひと突きにした。典隆はかすかにうめき、仰け反った。刀を引き抜くと、典隆は膝から崩れ落ち、姿態を歪《いびつ》に折り曲げ、俯《うつぶ》せに横たわった。

弥右衛門は、刀の血糊をふり落として鞘に納めつつ坂を下り、坂下の屋台の男に黙礼した。それから、昌平橋を渡って行った。

八

水戸藩よりの返書が、常盤橋御門内の北町奉行所に届いたのは、九月の半ばである。水戸藩の存念が明らかになるまで、武士か町民かの扱いが決まらず、弥右衛門は南茅場町の大番屋に留めおかれていた。

返書には、茶屋の藤平抱えの弥右衛門について、《水戸家先手物頭役にて、ただ今は隠居の身の手塚良斎二男手塚弥右衛門に相違なし》とあった。その日のうちに、弥右衛門の身柄は、小伝馬町牢屋敷の、揚屋《あがりや》を籠舎《ろうしや》とした。

揚屋は、御目見以下の直参、陪臣《ばいしん》、僧侶、山伏などが収監される。弥右衛門は、水戸藩の歴《れつき》とした武士として、その扱いになった。当然のごとく、弥右衛門の裁きも、和田倉御門外の評定所で開かれた。

九月下旬に開かれた三手《みて》掛《がかり》の評定の場で、弥右衛門が、九月上旬の夜ふけ、長谷典隆、稲田金次郎、高桑晋右衛門の三名に、昌平坂にて斬り合いを挑み、三名を討ち果たした一件の、真崎新之助の無念を晴らすため、という弥右衛門の申し開きは、受け入れられなかった。すなわち、

《四月初めの真崎新之助斬死事件が、上水樋坂上の辻番の清助が見た、という申したての通りであったとしても、清助は、真崎新之助が長谷典隆、稲田金次郎、高桑晋右衛門らに斬られたその現場を、見たのではない。あくまで、状況より推量するにすぎず、一件の裁きが清助の新たな申したてにより、変わることはない。また、当夜の真崎新之助斬死は、夜ふけまで遊興に耽っていた双方に、不届きなる落ち度があったのであり、彼の一件が評定におよばぬ双方の不始末、と見なさざるを得ないことにも変わりはない。手塚弥右衛門が、おのれの推量に基づき、友の仇を晴らすと因縁をつけ斬り合いにおよび、長谷典隆、稲田金次郎、高桑晋右衛門の三名を殺害した罪は重大である》

と断じたうえで、

《しかしながら、長谷典隆、稲田金次郎、高桑晋右衛門の三名には、過日の裁きの場にて、屹度叱りを申しつけたにもかかわらず、行いを改めることなく夜ふけまで遊興に耽り、このような不始末にいたった。すなわち、自らの落ち度と見なさざるを得ない。一方の手塚弥右衛門には、推量に基づいた不届きなふる舞いではあっても、私利私欲にはあらず、ただ友の無念を晴らすため、自ら罪に服する覚悟を以《もつ》て、かくなる所業におよんだことには、情状を酌む余地がある》

とした。

九月の下旬に開かれた評定は、藤平抱え弥右衛門こと、水戸藩浪人手塚弥右衛門に斬首一等を減じ、切腹を言いわたした。

九

切腹場は、小伝馬町牢屋敷揚座敷の、五坪ほどの前庭であった。四枚の畳を並べ、その上に血止めの白布団が敷かれた。四隅に白張り提灯を据えて、まだ十分に明るい夕方の空の下で、提灯の炎が飾りのように灯《とも》っていた。前庭を囲む土塀の向こうは、百姓牢である。検使役の正使と副使の座は、揚座敷当番所に設けられ、前庭の切腹場と相対していた。

評定所の裁きが下された当日の夕刻である。

南北両町奉行所より遣わされた、検使役の与力と同心二人ずつの四名は、同心は白衣に黒羽織の定服、与力衆は質素な麻裃を着用し、すでに前庭の一隅にそろっていた。その中に、北町奉行所の本条孝三郎がいて、士分の切腹の検使役を務める目付の到着を待っていた。本条は、その日の検使役目付が、小野寺山城守《おのでらやましろのかみ》さまと聞いていた。

前庭はひっそりとしていたが、とき折り、ひそひそと話し声が交わされ、抑えた咳払《せきばら》いが聞こえ、心なしか息苦しい静寂を破った。また、屋敷内の牢屋同心や下男らの間延びした日常の様子も聞こえて、切腹場の厳粛さを少々損なっていた。

切腹場には、介添役の姿もまだなかった。牢屋敷で執行する切腹の介添役も、本来は町方同心が務める。介錯人と、切腹場の儀式を仕きる小介錯《こかいしゃく》が二人の三人である。

「これは、別所龍玄が務めるそうだな」

立ち会い相役の与力の清水与十郎《しみずよじゆうろう》が、小さく手刀の仕種《しぐさ》をして、本条に小声で言った。

「はい。手塚弥右衛門が介錯人に別所龍玄をと希《のぞ》んだようです。御奉行さまが、当人が希むならば、差し支えなかろうと、お許しになりました」

「手塚弥右衛門は、水戸藩の由緒ある一門の血筋と聞いた。それが何ゆえ江戸に出て、陰間などになった。とんだ不忠者だ。斬首ではなく、よく切腹が許されたものだ」

「さあ、なんでですかね。水戸藩は、家中の一門の者に相違なしと、返書を寄こしましたから、ただの不忠者ではないのかもしれません。実際、旗本の悪がきどもの三人を、ひとりで斬り捨てたんです。これに覚えのない町家の者にできる業《わざ》じゃありませんよ」

と、本条は剣をにぎる仕種をした。

「別所龍玄は、名前しか知らん。凄腕《すごうで》と、噂《うわさ》はしばしば聞くがな。見かけたことも会ったこともないのだ。おぬしはしばしば、別所にこれの手代わりを、遣《や》らせているそうだな。それほどの凄腕か」

清水が、また手刀をして見せた。

「初めて見たとき、こいつは化け物かと思いましたよ」

「ふうむ。化け物という噂も聞いている。わたしは、別所龍玄のこれを見るのは初めてだ。見物《みもの》だな」

と、清水は物憂げに言った。

そこへ、改番所《あらためばんしょ》わきの木戸より、牢屋敷の紺看板を着けた下男が前庭に現れた。

「御目付さまのご到着でございます。門外までお出迎えを、お願いいたします」

小堀《こぼり》を廻らした牢屋敷の門外で囚獄石出帯刀《しゅうごくいしでたてわき》はじめ、南北町奉行所の与力同心、牢屋同心らが打ち並んで、検使役目付・小野寺山城守と随行の侍衆を出迎えた。検使役一行は、黒裃の正使、黒の肩衣《かたぎぬ》に縞袴《しまばかま》の副使、黒羽織の小人目付《こびとめつけ》衆が六名。さらに二人、検使役と随行の侍衆とは少し様子の異なる、黒紺の裃を着けた老侍と、老侍の従僕らしき男が従っていた。

石出帯刀が検使役一行の案内にたち、本条は一行の最後尾に従って、揚座敷の改番所を通った。

すると、揚座敷前庭の切腹場には、三人の介添役が、すでに支度をして待っていた。当番所に相対して、ひとりは切腹場の右手に、片膝をついて、脇に三方《さんぽう》をおいていた。三方には、柄《つか》をはずした腹切刀が、五、六寸の切先《きっさき》を残して、杉原紙《すぎはらがみ》を巻いて紙縒《こよ》りで結んで寝かせてある。もうひとりは切腹場の左手に、やはり片膝づきになり、脇に介錯した素《そ》っ首を洗う水桶《みずおけ》をおいている。小介錯の二人は、本条の顔見知りの町方同心である。

別所龍玄は、左手の小介錯の後方の一角に麻裃の肩衣をはずし、袴の股《もも》だちを高くとって、小介錯と同じく、当番所に向いて冷然と佇み、検使役が当番所の床几《しょうぎ》につくのを待っていた。腰に帯びた同田貫《どうだぬき》と聞いている介錯刀が、龍玄のどこか優しげな中背痩軀には、重すぎるように見えた。

「姿の優しい化け物ってわけか」

つい、本条は呟《つぶや》いた。

検使役正使の小野寺山城守と、副使の徒目付《かち》が当番所の床几に腰かけた。石出帯刀と供の小人目付衆は、揚座敷の前に敷いた石畳に立ち並び、切腹場を見守った。その端に、黒紺の裃を着けた老侍が、ひっそりとしたたたずまいで並んでいた。従僕は門内番所に待たせているのか、姿はなかった。本条ら南北町奉行所与力同心の四人は、改番所に近い一角に並んで、切腹人の到着を待った。
検使目付一行が到着してほどなく、切腹人を乗せた駕籠《かご》が、揚屋から切腹場に着いた。駕籠をおりた弥右衛門は、やや暗めの萌黄《もえぎ》の着衣に、紋のない薄い鼠《ねずみ》色の麻裃だった。若衆髷の白粉顔ではなく、武士らしく、月代を剃《そ》り一文字髷《いちもんじまげ》に結っていた。

弥右衛門は血止めの白布団へ平然と進んで、三人の介添役へ黙礼した。そして、別所龍玄と眼差しを交わした。弥右衛門よりは小柄な痩身ながら、すっとした、さりげない立ち姿が、切腹場にむしろ清げだった。
あのときの別所龍玄に、間違いなかった。去年の秋、隅田堤でいき違った別所龍玄の姿が甦った。あの秋の空の下の眼差しが、再び弥右衛門を見つめていた。あのとき弥右衛門は、別所龍玄を、以前より見知っているかのような気がして、思わず破顔した。あの日のことは今日のこのためだったと、弥右衛門には、清々《すがすが》しい息吹のように感じられた。
弥右衛門は血止めの白布団に着座し、揚座敷当番所の正使副使に相対した。座敷前の石畳に立ち並んだ侍衆を見廻し、その並びの端に、父親の手塚良斎の老いた姿を認め、束の間、目を止めた。父親の目が凝っと弥右衛門にそそがれ、二十七年の歳月が、一瞬にして弥右衛門の脳裡を廻った。やる瀬ないほどの愛《いと》おしさがこみあげ、
お許しを……

と、ひと言詫びた。

夕方の空の下に、四張《よはり》の提灯の炎が次第に耀《かがや》きを増していた。

別所龍玄が、抜き放った介錯刀を脇に下げ、左後ろに廻《まわ》ると、小介錯が、刃を弥右衛門に向け切先を左側にした切腹刀を三方に寝かせ、弥右衛門の二尺ほど前においた。龍玄が介錯刀を青みの残る空へかざした。

「拙者、別所龍玄。士分でござる」

別所龍玄の張りのある声が、高らかに刑場に響いた。

すると、弥右衛門がはずむように言った。

「別所龍玄どのにお会いするのは、二度目でござる。別所どのにお会いできて、安堵《あんど》いたしました。別所どの、大儀に存ずる。見苦しからぬよう、お頼みいたす」

「心得て候《そうろう》。いざ、お支度を」

即座に、凜々と発した。

それを合図に、弥右衛門は肩衣をはずし、やや暗めの萌黄の前襟を寛《くつろ》げ、肌を露わにした。そうして腹をひと撫《な》でてすると、やや伸びあがって上体をかしげ、三方へ手をのばした。

そのとき、寸分のゆらぎも歪みもない龍玄の構えが、ふわりと沈んだ。

それは日の名残りの明るみを跳ねかえして、きらめく銀色の刃《やいば》が、凄惨《せいさん》な切腹場を果敢ない幻影に包みこみ、誰もが息を呑んで言葉を失《な》くし、切腹場の一切の物音がかき消えた、厳《おごそ》かにすら感じられる一瞬だった。

龍玄は一刀を下段におろしたまま、静止した。惨《むご》たらしい叫び声も、うめき声もなかった。弥右衛門の身体《からだ》は、喉の皮一枚を残して抱え首となって、三方の前にゆっくりと俯せていった。ほぼ同時に、板戸の隙間風のような音をたてて血が噴いた。血止めの白布団に赤い血溜《ちだまり》ができ、見る見る沁《し》みこんでいった。

「おお」

かすかなどよめきがもれた。

すかさず、小介錯が小刀を抜いて弥右衛門の傍らへ進み、髻《もとどり》をつかんで首を持ちあげ、喉の皮をかき切った。切腹場の慣《なら》わし通り、弥右衛門の右手より、当番所の検使役へ数歩歩んで片膝をつき、初めに首の右面《うめん》、次に左面《さめん》を差し向けた。

「見届けた」

副使の徒目付が、やはり、慣わし通りに声を刑場に響かせた。それから、

「願い出に任せ、勝手次第に引きとるように」

と沙汰をした。息を凝っとつめていたかのような緊迫が解け、牢屋敷に弛緩《しかん》した気配が流れた。

正使の小野寺山城守は黙々と引きあげ、副使の徒目付、石出帯刀ほかの小人目付の侍衆、さらに町方の立ち会い検使役が続き、それと入れ替わりに、戸板を持った人足《にんそく》らを従え、手塚良斎の従僕が前庭に入ってきた。

打首や斬首は親族の埋葬は許されないが、切腹は武士としての死の扱いになり、亡骸を引きとり埋葬は許された。

前庭には、三人の介添役と手塚良斎の姿がまだ残っていた。手塚良斎は、切腹場の介添役に丁寧な長い黙礼を寄こした。介添役が弥右衛門の首を洗い、亡骸の傍らに並べると、従僕と人足らが、血止めの白布団にすっぽりとくるんで戸板に載せた。従僕が指図し人足らが運んでいく板戸とともに、手塚良斎は切腹場から消えた。

十

それから三日目は、また雨になった。

その午後、龍玄は池之端仲町の茶屋《弁天》に出かけ、不忍池の眺めがいい部屋に端座《たんざ》し、本銀町の菓子問屋《富川》の主人喬太郎と向き合っていた。

富川喬太郎の着衣は、半月余前と似た銀鼠の着衣《ちゃくい》に黒紬の羽織に見えたが、どちらも微妙に色合いの濃淡が異なって、裕福な商人らしいさり気ない気遣いが感じられた。一方の龍玄は、白茶の上衣に黒褐色の細袴を着け、琥珀《こはく》の袷《あわせ》の羽織だった。

不忍池を蔽《おお》う茶色く枯れ始めた蓮の葉に、さわさわと雨がささやきかけ、池中の弁才天の赤い屋根は、静かに烟る雨に霞《かす》んでいた。

ぴゅうい、ぴゅうい……

と、小千鳥《こちどり》の鳴き声が、部屋にあがったときからずっと聞こえていた。龍玄と喬太郎のわきには、蓋付の煎茶の碗が、運ばれてきたままにおかれている。

「江戸より、水戸の良斎さまに知らせが届き、すでに家督を継がれている、ご長男の市郎太さまに三男の作之助さま、また、手塚一門のご親類の方々が集まり、いかに返答するかの合議を開かれたのでございます。ご一門の方々は、弥右衛門さまが十年もの間、行方知れずであり離縁したも同然ゆえ、一門とはすでにかかり合いがないと、由緒ある手塚一門の障りにならぬよう、返答すべきとお考えでございました。しかし、良斎さまは、弥右衛門さまが友と結んだ契りのため、命を捨てる覚悟のふる舞いをなさったのならば、いかにも弥右衛門らしい、とただおひとり弥右衛門さまを庇《かば》われ、ご一門の方々の反対を押して、弥右衛門さまの希み通りの最期を、迎えさせてやりたいと、申されたのでございます」

喬太郎は、目を雨に烟る不忍池の景色にやった。そして、

「それが、倅を思う父親の心情というものなので、ございましょうね。先だっても申しました。良斎さまは、弥右衛門さまの才を惜しまれ、離縁なさらず、ただ放っておかれたのでございますから」

と、感慨をこめて言った。

「切腹場の検使役の侍衆の中に、検使役らしからぬ方がおられました。ご年配にて、弥右衛門どののご遺体を、引きとっていかれました。お言葉を交わす機会はありませんでしたが、その方が手塚良斎さまですね」

「さようでございます。評定所の裁きがくだされる前日に、お供をひとり従え江戸屋敷に着かれたのでございます。江戸屋敷の留守居役《るすいやく》を通して、弥右衛門さまに、斬首であれ切腹であれ、お裁き

がくだされたなら、立ち会いの許しを評定所へ願い出られ、お許しが出たのでございます。なんとしても、弥右衛門さまの最期を見届けてやりたいと、そういう親心でございました。そのあと、本銀町の富川の店に見えられた折り、希み通り切腹が許されたなら、介錯人を別所さまにと、弥右衛門さまのご意向をお伝えいたしました。良斎さまは意外そうなご様子を見せられ、別所龍玄さまがいかなる武士か、なぜ別所さまかと、いろいろお訊ねになり、わたくしがおこたえした限りでは、物足りなく思っておられたようでございました。湯島天神前の藤平の馴染みと思われたようで、そうではございませんと申しましたが」

龍玄は黙って首肯した。

「ところが、弥右衛門さまの牢屋敷のご切腹に立ち会われ、別所さまの介錯を目《ま》のあたりにされて、良斎さまは、驚かれたと申しますか、凄《すさ》まじい業と、強く心に感じられたのでございます。ご切腹の当夜、傳通院《でんづういん》の僧房をお借りして、弥右衛門さまの夜伽《よとぎ》をいたしたのでございますが、良斎さまはその折りに、弥右衛門が別所龍玄どのに介錯をと、わざわざわたくしに告げたわけが知れた、さすが弥右衛門、剣は剣を知る、才は才を知る、惜しい男を喪ったが、よき最期であったと、さめざめと涙されたのでございます」

喬太郎はそれを思い出したのか、少し目を赤くした。碗の蓋をとって、冷めた煎茶を初めて一服した。

「手塚良斎さまは、水戸へお戻りになられたのですか」

「はい。一昨日《おととい》、葬儀も傳通院にて済ませ、亡骸を荼毘《だび》に付し、一刻でも早く弥右衛門を国に帰して、やりたいと申されまして、水戸へとお戻りになられました。わたくしは、一昨日、松戸宿《まつどじゅく》までご同行いたし、昨日の朝、松戸宿を発《た》たれた良斎さまを、お見送りいたしました。それででございます」

と、喬太郎は少し様子を改めた。

「良斎さまより、弥右衛門さまが世話になった礼をいたしたいゆえ、別所さまに自分に代わって届けてもらいたいと、お預かりしたお届け物がございます」

喬太郎は羽織の袖より、紫の袱紗《ふくさ》をとり出し、龍玄の膝の前においた。そうして、自ら袱紗を開き、「どうぞ」と言った。二十五両ひとくるみの小判があった。

「良斎さまは、これは弥右衛門さまの供養ゆえ、お受けとり願いたいと申されました。それから……」

と、喬太郎は、もうひとくるみの二十五両をまた袖からとり出し、袱紗の二十五両に並べた。

「これは、わたくし、富川喬太郎のお礼でございます。弥右衛門さまが江戸に出られて、およそ十年。弥右衛門さまと一風変わったかかり合いを持ち、面白いときをすごさせていただきました。わたくしの、弥右衛門さまの供養の気持ちでございます」

「このために……」

龍玄が訊ね、

「生憎《あいにく》の雨になりましたが、一日でも早いほうがよいと思いました。何とぞこれを」

と、喬太郎はこたえた。

ぴゅうい、ぴゅうい……

雨の音の中に、小千鳥の鳴き声がずっと聞こえていた。

龍玄は、不忍池の堤道を、池之端仲町から茅町へととり、福成寺《ふくじようじ》、教證寺《きようしようじ》の門前をすぎ、茅町一丁目と二丁目の往来を西へ折れた。茅町から本郷へと、無縁坂を上る。無縁坂に沿って、榊原家中屋敷の土塀がつらなり、邸内の鬱蒼とした杜が、灰色の雨に包まれて見えていた。ふりかえると、不忍池の弁才天が雨に霞み、池之端仲町や東方の上野仁王門前町《うえのにおうもんぜんちよう》の町家、そうして、小高い上野の御山《おやま》を蔽う木々や堂宇《どうう》の甍《いらか》、それらの何もかもが薄墨を流したような空の下に沈んでいた。

龍玄は茅町の往来を抜け、無縁坂をゆっくりと上っていった。雨が唐傘をひそひそと鳴らし、傘の縁から、雨の雫が絶えず落ちていく。

龍玄は、去年の晩秋の、清々しく心地よい隅田堤の景色を思い出した。

高い空が遠く果てしなく広がり、北の地平の彼方《かなた》には、筑波《つくば》の小さな山嶺《さんれい》が眺められた。堤下《つつみした》の広い川原の向こうには、隅田川の紺色の川面が横たわっていた。

そこへ、若衆髷に濃い白粉の一党が、大声で笑いほたえ、派手派手しい彩りと異界の怪しげなさんざめきを、隅田堤にふりまきながら通りかかった。その白粉顔の若衆姿の中に、弥右衛門の立ち姿が見えていた。弥右衛門は、眉墨をくっきりと刷き、通った鼻筋の下の、ぷっくりとした唇の先に、紅を鮮やかに注していた。そうして、龍玄を以前より見知っているかのように見つめ、ほのかな頰笑みを浮かべたのを覚えている。

龍玄は、弥右衛門に頬笑みをかえしたのかどうか、思い出せなかった。あの隅田堤で、弥右衛門に頬笑みをかえしたのか、かえさなかったのかを思い出せず、かすかな苦みを龍玄は覚えた。

深まりゆく晩秋の雨のぬかるみに足駄をとられぬよう、無縁坂を上っていった。榊原家の邸内の木々を騒がし、唐傘を打つ雨の音以外、坂道は薄暗く、ひっそりと静まりかえっていた。

ふと、つい半月ほど前まで、榊原家の邸内の叢で、可憐に鳴いていた松虫の声が、もう聞けなくなっていることに、龍玄は気づいた。

そうか……

秋《じき》がすぎていったのだと、龍玄は知った。

発《ほっ》頭《とう》人《にん》狩り

一

寛政《かんせい》二年九月、三歳の杏子《あんず》が生まれて丸年《まるどし》の二年になった。

九月の末に近いその日、庭の松や椿《つばき》の常盤木《ときわぎ》の緑葉が心なしかくすみを帯び、梅やなつめやもみじの葉色に、移り行く季《とき》の彩《いろど》りが差し始めていた。引違いの木戸門の踏石《ふみいし》の片側に植えた木犀《もくせい》やつつじ、板塀ぎわに繁《しげ》る山吹《やまぶき》、板塀よりも高い柿の木に生《な》ったまだ青い果実にも、晩秋の午後の日が降っていた。どの木の梢《こずえ》でか、ほおじろが囀《さえず》り、

「笊《ざる》やあ、みそこし、万年びしゃくぅぅぅ」

と、無縁坂《むえんざか》を池之端《いけのはた》の茅町《かやちょう》へ下って行く笊売りの間延びした呼び声が、そのほおじろの囀りに交じった。

百合《ゆり》はこの春、夫の龍玄《りゅうげん》に頼んで、梅やなつめやもみじ、松の木が枝葉を広げた木々の隣の板塀ぎわに、拳《こぶし》ほどの石で囲い土を盛った花壇を拵《こしら》えた。秋も暮れたこの季節、花壇には、淡い赤色やうす緑の弁慶草《べんけいそう》が咲いている。今月初め、尾久村《おぐむら》の花売りから蕾《つぼみ》の弁慶草を買って花壇に植えた。それが下旬になって綺麗《きれい》に咲いた。先月植えた矢車菊《やぐるまぎく》や浜菊《はまぎく》の、白い花やかたばみのうす

紫の花々が、どれも野に咲く路傍の花ながら、可憐《かれん》にけなげに咲いている。

その花壇の側《そば》に、朝、百合が着せたうす紅色の袷《あわせ》に橙《だいだい》色の帯を締めた杏子が、ひとりでしゃがんでいた。杏子は手を弁慶草や花々へ差しのばし、小さな白い掌《てのひら》が花びらのように花壇の花々とまぎれた。

野の花々と戯《たわむ》れていると、無縁坂のほうで不思議な声がした。杏子はぱっちりと見開いた目を、声のする無縁坂のほうへ向けた。少したち、また同じ声が聞こえた。

「笊やあ、みそこし、万年びしゃくぅぅぅ」

杏子は立ちあがって、花壇の傍《かたわ》らから不思議な声のするほうへ駆け出した。庭の木戸門と玄関の間に並ぶ踏石に立って、木戸を凝《じ》っと見つめた。踏石の片側に灌木《かんぼく》が繁り、その先に引違いの木戸が隙間なく閉まっている。杏子はまだ、庭の木戸を開け、小路《こうじ》のずっと向こうの無縁坂まで、ひとりで行ったことはない。あの重たい木戸を引き開け、小路を走って無縁坂まで行けるのは知っていた。

「ひとりで行ってはだめよ。わかった?」

無縁坂へ行くときは、かかかばばさま、おたまか、ととが必ず一緒でなければいけませんよとかかは言った。杏子はまだ小さい子供だから、ひとりで行ってはいけないのだ。そのとき、花壇の向こうの梅の木で囀っていた数羽のほおじろが、何かに驚いて羽ばたいた。杏子はほおじろに気を奪われた。大急ぎで、今度は梅の木のほうへ走って戻った。

百合は、花壇の側にしゃがんでいた杏子が、ふと見えなくなったのが気にかかった。すぐに杏子の袷のうす紅色が駆け戻り、そのまま庭を横切って行ったので、百合は少しほっとした。

玄関式台から三畳の取次の間にあがって、南側が炉《ろ》を切った茶の間、北側は床の間と床わきを設《しつら》えた八畳の座敷であった。座敷の東側に、四枚の腰付《こしつき》障子を両開きにした板縁《いたえん》と土縁《どえん》が続き、土縁ごしに、庭の板塀よりも高く枝を広げた木々や、野花が可憐に咲く花壇が見えている。

百合は、庭の花壇や木々が見える座敷で、かな江《え》と向き合っていた。かな江のすぼめた肩をかすめるように、庭を横切って行く杏子の無邪気な様が見えてほっとしつつ、杏子は何をしているのかしらと、それもちょっと気にかかった。

かな江はうな垂れ、蘇芳染《すおうぞめ》に菊桐文《きくきりもん》を淡く抜いた高価そうな装いの、袖の下着で涙を拭っていた。忍ばせた吐息に、哀《かな》しげなうめきがかすかに交じった。気の毒だが、百合にかける言葉はなかった。かな江の気が済むのを待った。

やがて、かな江は胸元を苦しげにゆらして溜息《ためいき》をもらした。泣き腫らした目元や尖《とが》った鼻の赤らんだ顔を持ちあげた。眼差《まなざ》しをわきへそらし、喘《あえ》ぐように声を絞り出した。

「取り乱して、ごめんなさいね」

「いいのです。誰にだって、泣きたくなるぐらいつらいときは、ありますもの。ここでは何もお気遣いはいりません」

百合は、言葉を選んで慰めた。かな江はまた袖の下着で泣き腫らした目を拭い、二度三度と島田《しまだ》に結った頭《こうべ》を肯《うなず》かせた。

「どうして、こんなことになったのかしら。わたくしの何がいけなかったの。久保田《くぼた》家の体面に疵《きず》がつかぬよう、こうするしかなかった。わたくしひとり辛抱すれば、ひと晩だけ我慢すれば、誰も苦しまなくて済み、久保田家の体面を守れるのです。それで決心しただけなのに……」

「かな江さまのつらいお気持ちは、本途《ほんと》によくわかります。いけなかったなんて、ご自分をお責めにならないで」

「百合さんは、いいわね。守らなければならない武家の体面や家門の重圧に、苦しまなくていいのですもの」

かな江は戯言《ざれごと》でも皮肉でもなく、思うことを率直に言ったまでだった。

「ええ」

と、百合は頬笑《ほほえ》みをかえした。

武家の子女のたしなみである行儀作法全般、小太刀《こだち》を使う武芸、また朱子学を学ぶ小石川御門内《こいしかわごもんない》の私塾に、百合は十二歳の春から通い始めた。みな家格《かかく》の高い武家の子女ばかりが通い、職禄《しょくろく》四百俵の納戸《なんど》衆組頭《しゅうくみがしら》に就《つ》く尾島《おじま》家の一女《いちじょ》であるかな江もいた。かな江は百合より二つ年上の、私塾のほかの子女や師範からも一目おかれる才媛で、相貌《そうぼう》も美しかった。私塾に通い始めた百合に、かな江が先に声をかけてきた。

「納戸衆組頭尾島清右衛門《せいえもん》の娘のかな江と申します。神田《かんだ》明神下《みょうじんした》の、丸山《まるやま》家の百合さんですね。百合さんのご評判は聞いています。仲良くいたしましょう。わからないことや困ったことがあったら、いつでもお声をおかけくださいさい。お手伝いいたします」

あのとき、十二歳の小女《こおんな》だった百合は、かな江の大人びた言葉使いやふる舞い、美しい様子にぼうっと見惚《みと》れて、どう受け答えしたかも覚えていなかった。かな江と百合の親しい交わりが始まったのはそれ以来である。百合が十六歳で私塾を終え、いずれ家格相応の武家に嫁ぐときに備えて歳《とし》を重ねていく間も、かな江との親交は続いてきた。百合が表猿楽町通《おもてさるがくちょうどお》りの尾島家の拝領屋敷にかな江を訪ねたこともあった。かな江を神田明神下の丸山家に招いたこともあった。そのころからかな江は、百合に会うといつもまだどこへとも決まっていない嫁ぎ先の武家の話をした。尾島家と同等か、あるいはそれ以上の家格の武家に嫁ぎ、夫に従い奥を守って、跡継ぎを産み育んで、武家の面目を守り一門をいっそう盛んにしていく妻の役割に、

「百合さんもそう思うでしょう」

と、少々押しつけがましいほどの、武家の一女《いちじょ》の強い使命感を抱いていた。

かな江は二十一歳のとき、表猿楽町の尾島家から晴れやかな婚礼の行列をつらね、小普請《こぶしん》ながら、家禄千二百五十石余の旗本《はたもと》久保田家に嫁いだ。百合はその内祝いの祝宴に招かれ、芝露月町《しばろうげつちょう》の久保田家の拝領屋敷を訪問した折りの、かな江の頰を紅潮させた誇らしげな満面の笑みを忘れてはいない。それから足掛《あしかけ》十年、かな江は一女と嫡男《ちゃくなん》の二子を出産し、今も大身《たいしん》の旗本久保田家の、歴《れっき》とした奥方さまに変わりはない。だが……

そこへ、木戸門を引く音が聞こえ、杏子の高い声があがった。

「ばばさま」

うす紅色の人形のような杏子がまた駆けて、木戸門のほうへ庭を横切って行った。

「杏子、ただ今」

「杏子さま、ただ今戻りました」

義母の静江《しずえ》と下女のお玉《たま》が言った。

「杏子ひとりなの。母は」

「かかは、ご用」

杏子がたどたどしく言った。

「ご用なの？　そう。それで杏子はひとりで遊んでいたのね。お利巧《りこう》さんですね。お土産《みやげ》に甘いおぼろ饅頭《まんじゆう》を買ってきましたよ。みなでいただきましょうね。お玉、これを持ってちょうだい」

「はあい、大奥さま」

お玉の快活な声が聞こえた。静江が手荷物をお玉に預け、

「まあ、日に日に重くなるわね」

と言いつつ、杏子を抱きあげたらしい。

かな江は涙を拭う手を止めて、背後の庭へ首をかしげた。

「かな江さま、義母《はは》が戻って参りました。義母に事情を話すことになりますが、かまいませんね」

百合が言うと、かな江は庭のほうへかしげた首を戻し、観念したように頷《うなず》いた。乾いた涙が、かな江の目元にうすい墨色の汚れを残していた。

二

それから七日がたった十月上旬のその日、龍玄は神田橋御門外《かんだばしごもんがい》へと向かう新道三河町《しんみちみかわちよう》の往来に

長屋門を構える、小納戸頭取役都築金三郎《こなんどとうどりやくつづききんざぶろう》の拝領屋敷を訪ねた。一橋《ひとつばし》御門外、あるいは神田橋御門外から駿河台《するがだい》にかけた一帯のこの地は、譜代《ふだい》大名の上《かみ》屋敷や、仮令《たとえ》小身《しょうしん》ではあっても、徳川《とくがわ》家旧功《きゅうこう》の家臣の屋敷が多い土地柄である。

小納戸頭取役は職禄千五百石の諸大夫《しょだいぶ》で、都築家は家禄七百五十石であった。年が明けて十三歳になる嫡男が元服する日取りが決まり、その祝儀に与える大小《だいしょう》の鑑定を龍玄が依頼された。

大小の鑑定、すなわち刀剣鑑定は、刀剣を使う用のない泰平の世が続くことによって、かえって需要が増した。刀剣は武家の元服や役職に就く折りの祝儀、贈答、嫁入道具に重宝され、その鑑定書が求められた。小伝馬町《こでんまちょう》の牢《ろう》屋敷にて、打首《うちくび》となった罪人の胴を、ひとつ胴、二つ胴、あるいは吊《つ》り胴を、三段斬り、袈裟《けさ》斬り、唐竹《からたけ》割りに試し斬りにし、斬れ味と堅き刃や甘き刃、しぶとき刃、堅くしてしぶとき刃、甘くしてしぶとき刃などの善悪を鑑定するのである。牢屋敷には、切場《きりば》とともに様場《ためしば》がある。

牢屋敷の罪人の打首は、町奉行所の若い同心の役目である。研《と》ぎ代が二分出た。市井《しせい》の練達《れんだつ》の士が、同心に礼金二分を払って手代わりを請負った。打首にしたあとの罪人の胴を試し斬りにして、刀剣鑑定の書付《かきつけ》を依頼人に差し出した。依頼人は、高禄《こうろく》を食《は》む武家であり、大名の江戸屋敷からの依頼もあった。謝礼は数十両から、大名家の依頼なら、二百両ほどにもなると、そんな噂《うわさ》も聞こえた。

幕府も腰物《こしもの》奉行のもと、二十二名の腰物方《かた》をおいていた。幕府の御《お》試し御用は、代々山田浅右衛《やまだあさえ》門《もん》を名乗る山田家の世襲だった。

龍玄の生業《なりわい》は、その刀剣鑑定である。

父親の勝吉《かつきち》も祖父の弥五郎《やごろう》も、刀剣鑑定を生業にしていた。安永《あんえい》八年、龍玄が十二歳のとき、父親の勝吉にさる譜代大名家より、殿さまの差料《さしりょう》の試し斬りと鑑定の依頼があった。父親の勝吉は裃《かみしも》に拵え、無縁坂講安寺《こうあんじ》門前の形ばかりの玄関式台のある住居《すまい》に、大名家より遣わされた使者をうやうやしく迎え、畏《おそ》れ入って刀剣鑑定を承った。あの日の父親の喜色満面に紅潮させた様子を、龍玄は今も覚えている。謝礼がいくらだったか、まだ十二歳だった龍玄は知らない。

都築家の用人《ようにん》天宮《あまみや》左内《さない》は、都築家に長く仕える年配の侍だった。龍玄が差し出した刀剣鑑定の書付に目を通すと、

「大儀でございました。これで市之助《いちのすけ》さまの元服の佩刀《はいとう》が整いましたので、旦那さまもお喜びになられます。年明けは、市之助さまの元服と正月の祝いとで、わが都築家は二重の喜びでござる。別所どのにも市之助さまの元服の祝儀にお越しいただくようにと、旦那さまの仰せでござる」

「喜んで、市之助さまの元服の祝儀に、馳《は》せ参じます」

龍玄と左内が香ばしい煎茶を一服しつつしばしの歓談のときをすごし、

「では、これにて……」

と、龍玄がいとまを告げかけた折り、左内は少し語調を改めて言った。

「別所どの、別件にて、ひとつお知らせしておきたいことがございましてな。ただ、少々別所どのの意に添わぬ事情かも知れぬのですが、よろしゅうござるか」

「はい。いかような」

龍玄は屈託を見せずに質《ただ》した。

「別所どののお戻りは、わが家の門前から駿河台下へ出られて、昌平橋《しょうへいばし》へ向かわれるのですな」

「そうです。昌平橋を渡り、池之端《いけのはた》の茅町より無縁坂を上ります」

「駿河台下の往来に備後福山《びんごふくやま》藩の上屋敷がございますが、ご存じで」

「御老中を務めておられた、阿部伊勢守正倫《あべいせのかみまさとも》さまのお屋敷でございますね。本郷台《ほんごうだい》の西に中《なか》屋敷がございます」

「さよう。その阿部家上屋敷に三年ほど勤番する花田治右衛門《はなだじえもん》と申す者がおりましてな。歳若い、さほど身分の高い侍ではありません。その花田治右衛門がわが家に仕える達吉郎《たつきちろう》と申す若党《わかとう》と、すぐそこの四軒町《しけんちょう》の酒亭《しゅてい》で顔を合わす折りがしばしばあって、若い者同士、顔を合わすと親しく言葉を交わす間柄になったそうでござる。ほんの二、三日前、達吉郎が、その四軒町の酒亭で花田治右衛門と呑《の》んだ折り、内々の話だぞと念押しされて聞いた話を、それがしに報告いたしました。内々の話と念押しされたにもかかわらず、達吉郎がそれがしに報告いたしましたのは、じつはその話が、別所家にかかり合いのある事柄だったからでござる」

「別所家に？」

左内は、ふむ、と意味ありげに頷いた。

「達吉郎は、旦那さまが市之助さまの元服の祝儀にお遣わしになる佩刀の鑑定を、別所どのにご依頼なされたことは、むろん存じておりました。ゆえに別所家の事柄であっても、都築家にかかり合いがまったくないとも思われず、念のため、せめて用人役のそれがしにはと、報告いたしたのでござる」

龍玄は沈黙をかえした。

「今月の上旬、福山藩阿部家大目付《おおめつけ》配下の横目頭《よこめがしら》大里勘助《おおさとかんすけ》と、下《した》横目の黒川権蔵《くろかわごんぞう》、同じく日浅忠《ひあさちゅう》次郎《じろう》と申す三名が、国元の福山より出府《しゅっぷ》いたし、上屋敷の長屋住まいを始めたのでござる。治右衛門ら下役の勤番侍には、三名が出府した理由はわからぬものの、横目ゆえ、江戸屋敷の誰かの監視あるいは怪しい動向の隠密の探索が狙いかと、傍輩《ほうばい》同士、おぬし何か思いあたることがあるのか、いやおぬしこそと、戯《たわむ》れに言い合ったばかりで、さほど気にはかけなかったようですが、それでも日がたち、どうやら三名が、阿部家の家臣ではなく、江戸者の人捜しが狙いで出府したらしいと、傍輩同士の間で窃《ひそか》な噂になり始めました。まさか阿部家の横目が、御公儀《ごこうぎ》や他藩の江戸屋敷の者を捜しているとは思われぬゆえ、江戸市中に居住する阿部家にかかり合いのある誰か、ひとりか、あるいは何名かを、隠密に捜しているらしいのです。人捜しの事情まではわからぬようです。ただし、横目の人捜しゆえ、尋常な事情のはずがない。と申して、御公儀の江戸城下を騒がす事態になっては、譜代大名の阿部家の障りになりかねません。おそらく、阿部家のごく内々の事情に違いないでしょうが。で、治右衛門が聞きつけたその噂の中に、三名の横目らが、無縁坂の別所家を探っているると、そんな話が交じっていたのでござる」

龍玄は眉ひとつ動かさなかった。

「別所どの、続けますぞ。よろしいな」

「どうぞ、続きをお聞かせください」

龍玄は穏やかに答えた。

「むろん、治右衛門は、わが都築家と別所どのとのかかり合いはまったく承知せず、無縁坂の別所家は、小伝馬町の牢屋敷の首打役を代々襲《つ》ぐ一門でと、ただ酒亭の酒の肴《さかな》に、面白がって達吉郎に話して聞かせただけでござる。咄嗟《とっさ》に達吉郎は、都築家が別所龍玄どのに刀剣鑑定をお頼みしたことは伏せ、そうなのかいと、知らぬふりをして聞いていたのでござる。別所どの、福山藩の阿部家にかかり合いのあるお心あたりが、なんぞございますか。例えば、ご先祖に備後福山藩の方がおられるとか」

「備後福山藩に、心あたりはございません。わが曽祖父は摂津《せっつ》高槻《たかつき》藩永井《ながい》家に仕え、祖父に差し支えがあって永井家を去り、出府いたしました。父親もわたくしも、江戸生まれ江戸育ちでございます。高槻藩に遠い縁者がおることは存じておりますが、永井家の縁者とのつき合いは、ほぼないと申してよろしゅうございます」

「別所どの。じつに異なことにて、お気に障ったならお許し願いたいのでござるが、阿部家の横目らは、別所どののお母上は下谷《したや》御徒町《おかちまち》徒衆《かちしゅう》の、竹内《たけうち》家よりご浪人の別所勝吉どのに嫁がれ、竹内家のご当主竹内好太郎《こうたろう》どのは、別所どのの母方の伯父にあたることや、別所どののお内儀《ないぎ》の百合どのは、里が神田明神下の勘定吟味役《かんじょうぎんみやく》の名門丸山家にて、百合どのは聡明《そうめい》にて見目麗しく、どちらの大家《たいけ》に嫁がれるのかと評判になっていたのが、やはりご浪人の別所どのに嫁がれたと、そういうこともすでに調べあげていたようですぞ」

龍玄は何も言わず、ただ破顔した。

「すなわち、別所どのは申すにおよばず、別所どののお母上も、お母上の里の竹内家も、お内儀も、お内儀の里の丸山家も、福山藩の阿部家になんのかかり合いもござらん。そうでございましたな。達吉郎からその話を聞かされ、これは一体いかなることかと、不審を覚えずにはおられませんでした。よって、その話を酒亭で呑み仲間と交わした、それがしの一存で放っておくわけには参らず、旦那さまにご報告いたさねばなりません。所詮は戯言と、ではござるがその前に、別所どのにひとまずうかがってからにいたそうと、思っておったのです」

「お気遣い、畏れ入ります。天宮さまにご心配をおかけいたしました。わたくし自身も、わが妻、わが母、わが伯父が、福山藩の、しかも横目の人捜しにかかり合いがあろうとは思いもよらず、ただ今の話は不審でなりません。早速、当人らに事情を質し、改めてお知らせいたします」

「別所どの。面倒をおかけいたすが、悪く思わんでくだされ。あくまで念のためにでござる。旦那さまには別所どのの知らせを待ち、事情が明らかになったのちに、ご報告いたしますのでな」

「お任せいたします」

龍玄は都築家を辞し、新道三河町の往来を駿河台下へ向かった。福山藩阿部家十万石の、破風《はふ》造りの両門番所を備えた門前をすぎ、昌平橋と筋違御門橋《すじかいごもんばし》が神田川《かんだがわ》に架かる八ツ小路《やっこうじ》に出た。火除《ひよ》け御用地の八ツ小路は、筋違御門橋から日本橋《にほんばし》への大通りや神田界隈《かいわい》の通り、神田川を越えた往来が八方向に通じており、大勢の人通りで賑《にぎ》わっていた。筋違御門の巨大な枡形《ますがた》門の瓦《かわら》屋根に鳥が止まり、急に十数羽の群れが飛びたって、午前の晴れた空の下を旋回しつつ、神田川の彼方《かなた》へ飛び去って行くのが見える。

昌平橋を渡るとき、まだ初冬の穏やかな日和《ひより》ながら、神田川の川風が水面にさざ波を残し、龍玄の黒羽織の裾《すそ》をなぶった。川風はさすがに肌寒さを感じさせた。東方《ひがしかた》の筋違御門橋を大勢の人が渡って行き、対岸の河岸場《かしば》に船が舫《もや》い、河岸通りに積み重ねた薪《まき》の束や材木が、ずっと彼方まで見通せた。こん、こん、と材木をどこかで打つ音や、薪の束を荷車に積んでいる人足《にんそく》らのかけ声も聞こえる。

百合と母親の静江、伯父の竹内好太郎にいかなる事情があるのか、龍玄は都築家の屋敷を出てからずっと気にかかっていた。母親の静江と伯父の好太郎の二人だけなら、御徒町の竹内家で育った兄と妹ゆえ、自分の知らない事情があったとしてもおかしくはない。だが、そこに妻の百合がどのようにかかわり、なぜ百合は夫の自分にそれを言わないのだと、龍玄は訝《いぶか》しんだ。

「妙だ……」

龍玄は物憂げに呟《つぶや》いた。折りしも湯島横町《ゆしまよこちょう》のほうから、竹馬の周りに様々な色模様の小裂《こぎれ》を一杯に吊るした小裂売りが昌平橋を渡ってきて、龍玄の物憂げな呟きを聞きつけ、

「へい、お侍さま。小裂のご用で」

と、愛想よい声を寄こした。

三

半刻《はんとき》後のまだ昼前、茶の間に切った炉についた龍玄は、百合が拵えている筑前《ちくぜん》煮の、ごま油を炒

めた香りと、酒と味りん、醬油で煮ている仄《ほの》かに甘辛《あまから》い匂いに誘われ、

「美味《おい》しそうな匂いがするな」

と、膝に乗せた杏子の、さらさらとして透き通ったような髪をそっと撫《な》でて言った。杏子は形のよい頭を、うん、とやわらかく上下させた。百合は、勝手の土間の竈《かまど》にかけた鍋の木蓋《きぶた》をとって、くつくつと、筑前煮の白い湯気をあびながら、ごぼうやにんじん、里芋にれんこんやきのこの野菜を菜箸で転がし、茶の間の龍玄へ言った。

「もう少しですね」

鍋の蓋を戻し、竈の前にかがんで、竈にくべた薪の燃え具合を確かめた。それから、茶の間と台所をかねた板間の上がり端に腰かけると、物憂げに話を続けた。

「それでね、お義母《かあ》さまが仰《おつしや》ったんです。とてもお気の毒なご事情で、ご同情申しあげますけれど、事が事でございます。念には念を入れよと申しますので、お訊《たず》ねいたします。お腹《なか》のお子がご主人さまのお子ではないと、間違いないのでございますか。それは確かなことでございますかって」

「奥方はなんと」

「ご主人は、知行所《ちぎようしよ》の村名主《むらなぬし》らに、年貢の先納金《せんのうきん》と、窮余の一策に行っていた無尽《むじん》の掛金の負担まで命じ、訴訟になりかけていたそうです。そんなことが訴訟になって、小普請支配から御老中さまのお耳にまで届いたら、お叱《しか》りを受けるのは間違いありません。ですから、この二、三ヵ月、ご主人自らが知行所の陣屋《じんや》に出向いたり、知行所の名主らも露月町のお屋敷を訪ねてこられ、談合や協議が続いていたそうです。来客がないときも、夜ふけまで帳簿を用人と調べており、寛《くつろ》いだそ

ういう余裕はとてもなくて、七月末の月役《つきやく》以前より、ご主人とはつい疎遠になっていたのです。あれはその半月ほどあとだったと」

「そのときのお相手は、奥方の懐妊をご存じではないのかい」

「今はまだ、ご自分以外は誰も気づいてはいないと仰っていました。他人に話したのはわたくしとお義母さまだけのようです」

「お医者さまがご懐妊と、言ったのでは。お医者さまがご主人に、奥方の懐妊を知らせていないのか」

「お医者さまには、診《み》せていらっしゃいません。あれから先月も今月も月役《つきやく》がなく、気にしていたのですが、お医者さまには恐《こわ》くて診せられなかったのです。どうぞ何事もないようにと祈っていたのに、三日ほど前からおそが始まって、そうだと気づかれたのです。お義母さまが、おそだけでは確かとはまだわからないのではありませんか、月役は不順なこともございますし、気分がすぐれなくても、必ずしもおそとは限りませんから、お医者さまにちゃんと診てもらわなければと仰ったのですが、自分の身体《からだ》のことはわかります、今のうちになんとかしなければ、夫に知られてしまいます。夫だけではありません。誰にも知られてはならないのです、そんなこと、考えただけでも恐ろしいと……」

「どうして母上なのだ」

「その方は、わたくしが別所家に嫁ぐとき、お義母さまが利息を得て武家にお金を貸していらっしゃるのを聞いていて、お義母さまなら、きっとおつき合いが広く、中条《ちゅうじょう》流とかのお医者さまもご存じではないかと、縋《すが》る思いで頼ってこられたのです。お願いです。どうか助けてくださいとまたすすり泣かれて、わたくしも胸が痛くなりました」

百合はそれを思い出してか、目を潤ませた。

「御徒町の伯父上が、中条流のお医者さまをご存じだったんだね」

「御徒町の伯父さまが、堂前《どうまえ》の浅留町《あさとめちょう》で診療所を開いているお医者さまとお知り合いでした。お義母さまは、そういうことなら兄に訊《き》いてみましょうと仰って。でも、中条流のお医者さまではありません。堂前の界隈では評判のいい、伯父さまと同じ歳ごろのとても穏やかで親切なお医者さまでした。堂前のあの界隈には岡場所があって、そこでお客のお相手を務める人たちが、お腹の子を産めないこともあって、病人の診察のほかに、その手当もなさっておられるお医者さまです」

龍玄の腕の中で、杏子がいつの間にか眠っていた。白く丸い頬が桜色に染まり、ぷっくりとした小さな唇を結んでいる。百合は龍玄の腕の中で眠ってしまった杏子の頭を、そっと掌で触れた。そして言った。

「お義母さまが御徒町のお屋敷に行かれ、二刻《ふたとき》ほどして戻ってこられました。そういうことなら伯父さまがお医者さまに知らせに行くので、すぐに浅留町の診療所にくるようにと言われたのです。杏子をお義母さまにお任せして、その方とわたくしの二人で浅留町の診療所へ向かいました。白井《しらい》道安《どうあん》と申されるお医者さまで、診療所には伯父さまもいらっしゃいました。伯父さまが、事情は承知している、先生もご承知だから心配はいらない、と仰ってくださって……」

それが終ってしばらく安静にしたのち、奥方に町駕籠《まちかご》を頼み、伯父が徒歩《かち》で従い浅草御門橋《あさくさごもんばし》の船宿まで送った。奥方は供の若い下女《げじょ》を、事情があるので戻ってくるまでここで待つように、と浅草御門橋の船宿に待たせていた。百合は、暗くなる前におまえは戻れ、きっと静江が心配している、と伯父に言われて、浅留町の診療所で奥方を見送り、無縁坂に戻ったのだった。

「そうか。そんなことがあったのか。知らなかったな」

「その方のお名前も詳しい経緯も、全部知っているのは、お義母さまとわたくしだけです。伯父さまも道安先生も、詳しくはご存じではありません。ですからあなたもね」

百合はわざとよそよそしく言った。竈の前へ立って行き、筑前煮の鍋蓋をとってまた湯気にくるまれた。

「よし、できた。あなた、少し早いけれど、お昼にしますか」

静江とお玉は金貸業《かねかし》のとりたてや、融通の用談があって四ツ前から出かけ、昼は外で済ませてくることになっている。

「うん。いただこう。お昼が済んだら御徒町の伯父上に会いに行く」

龍玄は、心地よさそうに眠っている杏子を抱いたまま言った。

四

和泉橋《いずみばし》の通りの、藤堂《とうどう》家上屋敷から上野山下《うえのやました》までの一帯は、幕府徒衆の組屋敷がつらなる御徒町である。御徒町は、駿河台や駿河台下と同じ武家地でも、どの屋敷も土地が狭いうえに、土塀は少なく、板塀や垣根を廻《めぐ》らした屋敷ばかりが目についた。板葺《いたぶき》屋根や牡蠣殻《かきがら》を葺《ふ》いた屋根も、瓦葺屋根の中にちらほらと交じっている。

その午後、龍玄は下谷広小路より三枚橋横丁《さんまいはし》の往来から忍川《しのぶがわ》沿いをとって、御徒町の三枚橋を南へ渡った。半町ほど行き、小路を西へ折れた。

母親静江の兄の竹内家を継いだ好太郎は、職禄七十俵の徒衆である。公儀のひとつの役目に同じ徒衆の三人が就き、七十俵の職禄も三人で分ける三番勤めである。公儀直参の御家人ながら、職禄わずか二十三俵余にしかならず、当然のごとく内職は欠かせない。勤めのない日は、提灯《ちょうちん》張りに励む日々である。

寛政二年の今年、母親の静江より四つ年上の五十二歳になった。

「おや、龍玄か。珍しいな。どうした」

紺木綿に黒の角帯をゆるく締めた好太郎が、腰付障子を引き開け、中庭の濡縁《ぬれえん》先に立った龍玄へ、ゆるい笑みを寄こした。板塀ぎわの柿の木がまだ赤味の淡い実をつけ、庭の一隅には南天《なんてん》の灌木《かんぼく》が葉を繁らせている。雀《すずめ》が瓦屋根の上のほうで、賑やかに鳴いていた。

「お仕事中、お邪魔いたします。広小路の菓子処《どころ》で塩煎餅《せんべい》を買ってきました」

龍玄は、提げていた菓子処の木箱を持ちあげて見せた。

「ありがとう。久しぶりだ。まあ上がれ。と言っても、この通り提灯張りで散らかっているがな。おおい、千恵《ちえ》、珍しいぞ。無縁坂のご亭主がきた」

好太郎は家の中へ、少々くだけた声を投げた。すぐにうす暗い居室の間仕切りを開け、好太郎の妻の千恵が顔だけをのぞかせた。千恵は、濡縁ごしの中庭で辞儀をした龍玄に頬笑みかけ、

「あら、本途に珍しい。いらっしゃい、龍玄さん。汚いところだけど上がって。すぐにお茶の支度をするから」

と、いかにも御徒町の女房らしいさばさばした口調で言った。

好太郎は提灯張りの内職の材料や道具を居室の片側に寄せ、龍玄が着座する黄ばんだ古畳の隙間を作った。

その居室は、亡くなって早や七、八年になる好太郎の両親が寝間に使っていた四畳半だった。縁側の腰付障子に向いて文机《ふづくえ》をおき、内職の材料や道具を寄せた側とは別の一角に、書物《かきもの》が家財道具のように整然と積んである。好太郎は龍玄が差し出した塩煎餅の木箱を押しいただき、

「広小路の萬屋《よろずや》の塩煎餅だね。煎餅はちょいと口寂しいときやら小腹が減ったときに、一枚か二枚かじるのに、ほどよい。気を遣わして済まんね。遠慮なく」

と、木箱を脇においた。

「専太郎《せんたろう》さんと菜穂《なほ》さんは、お出かけですか」

「専太郎は道場へこれの稽古だ」

好太郎は剣術の手つきをした。

「菜穂は、一乗院《いちじょういん》の手習所《てならいじょ》の手伝いに出かけた。専太郎もいい歳だから、いい加減におれと番代わりをして嫁を貰《もら》わなきゃならないが、内職に明け暮れる貧乏御家人《ごけにん》の家に、嫁のき手はなかなか見つからなくてね。菜穂のほうも、専太郎に番代わりしてこっちが隠居する前に相応の武家へ嫁がせたいが、貰ってくれる相手が現れなきゃあ話にならない。親の悩みは深いよ」

好太郎は、のどかに笑いながら言った。

専太郎は、竹内家の長男で二十五歳。妹の菜穂は歳の離れた十九歳。上野町《うえのまち》二丁目一乗院の手習所で、町内の子供相手の手習師匠の見習をしている。

「それで、無縁坂のご亭主が、手土産まで携えて、むさ苦しい組屋敷にわざわざ訪ねてきたってえことは、きっと何かしらわけありなんだろうね」

「先だって、妻が伯父上に、浅留町の白井道安先生をお引き合わせいただき、そのうえ、いろいろとお手数をおかけいたしたそうですね。妻は何も申しませんでしたし、母も知っていたのに黙っておりましたので、わたしはまったく存じませんでした。まずはそのお礼を申しあげに、伯父上がいらっしゃればと思い、うかがいました」

「おれは大抵いるよ。家業の提灯張りに精を出して、三日に一度お城勤めに就き、これでも侍であることを、まだかろうじて忘れないでいるだけの身だからさ。じゃあ、あれを百合に聞いたかい。礼をと言われるほどのことではないけどな。ただ、こう言っちゃああの奥方さまに申しわけないが、じつはちょっと刺激があった。お名前もご身分も知らない綺麗《きれい》な奥方さまにも、ああいうご苦労があるんだなと、改めて思ったよ」

「それで伯父上、じつは、先だっての礼を申しにきただけではないのです。伯父上におうかがいいたしたいこともあるのです。もしかして、その奥方さまの一件に、いささかかかり合いがあるのかもしれませんが」

「ほう。何が訊きたい」

好太郎がわずかに笑みをにじませた。

龍玄は、都築家用人天宮左内に聞かされた、午前の話を切り出した。すると好太郎は、眼差しを庭へ素っ気なく流し、黙って聞いていた。千恵が茶の碗《わん》を運んでくると、茶をひと口含み、それからまた庭へ目をやった。が、やがて、

「なるほど。それでわが家へか」

と、笑みをにじませたまましばし考え、それから、濡縁側の腰付障子をそっと閉じた。庭の雀の鳴き声が、少しやわらいだ。ただ、障子を閉じ、龍玄へ向き直った好太郎の眼差しの笑みは消えていた。

「駿河台下の阿部家の上屋敷に、国元より横目が三名、窃《ひそか》に差し遣わされ、御徒町の貧乏御家人の竹内好太郎、好太郎の妹静江、静江の倅《せがれ》の女房まで、こっちがまったく気づかぬ間に探られていたとは、迂闊《うかつ》だった。衰えたもんだ。ともかく龍玄、その話が聞けてよかった。よく知らせてくれた」

「阿部家の横目らは、人捜しのために出府したようです。横目らが、江戸の誰を何ゆえ捜しているのかは知りません。ですが、その人捜しになぜ伯父上と母上、のみならず、わが妻の百合までかかり合いがあるのか、合点がいきません。百合にも身に覚えがなく、強いて言えば、先だっての奥方さまの一件で、母上に相談し、伯父上の手引きで浅留町の白井道安先生にご処置をお願いいたした、それぐらいしか心当たりがないと申しております。母上は仕事で出かけており、よって、伯父上にお訊ねするためうかがいました」

「そりゃあ、無理もない。江戸から出たことのない金貸のお姑《しゅうとめ》と、名門のお嬢さま育ちの女房が、鬼が棲《す》むか蛇《じゃ》が棲むか、そんな恐ろしげな遠い西国《さいこく》から、足音を忍ばせやってきた横目らの人捜しに、心当たりがあるはずがない。なるほど。もう三年以上がたってもなお追っていたか。執念深いな」

「伯父上にお心当たりが、あるのですか」

「済まん、龍玄。つまりはおれの所為《せい》だ。駿河台下の阿部家の上屋敷に、国元より横目が三名、窃に遣わされて、こっちの動きをこっそり探って、こっちの動きはお見通しだったか。気づかなかった。当然だな。それでなければ横目は務まらん」

「伯父上の所為とは……」

龍玄は訊ねた。

「龍玄の母親と女房は、何も知らずにおれの助けを借りにきた。ところが、阿部家の横目らは、やつらの人捜しのために、おれをこっそり探っていたのに違いない。あの女らは何者だと、余計なことを勘繰《かんぐ》ったのだろう。たぶん、先だっての奥方さまの素性も探っていると思われる。そっちのほうは、ただそれだけで、探っても何も出ぬから心配はいらぬ。しかし、先生の居どころが追手に嗅ぎつけられたと、見なさねばなるまい」

「それはもしかして、浅留町の白井道安先生のことを仰っているのですか」

「これから出かける。この先は龍玄にかかり合いがない。これまでにしよう」

「お出かけ先は浅留町ですか」

「まあそうだ。阿部家が、御公儀のお膝元まで追及の手を伸ばすとは思わなかった。猶予《ゆうよ》ならん事態だ。ぐずぐずしておられん。急いで次の手を打たねば」

「伯父上、わたしも同道《どうどう》させてください。わたしにできることがあれば、お手伝いいたします」

「福山藩の阿部家は、当代の正倫さまが御老中に就いておられたほどの、幕府の有力譜代大名だ。その阿部家と、厄介なかかり合いになる恐れがある。それはやめたほうがいい。龍玄の身に何かあったら、静江に文句を言われる。文句どころでは済まぬか」

「伯父上のほうが、徒衆の立場上、わたしより厄介なかかり合いになるのでは」

「先生とは古いつき合いだ。あの男を江戸に呼び寄せたのはおれだ。江戸なら無事に暮らせると勧めた。おれには責任があるのさ」

「同じです。妻が道安先生のお世話になりました。お会いして礼を申したいのです」

龍玄は好太郎を凝っと見つめた。

好太郎はしばしの間をおいて言った。

「なら行くか。龍玄が手を貸してくれるのは心強い。先生が何者か、道々話して聞かせる。すぐ支度する」

と、専太郎が稽古から戻ってきたらしく、勝手のほうで母親の千恵と交わす声が聞こえてきた。すぐに畳にはずむ足音が居間に近づいてきて、間仕切りごしに声がかかった。

「失礼いたします。専太郎です」

「戻ったか。入れ」

間仕切りが引かれ、痩身ながら背の高い専太郎が、笑顔をのぞかせた。

「やあ、龍玄さん。きてたのかい」

「専太郎兄さん。お邪魔しております」

「龍玄さんに会ったら、訊きたいことがあったんだ。こっちの話でさ」

専太郎は好太郎の隣にためらいなく端座《たんざ》し、剣術の仕種《しぐさ》をした。彫りの深い顔だちで、綺麗に月代《さかやき》を剃《そ》った額が広く、しゅっと胸を反らした上体がいかにも俊敏そうだった。

「父上、わたしもご一緒させていただいて構いませんか」

「これから龍玄と出かける。浅留町の道安先生を訪ねる。剣術の話は次の機会にな」

「道安先生ですか。わたしも連れてってください。道安先生にもしばらくご挨拶していませんから」

専太郎は屈託がなかった。

「少しこみ入った話になる。今日はだめだ」

「ええ、だめなんですか。残念だな。龍玄さんとは久しぶりなのに」

「専太郎兄さん。近々またきます。剣術の話はその折りに。わたしも聞きたい」

龍玄はにっこりと頬笑んだ。

五

好太郎は、金茶《きんちゃ》の袷に変わり格子の半袴《はんばかま》を着け、紺地に霰《あられ》小紋の踝《くるぶし》近くまである長羽織《ながばおり》をぞろりと羽織って、御徒町の往来にそよがせた。龍玄は、午前、新道三河町の都築家を訪ねた折りと同じ、暗みのある萌黄《もえぎ》に黒紺《くろこん》の細袴《ほそばかま》、そして紺青のやはり長羽織をそよがせた。両人ともに菅《すげ》の一文字笠《いちもんじがさ》をかぶり、晩秋の御徒町の往来を、山下のほうへ急いだ。

「先に言っとくが、白井道安の名は、いかにも腕のよさそうな医者らしくしようと、おれがつけた。本名は田鍋玄庵《たなべげんあん》だ。備後福山藩の尾道《おのみち》の医者だ。三年前の天明《てんめい》七年の秋に江戸に出てきた」

「田鍋玄庵先生は、福山藩阿部家のご領内で、医業を営んでおられたのですね」

「そういうことだ。田鍋玄庵は、医業を営む前は阿部家に仕える郡《こおり》奉行配下の地方《じかた》の侍だった。二十代のとき、江戸屋敷の勤番で一年足らずながら、江戸暮らしをしたことがあって、その折りに知り合った。さっぱりした気性の気持ちのよい男で、おれの同好の仲間らともしばしば一緒になって、酒を呑み、談論風発《だんろんふうはつ》、治政を語り論じ合う親しい友になった。江戸屋敷の勤めを終え国元へ戻ってから、会わずとも年に一度ぐらいは手紙を交わす、友としてつき合いを続けてきた」

二枚橋の手前で、大洲《おおず》藩加藤《かとう》家上屋敷の土塀に沿って東に折れ、さらに武家屋敷地のいくつかの角を曲がって、下谷広徳寺《こうとくじ》門前に出た。広徳寺門前から東へ新堀川《しんぼりがわ》に架かる菊屋橋《きくやばし》まで、新寺町《しんてらまち》の門前が続いている。浅留町は、菊屋橋にほど近い新寺町の往来を北へひと筋はずれた、俗に堂前と呼ばれている小禄《しょうろく》の武家地と、寺地の門前の町家が入り交じる一角にある。

「玄庵が阿部家に仕える道を捨て、医師の道を志したのは三十歳をすぎてからだ」

好太郎は続けた。

「広島の蘭医《らんい》の元に弟子入りし、五年か六年、医業を学んで、そののち郷里の尾道に戻り、診療所を開いた。なんと、三十代の半ばをすぎて四十に近い歳だった。元々有能な男だった。郷里の人々のために役だちたいと、手紙に書いていた。妻がいたが、早くに病で亡くし、子もいなかった。三十をすぎて医者の道を志したのは、それもあったのかもな」

「尾道で医者をなさっていた玄庵先生が、なぜ尾道を去り、江戸の浅留町で医業を営んでおられるのですか」

「おれが勧めた。江戸なら医師として暮らしていける。江戸で暮らせと。浅留町に、狭いが診療所を営めそうな店《たな》が見つかって、近所のおかみさんをひとり通いで手伝いに雇い、患者を診ておる。歳はおれよりひとつ下のもう五十一の爺《じい》さんながら、腕がよく優しい先生だと、堂前では評判がいい」

「とても穏やかで親切なお医者さまでしたと、それは妻も言っておりました」

「百合が言ってたかい。女は男より、男の優しさがわかるのかもな。玄庵はそういう男だから、遠く離れていてもおれともつき合いが続いた。浅留町の裏通りを四半町ほど北へ行った龍光寺《りゅうこうじ》門前に岡場所があって、店頭《たながしら》の徳兵衛《とくべえ》に店請人《たなうけにん》を頼むことができた。女郎衆の病気やそのほかなんやかんやで、医者の世話になる機会が多い。徳兵衛は二つ返事で請人を引き受けてくれたよ。町名主にもいろいろと伝《つて》を頼って、浅留町で暮らせるように段どりをつけた。三年前でも五十近い年配の独り身の男が、いかなる事情があって江戸へと怪しまれたが、町内に診療所ができるのはありがたいし、おれの中立《なかだち》ならと、細かい詮索はしなかった。それでも、播磨《はりま》の明石《あかし》城下の医者で、本家の相続争いがこじれて城下に住みづらくなり、城下を離れるならいっそ江戸にと、古い友のおれを頼って江戸に出てきたということにした」

新寺町の本蔵寺《ほんぞうじ》と東国寺《とうこくじ》の境の小路を、北の坂本町《さかもとちょう》のほうへ折れた。

「天明六年の冬から七年の春にかけて、備後の福山藩で、十万石残らず惣《そう》どう、と聞こえた大一揆《だいいっき》があった。龍玄、知ってるか」

「はい。備後福山藩の一揆では、百姓衆の一揆勢に阿部家の禄を食《は》まない土地の侍衆が多数加勢したと、聞きました」

「一揆勢の戦術を、侍衆が練った。高が百姓と見くびっていた藩庁の鎮圧部隊は、百姓衆の蜂起を鎮圧できなかった。ただ、天明の大一揆が収束したのち、阿部家では一揆に加勢した侍衆を多数捕《とら》え、獄門《ごくもん》にした。玄庵は一揆勢に加勢した土地の侍衆のひとりだった。おれの手引きにより、江戸に逃れた。だが、玄庵を追って、国元より横目が江戸屋敷に差し遣わされたのだ。横目らは手引きしたおれの周辺を嗅ぎ廻《まわ》り、玄庵が江戸のどこにひそんでいるか、探っていたのだ」

「横目らは、伯父上のことを知っていたのですね」

龍玄が言うと、好太郎は無精髭《ぶしょうひげ》の目だつ顎を、物思わしげに撫でた。

浅留町は、宗安寺《そうあんじ》と専光寺《せんこうじ》の土塀沿いの小路を隔て、一膳飯屋、酒亭、掛茶屋《かけぢゃや》、絵草紙屋《えぞうし》、乾物屋、下駄屋などの小店《こだな》が、片側町《かたがわまち》の屋根の低い二階家を並べていた。小路は新堀川の土手道《どてみち》に出て、南に折れると菊屋橋の袂《たもと》にいたる。小路のだいぶ先に、土手道を行き交う人影が見えていた。

「龍玄、こっちだ」

二人は、浅留町の半間ほどの狭い路地に入った。路地奥に一軒家の裏店《うらだな》が軒をつらねていた。玄庵の店はその中の一軒で、路地側の小庭を粗末な四つ目垣が囲っていた。

「ご免。道安先生はご在宅かね」

表戸《おもてど》の腰高《こしだか》障子を引いて、好太郎が声をかけた。すぐに、「へえい」と寄付きに閉《た》てた腰付障子ごしに、手伝いのおかみさんの返事が聞こえた。

「御徒町の竹内だ。先生はご在宅かい」

好太郎がくだけた口調を投げると、寄付きの畳が軋《きし》み、白井道安本人が引違いの腰付障子を引き、表戸の好太郎から龍玄へ、切れ長な二重の目を向けた。道安は龍玄と目を合わせ、ふ、と頬笑みを浮かべた。だが、その頬笑みをすぐに好太郎へ戻し、

「どうした」

と、穏やかに訊ねた。総髪《そうはつ》に結った髷《まげ》は白髪が目についた。痩身で背は高いが、まだそれほどの年齢でもないのに、重い荷を長い間背負ってきたかのように背中を丸めていた。ただ細面の整った目鼻だちは、若いころの玄庵の端麗な面影を偲《しの》ばせた。老竹色の上衣を着け、黒茶色の地味な半袴に黒足袋《たび》だった。腰には何も帯びていない。

「道安、急ぎの話がある。上がらせてもらうぞ。かまわぬな」

「かまわぬとも。わたしもたった今、往診から戻ってきたばかりだ。ところで、こちらの若い方は」

龍玄は黙礼した。

「先だって、例の奥方と、奥方に付き添ってきた綺麗なお内儀がいただろう。百合というお内儀だ。覚えているか」

「覚えているとも。おぬしの甥《おい》の別所龍玄どののお内儀だったな。江戸にきて三年、あれほど美しいお内儀にお目にかかった覚えは、とんとない。美しいだけではない。奥方に寄り添う様子は、情が濃《こま》やかでまことに清々《すがすが》しかった」

「確かに、器量よしだ。わが女房どのとはだいぶ違う。それに人柄もよい。あの器量よしの名門のお嬢さまをわが甥が娶《めと》るのに、おれがひと肌脱いだ。つまり、この男がわが甥の別所龍玄にて、器量よしの百合の亭主だ」

「ひと目見て、そうではないかと思った。なるほど、好太郎に聞いていた通り、似合いのよきご夫婦だな。別所龍玄どの、よくこられた。白井道安と申します。好太郎から、別所どののお噂をうかがっておりました。まずは上がって茶でも。好太郎、上がれ」

「ふむ。だがな、これは白井道安ではなく、田鍋玄庵に至急の用なのだ。駿河台下の阿部家にかかり合いがある。龍玄が知らせてくれたのだ」

好太郎が土間に入って声をひそめると、途端に玄庵の眉間が曇った。

「わかった。とにかく上がれ。お辰《たつ》さん、好太郎とお連れに茶の支度を頼む。それから、下谷の幡《ばん》随《ずい》院《いん》の天恵《てんけい》さんに、薬を届けてくれるかい。前の薬がもう残り少ないそうだ。薬を届けたら、今日はもうそのまま仕舞《しま》いにしてよい。また明日《あした》な」

玄庵は、店の勝手へ声を投げた。「へえい」と、お辰がまた返事を寄こした。

六

「先だっても、ちょうど今ごろの刻限でした。奥方はずっと気が張っていた所為か、いざとなると少し泣かれました。身も心もお疲れだったのでしょうな。無理もない」

玄庵は、好太郎が急ぎと言ったにもかかわらず、二人に茶を勧めてから、好太郎にではなく、龍玄に話しかけた。

「熱が少々あったものの、つらく穏やかではない気持ちを堪《こら》えているのですから、そういう症状が出ることもあります。しばらく身体を休ませ、お戻りはそれからになされと、処置が済んだのち、この部屋で横になっておられた。好太郎とお内儀が、台所のほうで、済むのを待っておりました。わたしも台所のほうにおりますゆえ、用があったら声をかけてくださいと行きかけたところ、黙っているのが却《かえ》って苦しかったのか、気持ちが落ち着かれたのか、それを話されたのです」

そこは、濡縁から手を伸ばせば、路地側の四つ目垣に届くほどの小庭に面した四畳半である。玄庵はその四畳半で病人を見たて、患者は寄付きの三畳間で、診療の順番がくるのを待った。濡縁側に閉てた腰付障子は、狭い路地を隔てた表店《おもてだな》の屋根に午後の日が陰って、早やうす墨色に染まっていた。

「と言って、どちらのお屋敷の奥方か、一門のご身分やお名前とかは話されませんでした。ただ、家禄は千二百五十石余で、知行所が豆州《ずしゅう》四ヵ村と武州《ぶしゅう》上州《じょうしゅう》一ヵ村ずつの六ヵ村にあって、一ヵ村に陣屋をおいている旗本の奥方だそうです。その旗本千二百五十石余の家計が破綻し、ご亭主の殿さまも、家計を預かる用人らも手の打ちようがなかったのです」

「千二百五十石余なら、まあ大身《たいしん》の旗本だ。あの奥方の様子から慮《おもんぱか》るに、おれもそれぐらいだろうと思っていたよ。確かに今の世は、大身は大身でもそれぐらいの家禄では、少し油断していたら、気がついたときは借金まみれで首が廻らなくなった武家はいくらでもある。われら貧乏御家人も、蔵前《くらまえ》の札差《ふださし》に首根っこをつかまれて、二進《にっち》も三進《さっち》も行かない有様さ。貧乏御家人は提灯張りの内職で飢えを凌《しの》ぐが、千二百五十石余の旗本の奥方さまは世間体もあって、そういうわけにはいかないだろうな」

「いかぬな。むろん、破綻が表沙汰にならぬよう、年貢の先納金やら用金《ようきん》やらを知行地の名主に命じたり、窮余の一策に、知行地の名主や村役人らに無尽まで持ちかけた。ところが、無尽を行っても掛金を四ヵ月滞納し、それをさらに知行地に負担させる始末だった。名主らは、知行地六ヵ村の名主連名で家計を再建する具体策を提出し、殿さま奥方、お子さま方やご隠居夫婦、同居の家族みなの衣服料、小遣、勝手賄《かってまかない》入用《いりよう》、様々な雑費、使用人の諸給金、小普請支配の付届けまで総出費をぎりぎりに切りつめ、借金返済や利払いに廻した。だが、とても追いつかないどころか、名主らの知らない借金がほかにも隠れていた。じつは、一年半ほど前から屋敷の中間《ちゅうげん》部屋で賭場《とば》が立っていたのだ」

「武家屋敷の賭場かい」

「そうだ。年季《ねんき》奉公の中間に、中間部屋を使わしてほしい、武家屋敷に町方の取り締まりは入れない、どこそこの屋敷でも行われ、相応の場所代を稼いでおられます、と持ちかけられた。主人は使用人の給金さえ滞《とどこお》っており、中間の申し入れを無下《むげ》にもできなかった。何より相応の場所代に魅かれ、それを許した。そのうえ、貧すれば鈍するというか、主人は話を持ちかけてきた中間を介して、賭場の貸元《かしもと》にまで、こっそり借金を申し入れていた。挙句にそちらの返済が滞り、隠れ借金が膨らんでいく有様だった。三月《みつき》ほど前、中間が今度は奥方にある話を持ちかけた。貸元は高貴な奥方さまのお美しいお姿をちらりと拝見しただけで心を乱し、ひと晩だけでも奥方さまが貸元のお相手を務めれば、これまでの借金はなかったことにしてよいと申しております、いかがでございますかと。奥方は無礼な中間に怒りを覚えたものの、主人が賭場の貸元にまで借金をしていたことに驚き呆《あき》れ、言葉もなかったそうだ。奥方は主人を責め、ひと晩泣き明かしたと言っていた。ただし、貸元の申し入れは明かさなかった」

玄庵は再び龍玄に向いて言った。

「先々月の中ごろ、主人が知行地の名主との寄合に三日ほど知行地へ出かける用があって、その日のひと夜、奥方は貸元の相手をなされたのです。武家の体面に疵がつかぬよう、こうするしかなかった。ひと夜、自分さえ辛抱すれば、我慢すれば、誰も苦しまず、わが家の体面を守ることができます。それで決心しただけなのに、こんなことになってしまいました。罪もないお腹の命に申しわけないことをしましたと、さめざめと涙を流されました。奥方は、借金と屈辱の板挟みだったわけです。さぞかし悔しかったでしょうな。お気の毒で、言葉がありませんでした」

「そうですね」

龍玄は頷いた。

　すると、好太郎が龍玄に言った。

「おれは奥方を町駕籠に乗せ、浅草御門橋の船宿まで行って、船宿で待っていた下女に任せた。宵の六ツを時の鐘が知らせたあとの、うす暗くなりかけた神田川を、奥方と下女を乗せた船宿の猪牙《ちょき》が、ゆっくり下って行くのを、浅草御門橋から見送った。下女を従え猪牙に乗った奥方の、真っ青な顔を覚えているよ。あのときは、さすがに奥方が憐《あわ》れで、ちょっとつらかった」

「百合に、暗くなる前に戻れと、先に帰してくださったそうですね。礼を申します」

「ふむ。百合は心根の優しい、まことにできた女房だ。奥方の身を気遣って、一緒に心をくだいていた。娘のころからの古い馴染《なじ》みとは言え、他人をそこまで気にかける百合の気持ちが健《けな》げで、それも可哀想《かわいそう》に思えてな。奥方はちゃんと送っていく。あとはおれに任せろと、帰してやった」

「同感です。お内儀がおられて、奥方がどれほど助けられていたか、側《そば》にいてよくわかりました」

　玄庵は龍玄に言った。それから、

「好太郎、駿河台下の阿部家にかかり合いがある至急の用件を聞かせてくれ。阿部家に何があったのだ」

　と、好太郎を促した。

「そうだった。肝心の用件を伝えねば。龍玄、さっきの話をもう一度頼む。阿部家の事情を玄庵に聞かせてやってくれ」

「承知しました。玄庵先生、この話を聞けたのは、先日の奥方の一件が、偶然あったからなのです。

わたしが聞きましたのは、今月初め、駿河台下の阿部家上屋敷に、国元の福山より三名の者が差し遣わされたようなのです。阿部家大目付配下の横目頭大里勘助、下横目の黒川権蔵、同じく日浅忠次郎と申す三名です。その三名にお聞き覚えはございますか」

「三名とも、覚えはあります。では別所どのは、わたしが福山藩の尾道で医業を営んでいたことを、ご存じなのですな」

「はい。尾道で医業を営まれる以前は、阿部家の地方にお仕えだったと、伯父上にうかがいました」

「大里勘助、黒川権蔵と日浅忠次郎、三名ともに家中《かちゅう》の侍衆のみならず、民《たみ》百姓の動向に厳しい監視の目を向け、取り締まりに手段を選ばぬ恐ろしい横目と、尾道で暮らしていたころから名前は聞こえておりました。殊《こと》に横目頭の大里勘助は、わたしより五つ年下の男です。わたしが阿部家の地方に仕えていたころからの、顔見知りです。言葉を交わしたことはありませんが」

「横目頭大里勘助、下横目の黒川権蔵と日浅忠次郎の三名は、阿部家上屋敷の長屋に逗留《とうりゅう》し、江戸市中に暮らす何者かの行方を探っているらしく、三名が探っている目当てに、わが別所の名と、のみならず、伯父上の竹内家の名も聞かれたのです」

龍玄は、今日の午前、新道三河町の都築家用人天宮左内から聞いた話を、玄庵に語って聞かせた。

「玄庵、藩の追手が江戸に差し向けられたのは間違いない。横目らはおれを見張っていたのだ。横目らが見張っていたところへ、龍玄の母親と女房がたまたま絡んでこうなった。おれが手引きをし、おぬしを江戸市中に匿《かくま》ったことを阿部家はつかんでいるのだ。なぜおれのことが知れたのだろう」

好太郎が首をかしげた。

「わたしと同じく、福山藩の追及を逃れた谷崎弥助《たにざきやすけ》という仲間がいる。親の代より浪人の身となり、福山の薬売りを生業にしていた。天明の一揆にも、わたしとともに一揆勢に加わった。弥助は伊予《いよ》の大洲城下に逃れ、わたしは江戸に逃れた。別れるとき、竹内好太郎の住居を教えた。もしも追手が迫ったら、なんとしても江戸へ逃れてこい。竹内好太郎を訪ねれば、わたしの居場所が知れると。弥助以外に江戸の竹内好太郎を知る者はいない。おそらく、弥助も捕えられたのだ。凄《すさ》まじい責問《せきもん》を受け白状させられ、獄門にかけられたのだろうな。気の毒に」

玄庵はしばし考えた。

「そう言えば、四、五日ぐらい前から、見知らぬ地廻り風体が、町内をうろついているのはわかっていた。だが、元々が堂前のここら辺は、よそ者がうろついても怪しまれない土地柄だ。遊山《ゆさん》の客も多いし、竜光寺門前の岡場所で遊ぶ嫖客《ひょうかく》も多い。とりたてて怪しまなかったが……」

「横目らの手の者かも知れんな」

好太郎が言い、玄庵は首肯《しゅこう》した。

「別所どの、わたしは往診の薬箱を自分で提げて、界隈の町民や小禄の武家、寺僧の見たてに寺院へ出かける徒歩《かち》医者です。竜光寺門前の岡場所にも三日に一度は出かけ、病気にかかった女郎衆の診察やら、治療や養生の指示をし、身体の具合の相談に乗り、ときには身籠《みご》もった女郎衆の処置もやっております。めそめそと泣く女郎衆も、白《しら》っと屋根裏を見あげている女郎衆もおります。先だっての奥方と岡場所の女郎衆と、わたしにとっては何も変わりはしません。望まぬ命が懸命に芽生えた。その命の芽を毟《むし》りとる、わたしはそういう医者です。罰《ばち》当たりで、いつ天罰が下されてもおかしくない」

「そんなことはない。玄庵はよき医者だ。店頭の徳兵衛も、玄庵の店請人になってよかったと言うておる。女郎衆の間でも界隈でも、いい先生がきてくれたと評判ではないか。玄庵が負い目を抱くことではない。女郎衆も奥方も仕方がなかった。ひとりひとり、事情が違うのだ。そういうこともある」

「別所どの、このように古き友は言うてくれます。ありがたいことです。そうだ。好太郎、酒がある。百合どののご亭主の別所どのがきてくれた。これも縁だ。呑みながら何ゆえわたしが江戸にいるのか、事情を話そう。簡単な肴を拵える。待っていてくれ」

「玄庵、横目らの動きが胡乱《うろん》だ。悠長なことはしておられん。急いで次の潜伏先を……」

「わたしは今、天下の江戸町奉行所支配下の町医者白井道安だ。ここは福山領内ではない。阿部家の横目が江戸市中を跋扈《ばっこ》し、町医者に危害を加えたり胡乱なふる舞いをし、町奉行所が出役《しゅつやく》する騒ぎを引き起こせば、阿部家と町奉行所、ひいては阿部家と江戸幕府の対立を招きかねん。譜代大名でも、幕府のお膝元でそんな不穏な真似《まね》はできない。横目らは表立たず、窃にわたしを見張って捕えるか、あるいは命を奪うか、その機会を狙っているのに違いない。好太郎、どこへ逃れても阿部家の手の者らは必ず追ってくる。わたしはもうここを離れる気はない。この町がわたしの終《つい》の棲《すみ》家《か》だ。そう決めたのだ」

「それでは、阿部家の思うつぼだ」

「いいではないか、好太郎。誰でもいつかは終る。どうせ終るなら、町医者の務めを果たして終りたい。好太郎、別所どの、今宵《こよい》ひととき、わたしにつき合ってくれ」

七

「路傍に餓死するもの亦其《またその》数を知らず」

と、『日本災異志《にほんさいいし》』は天明の大飢饉《だいききん》と呼ばれた東北諸藩の惨状をそう伝えた。

「死屍累々《ししるいるい》、空《むな》しく犬又鴉《またからす》の餌となれり。而して犬の如《ごと》きは、既に其の味を知り往来の人を噬殺《かみころ》せしこと少なからず。然《しか》るに先に人を喰《く》ひし犬は、後には又悉《ことごと》く人の食物となるに至りたり……」

また、『世事見聞録《せじけんぶんろく》』にもある。

「人肥《ひとふと》りて逞《たくま》しき気色《けしき》あれば、遠国辺鄙《おんごくへんぴ》の窮民は疲労《つか》れて憂目《うきめ》の涙となる」

津軽《つがる》藩では餓死十万二千余、疫死《えきし》三万余、逃散《ちょうさん》八万余、一家みなが死没し三万五千余軒が空家となり、仙台藩では餓死と疫死が三十万余、南部《なんぶ》藩でも天明三年の飢饉だけで、餓死疫死は六万四千余に及んだ。上州浅間山《あさまやま》が大噴火を起こした天明三年、また気候不順によって、天明六年、七年と大凶作が続いた東北諸藩の惨状は、まさにこの世の地獄絵図に違いなかった。

しかし、地獄絵図は東北諸藩だけではなかった。天明二年から六年にかけ、気候不順により前代未聞の凶年に見舞われた諸国の藩でも、一揆、強訴《ごうそ》、愁訴《しゅうそ》、越訴《おつそ》、農民や細民《さいみん》の逃散は後を絶たなかった。

天明六年二月、福山藩財政惣支配役遠藤弁蔵《ざいせいそうしはいやくえんどうべんぞう》は、「江戸藩邸の急ぎの御用である」として、七月一日納めの先納銀、及び八月十五日納めの初納銀を、三月五日に繰り上げて上納せよと全藩に命じた。御用銀はおよそ二万両に及んだ。福山藩阿部家では、四代藩主阿部正倫が幕府老中昇進への道を歩み始めたことにより、莫大な財政支出の御用が増えていた。阿部正倫は、安永三年奏者番《そうじゃばん》、安永八年には寺社奉行に昇任していた。

しかし、天明二年から天明六年にかけ、毎年の気候不順のため、福山藩の稲作木綿作ともに凶年が続き、領内の村々は疲弊し、困窮に喘いでいた。庄屋と百姓代らは、惣支配役遠藤弁蔵に、御用金の繰り上げ上納の命に、

「ここ数年の未曽有《みぞう》の困窮のため、御用金の上納は埒《らち》が明き申さず候」

と返答をした。すると、遠藤弁蔵は代官手代《てだい》と郡代《ぐんだい》手代らに命じ、庄屋百姓代を福山城下会所に呼びたて、罪人のごとく捕り縄で縛《いまし》め、執拗《しつよう》に容赦なく責めたてた。福山藩阿部家のこの苛烈《かれつ》な収奪は、領内の百姓衆を苦しめ、深い恨みを残した。そして、

「霖雨《りんう》おびただしく、十月ごろになっても止《や》むことなく、田畑は水びたしとなり、前代未聞の凶年」

と、稲作木綿作ともに大凶作となったその年も暮れた十二月、遠藤弁蔵を惣支配とする藩府は、領内各村に村単位の年貢割りあての年貢割付状《わっぷ》を発布した。天明六年の前代未聞の凶年に苦しんだ百姓衆に、容赦なく下付《かふ》された翌天明七年の年貢割付状に、百姓衆はもう大人しく従わなかった。

藩の苛政《かせい》に我慢がならず、立ちあがるしかなかった。

年貢割付状下付の二日後の十二月十六日、品治郡《ほんじ》、芦田郡《あしだ》の村々の百姓衆が、斧《おの》、長柄《ながえ》の鎌、鳶口《とびぐち》、竹槍《たけやり》を手に手に、藩庁の捕り方との戦闘になったときのため、荷俵《にだわら》に脇差《わきざし》太鼓ほら貝を隠し持って、梵鐘《ぼんしょう》を撞《つ》き竹ほらを吹き鳴らして一斉に蜂起した。

尾道の医師田鍋玄庵が、領内に暮らす五十名を超える侍衆とともに一揆勢に加わったのは、医師の生業で尾道近在の往診に廻り、どの村の百姓衆も数年来の気候不順によって凶作に苦しみ、にもかかわらず、藩の苛烈な年貢とりたてと御用金の収奪に喘ぐ実情を目《ま》の当たりにして、ただ日々の医業を営み沈黙を続けることが耐えがたかったからだ。殊に、水呑《みずのみ》百姓と呼ばれる貧しい小作農民が、飢餓や病気に悩まされている惨状は目を蔽《おお》った。

「なんたることだ」

玄庵は怒りを覚えた。同じ浪人の身で、福山城下の薬売りの谷崎弥助に言った。

「不義の富貴《ふうき》は浮雲《ふうん》より危うきぞ。品治郡と芦田郡の百姓衆が、斧や鳶口や竹槍を手に手に、庄屋屋敷へ続々と集まっていると聞いた。まだ老いぼれてはいない。わたしは一揆勢に加わるつもりだ」

「よかろう。わたしも加わる。ほかの者にも声をかける。われらと同調する者が少なからずいると思う」

弥助が応じ、玄庵も知己《ちき》の者に声をかけ、次々と声をかけ合い同調した侍衆が、五十名を超えた。

玄庵は黒紺の綿入《わたいれ》に襷《たすき》をかけ、黒袴《くろばかま》、手甲脚絆《てっこうきゃはん》、黒足袋草鞋《わらじ》に、額鉄《ひたいがね》の鉢巻を締め、両刀を帯びた。他の侍衆もそれぞれに拵え両刀で武装し、品治郡の庄屋屋敷へ向かった。

庄屋屋敷には、得物《えもの》を手にし菅笠《すげがさ》をかぶった、老いも若きもまた女衆も交じり、夥《おびただ》しい百姓衆がすでに集結し、かがり火が盛んに燃えたっていた。百姓衆を率いる庄屋の清兵衛《せいべえ》は尾道の医師の田鍋玄庵を知っており、玄庵ら五十名以上の侍衆を「心強い」と迎え、百姓衆もいっそう勢いづいた。

清兵衛は、藩への要求と交渉は各村の村役人らの合議で決めるが、大人数の一揆勢の行動が統制を失い暴徒と化さぬよう、玄庵ら侍衆に用兵を委《ゆだ》ねた。

玄庵は侍衆から頭《かしら》に押され、真っ先に百姓衆を村ごとの組に編制し、各組に侍衆を分けて参謀役に配した。また、組には村名ではなく、大比良《おおひら》組、棟比良《むねひら》組、などと異名をつけ、組を指図する百姓の名を合言葉とし、組ごとの行動を命じた。さらに、藩の御用商人や御用達の村役人の屋敷に《潰《つぶ》し》をかけるときは、赤布を合図に押し入り、白布を合図にさっと引くことを厳命した。

玄庵は百姓衆に言った。

「潰しは手段だ。住人に危害は加えるな。狙いはみなの訴えを藩府《はんぷ》に呑ませることだ。それを肝《きも》に銘じよ」

「藩府がわしらの訴えを、どうにも呑まねえなら、そっから先はどうなるんだ」

百姓のひとりが言った。

「その先は、岡山藩へ越訴を行う。幕府を動かし、なんとしても訴えを呑ませる」

一揆勢は鬨《とき》の声をあげ、十二月十六日の夜中、品治郡戸手村《とでむら》の庄屋平六《へいろく》の屋敷に乱入し、激しく打ち毀《こわ》した。門や長屋は引き倒し、主屋は敷居鴨居《かもい》戸板障子を切り砕き、柱を切って建物を傾け、畳はずたずたにし、家財衣類はすべて破り捨て、鬨の声とともにさっと引きあげた。

福山城下の藩府に百姓衆蜂起の一報が入り、藩大目付が鉄砲二十挺《ちょう》を備えた足軽捕手《とりて》ら総勢二百人を率い、一揆勢鎮圧に戸手村へ向かったが、品治郡芦田郡の老若男女の圧倒する多数にわずか二百人では為《な》す術《すべ》がなく、すごすごと引いたばかりだった。

藩府が対応に手間どっている翌十七日夜、領内南部の沼隈《ぬまくま》郡、分《わけ》郡の百姓衆が呼応して蜂起し、品治郡天王川原《てんのうがわら》に集結した。続く十九日には、近在の六郡すべてが立ちあがった。天王川原に総勢四万が集まって、夜通し移動し、芦田郡荒谷村庄屋で御用達綿運上所売問屋《めんうんじょうしょうりどいや》の味噌《みそ》屋吉兵衛《きちべえ》はじめ、御用商人らの邸《やしき》を次々と襲った。そうして、新市村《しんいちむら》で二手に分かれ、一手が西南部の松永《まつなが》、鞆《とも》へ、一手は安那《やすな》郡方面へ向かい、御用商人らの邸に潰しをかけて廻った。一揆勢の行動は一見粗暴ながら、参謀についた侍衆の指揮の下、進退が組織だって統制がとれていた。

この事態に慌てた藩府は、ともかく百姓衆の訴えを聞くことになった。

十二月二十日、安那郡徳田村の庄屋徳右衛門《とくえもん》の屋敷において、清兵衛ら百姓衆を率いる主だった者らと、数百名の手勢を率いる藩府の大目付、物頭《ものがしら》が会した。

「このたびの百姓衆のわがままな仕形《しかた》、まことにもって不届き至極である。しかしながら、百姓衆の仕形にもっともな筋があるなら、お上が温情をもってお聞き届けになることもあるゆえ、申してみよ」

藩府の大目付が言った。それに対し、庄屋の清兵衛が、ここ数年来の気候不順により稲作綿作の凶作が続いたにもかかわらず、江戸藩邸の多額な御用金の用命、また本《ほん》年貢のみならず、山《やま》野《の》年貢、草《くさ》年貢の年貢率高騰の不当を訴え、そしてなお、続けた。

「財政惣支配役遠藤弁蔵さまをわれら百姓方へお遣わし下され、遠藤さまのお望み通りよく肥えた田畑をおわたしいたして農業を営まれ、遠藤さまがご家族を養い、百姓としての礼儀をお務めになられたうえで、このたび遠藤さまが百姓に課した年貢をみなお済みなされば、百姓一同、獄門に上りましょう。もしも遠藤さまにそれがおできにならなければ、遠藤さまを獄門へお上げいたします」

清兵衛は、「畏れながら、書付をもって願い上げ奉り候御事」の三十ヵ条に及ぶ要求書を差し出した。藩府の大目付は白々としながらもそれを受理せざるを得ず、江戸の藩主阿部正倫に報告し、藩の回答を待つため、天明六年の一揆は一旦収まったかに見えた。

しかし、翌天明七年二月十六日、江戸の藩主阿部正倫の書状が国元大目付に届き、そこには遠藤弁蔵の不手際を指摘しつつも、「百姓がうんとこたえるようにきびしく」と、百姓衆の要求はすべて拒否であった。

その回答を知らされたことを機に、百姓衆は再び蜂起した。しかも、蜂起した百姓衆は天明六年の比ではなく、「十万石残らず惣どう」と言われる天明七年の大一揆となった。国中の御用達を務める庄屋六十二軒、在町の御用商人五軒が打ち毀しに遭《あ》って、一揆の炎は福山藩の国中に燃え広がった。なおかつ、一揆勢は福山藩領を越え、備前《びぜん》の岡山藩への越訴を目指す動きを見せていた。

江戸の藩主阿部正倫は、領内の大一揆のみならず、岡山藩への越訴の動きに慌て、すぐさま江戸の大目付服部半助《はっとりはんすけ》を福山へ差し向け、遠藤弁蔵の役儀《やくぎ》を召し放ち、差し控えを命じた。さらに、三十ヵ条の要求のうち二十ヵ条、のちには二十三ヵ条までを受け入れ、百姓衆へ大幅に譲歩した。

「それでも百姓衆には、肝心なところの要求は拒まれ、不満はくすぶっておりました。百姓衆が藩の回答を受け入れるか入れぬかは、百姓衆が決めることです。われら加勢の侍衆は、成り行きを見守るしかありません」

玄庵は、陶の火桶《ひおけ》にかけた湯鍋から燗《かん》にした徳利《とっくり》をとり出し、ほら、という眼差しを龍玄と好太郎に向けて、二人の 盃《さかずき》に燗酒を注《さ》した。玄庵は、焙《あぶ》って裂いた干《ほし》きすとするめ、山芋、ごぼう、竹の子、ふき、豆腐、梅干しの煮物、なす、きゅうり、白菜の粕《かす》漬けを、大皿や鉢に盛って、

「残り物に少し手を加えただけです」

と、酒の肴の支度を手早く調えていた。また、燗の湯を沸かしながら、手際よく餅まで焼いた。

「妻を若いころに亡くし、子もいない。以来ひとりゆえ、なんでも自分でやってきました。孤独という師匠に、暮らし方と生き方を学んだのです。ありがたいことだ」

酒は強いほうではなく、頰笑んだ目のふちがほんのりと赤らんでいた。外はまだ暮れておらず、路地側の腰付障子に、うす青い夕方の明かるみが映り、路地のどぶ板を踏む住人の足音が通りすぎて行った。

「藩の回答に、百姓衆に不満は残りました。ですが、もう三月になって、百姓衆はその年の作づけにかからねばなりません。作づけができなければ、土地を耕して生きる百姓衆が、結局は苦境に追いこまれる。藩の回答を受け入れるしかなかったのです」

玄庵はゆっくりと燗酒を舐《な》めた。

「一揆が収束したのち、郡奉行、代官ら三人が入牢《じゅろう》となり、手代らも役儀取り上げ閉門を申しつけられました。百姓衆のほうは、庄屋十三人と組頭十人を役儀取り上げ閉門村預け、そのほか一揆勢を率いた村の組頭ら七十人余が入牢となりました。ですが、百姓衆の処置は、藩主阿部正倫の老中就任の大赦《たいしゃ》が行われ、みな許されました。一揆を収束させるための談判の折り、一揆勢が今引けば、藩府の処罰は下すが大赦にすると決まっていたのです。それが決まっていなかったのは、一揆の発《ほっ》頭人《とうにん》と、一揆勢に加わった土地の侍衆です」

「発頭人狩りが、始まったのですね」

龍玄が言った。

「さよう。このまま無事には済むまいと、その恐れはみな持っていたはずです。ただ、いざ暮らしていた土地を離れるとなると、簡単にはいきません。人それぞれ、土地に愛着もありますし。わたしは運がよかったと思っています。天明七年の一揆のあと、江戸の好太郎に、斯《か》く斯く云々《しかじか》の子細があって、一揆勢に加勢した顚末《てんまつ》を手紙に認《したた》め、送っておりました。すると、ひと月ほどして好太郎の手紙が届き、江戸にこい、江戸なら医業を営んで無事に暮らしていける、と勧めてくれていたのです。そのときはまだ、尾道を出るつもりはなく、藩府の追及の手も迫っていなかったのですが、ぱっと周囲に明かるみが射したような気がしましてな。江戸の暮らしか、と思ったのです。五十近い歳で、そう先は長くない。あと十年。もっと長いかも知れぬし、短いかも知れぬ。だとしても、最後の年月を江戸で違う生き方をしてもよいかと、なぜか思ったのです。若くして亡くなった妻は里の墓に葬っており、わが父母は一族の墓所に眠っております。尾道で細々と往診を続けておる老いぼれ医者が、尾道から出られぬわけではなかった。わが命を江戸で仕舞いにするかと思うと、若きごころを思い出し、少し胸が躍りました」

ははは、と玄庵は笑った。

「おれは玄庵の手紙を読んで、なんだか危ないと、いやな予感がしたのだ。享保《きようほう》以降、諸国で一揆強訴愁訴と騒ぎが起こったが、いずれも、あと始末の厳しい発頭人狩りが行われる。玄庵の身が気がかりだった。江戸の町家で医業を営めば、十分暮らしていける。だから、江戸なら無事に暮らせると勧めた。まさか、江戸にまで追手が迫るとはな」

「そう、天明七年の五月の半ばをすぎておりました。品治郡の庄屋の清兵衛が、藩府の捕手のお縄になったと、旅の商人から聞いたのです。このままでは済むまいと思っていたことが始まったと気づきました。旅の手形は、江戸の縁者を訪ねると伝え、町役人よりすでに手に入れておりました。即座に旅支度を調え、その夜のうちに尾道を発《た》ち、夜通し歩いて福山城下へ入り、谷崎弥助を訪ね、品治郡の清兵衛が捕縛されたと伝えました。すると弥助もすでに知っており、自分は伊予の大洲城下の知人を頼って発つつもりだった、わたしのことが気がかりだったと、言っておりました。わたしはこのまま江戸へ発つ、もしも追手が迫ったら江戸へ逃れてこい、江戸の竹内好太郎を訪ねれば、わたしの居場所が知れる、なんとしてもともに生き延びようと、そう言って別れたのです」

玄庵は盃をあおった。

「あれから早や三年半です。好太郎の助けによって、白井道安と名を持ち、江戸の浅留町の医師として、のどかに暮らしてこられた。好太郎、礼を言う」

「玄庵、まだこれから先がある」

「おそらく、谷崎弥助はもうこの世にはおるまい。それから、庄屋の清兵衛もな。江戸へきてから、福山藩では、天明七年の暮れまでに、打首獄門になった者が五十名近くいたと聞いた。また、領内より逃亡した者は百名ほどともだ。なんたることだ。あのときの一揆に加勢した侍衆のどれほどが、未《いま》だ生き延びておるか。それを思うと、こうして生き延びておるわが身が後ろめたい」

「玄庵が自分を責める謂《いわ》れはない。玄庵はよく生きてきた。それだけではないか。これからもよく生きよ。ただし、阿部家の横目が狙っている。ここは越さねばならんな」

「いや、わたしはここを動かん。見たてを続けなければならぬ病人を、界隈に幾人も抱えておる。医者が病人を捨てていけるか。ここがわたしの死に場所でよい」

玄庵はそれで満足だと言いたげに、穏やかな頬笑みを浮かべた。

八

月の半ばもすぎたその日、夕方から冬の冷たい雨になった。まだ暮れる刻限ではなかった。だが、厚い雨雲が低く垂れこめ、無縁坂は早やうす暗く、坂の片側に土塀をつらねる榊原《さかきばら》家中屋敷の、紅や黄に染まった木々の葉色を、鈍色《にびいろ》にくるんでいた。無縁坂の中腹から見おろす不忍池は、うす墨色のぼうっとした靄《もや》に蔽い隠され、池中《ちちゅう》の弁才天《べんざいてん》の屋根は、まるで靄の中に浮かんでいるかに見えた。

竹内専太郎は、雨水がいく筋も流れぬかるんだ急な坂道を、息を荒くして上った。菅笠と紙合羽《かみがっぱ》が降りしきる雨に打たれ、激しく水飛沫《みずしぶき》を散らしていた。講安寺門前まできて、門前の通りをひと筋はずれた小路へ折れ、四半町ほど行った板塀に囲われた別所家の、引違いの木戸門の前に出た。

専太郎が板塀の上に枝をのばす木々と、黒雲の蔽う夕方の空を見上げ、

「やれやれ」

と、独り言《ご》ちた声が白い息になった。

木戸門はすでに閂《かんぬき》が差してあり、引戸は固く閉まっていた。

どんどん、どんどんどん……

木戸を強く打ち鳴らし、雨音に負けない大声を張りあげた。

「ごめえん。お頼み申しまあす。竹内専太郎でえす。龍玄さんはご在宅ですか。龍玄さんに、お取次を願いまあす」

専太郎は、また木戸を打ち鳴らした。

「叔母上、専太郎でえす。どなたかいらっしゃいませんかあ」

声を止め、しばし、門内の気配に耳を片寄せた。だが、木々を騒がす雨音が邪魔をした。専太郎は再び、「龍玄さんは……」と言いかけたとき、門内に龍玄らしき返事があった。

「ただ今」

唐傘を鳴らし、足音が近づいてきた。

「龍玄です。専太郎兄さんですか」

木戸門ごしに龍玄の声がした。

「あ、龍玄さん、よかった。専太郎です。父の好太郎に言われてきました。父が申しておりました。どうやら、浅留町の白井道安先生の身に危うい事態が迫っているようなのです。龍玄さんのお力を借りたいと伝えよと、父に言われて参りました」

門内の閂がはずされ、戸が引かれたと同時に、龍玄が傘の下に手燭《てしょく》をかざした。

「これから、道安先生の店に向かうつもりです。できれば、龍玄さんも同道願いたいのです。詳しい事情は道々話します」

「承知しました。すぐに支度をします。ですが、この冷たい雨です。専太郎兄さん、まずは中へどうぞ」

「いえ。わたしはこの通り、もう足下がびしょ濡《ぬ》れです。ここで待ちます」

中の口の板戸が半分開かれ、叔母の静江が顔をのぞかせた。暖かそうな明かりが、雨に烟《けむ》る灰色の庭にこぼれていた。

「専太郎、父上のお使いですか」

静江が声を寄こした。

「叔母上、さようです。龍玄さんに少々お頼みしたいことがあって……」

「ともかく、寒いから中にお入り」

「すぐに出かけますので」

言いながらも、「では、ちょっとだけ」と専太郎は龍玄に言った。勝手の土間のほうへ廻って、雨水が滴《したた》る菅笠と紙合羽をとった。

「お預かりします」

下女のお玉が、それを勝手の壁にかけた。竈に薪がゆらゆらと燃えて、勝手の土間をやわらかく暖めていた。専太郎は、袴を脚絆で絞り、黒足袋草鞋掛に両刀を帯びている。

「専太郎、お茶を呑んでおいき」

茶の間の炉の側で、静江が茶の支度にかかった。静江の側に杏子が立っていて、竈の火にあたった専太郎をぱっちりと見開いた大きな目で、不思議そうに見つめていた。

「杏子、大きくなったな」

専太郎が竈の前から声をかけると、杏子がたどたどしく何か言いかえし、専太郎はよくわからないまま、ふむふむ、と頷いて見せた。

「父上は、どちらかへお出かけなの」

静江は茶を淹《い》れた湯呑を、土間のお玉が差し出した小盆に載せ、お玉は竈の火にあたっている専太郎へ運んだ。

「どうぞ、専太郎さま」

「すまん」

専太郎は温かな茶を一服した。

「夕方、一番組から三番組までの徒衆に急のお呼び出しがあって、桜田御門外《さくらだごもん》の警備にあたることになったのです。幕閣《ばっかく》のどなたかのお行列が通るので、その警備らしいです。子細は存じませんが。ですので、わたしは父に言われてこちらへ」

「まあ、この雨の中を桜田御門まで。ご苦労さまですね」

静江が言うと、杏子が静江を真似《まね》て、また何か言ったので三人は笑った。

ほどもなく、支度を整えた龍玄と百合が茶の間に現れた。龍玄は青朽葉《あおくちば》の綿入に黒茶色の細袴を、黒脚絆を膝頭から踝《くるぶし》までをきりりと絞り黒足袋をつけ、大刀《だいとう》を下げていた。見るからに俊敏そうな龍玄の姿に、専太郎は思わず、おっ、と声に出した。

菅笠と紙合羽を携え、龍玄に従っていた百合が、専太郎に言った。

「専太郎さん、お待たせいたしました」

「専太郎兄さん、参りましょう」

龍玄が言ったとき、遠い空に雷鳴がどろどろととどろいた。杏子が、あ、と不思議そうに天井を見あげ、「かか」と百合を呼んだ。


龍玄と専太郎が、下谷広小路の三橋《みはし》を渡り、山下から新寺町の往来へとったころ、ついさっきまでわずかに残っていた夕方の明かるみは隠れ、町家は降りしきる雨と夜の帳《とばり》にとり籠められた。とき折り北の空に稲妻が走り、少したって、雷鳴が新寺町の暗がりを震わせた。

公儀大目付外山文五左衛門《とやまぶんござえもん》に仕える、山部信吉《やまべしんきち》という侍がいる。大目付は諸大名の怠慢を監察摘発する幕府の役目を負い、大名目付とも大横目《おおよこめ》とも言われている。山部は外山家の軽輩《けいはい》ながら、外山家の目付配下につき、大名家江戸屋敷に勤番する諸侍《しょざむらい》の行動に、日ごろより監視の目を光らせていた。好太郎は、山部信吉と旧知の間柄であった。

好太郎は山部に、堂前浅留町の医師白井道安の素性を伏せたまま、事情があって今は静かに江戸の町家で暮らしをたて、界隈の町民からも厚い信頼を寄せられている優れた医師である、決しておぬしに迷惑をかけぬし礼もするゆえ、探ってほしいことがある、と窃に持ちかけた。すなわち、駿河台下の福山藩阿部家の上屋敷に、先月上旬、大里勘助、黒川権蔵、日浅忠次郎の三名の横目が国元より出府した。彼《か》の者らは、白井道安を隠密裡に始末することを狙っているのは間違いなく、そのようなことを見す見す許しては江戸侍の信義がたたない。よって、彼の者らの動きがわかればありがたいのだと。

「福山藩阿部家と言えば、三年前の天明七年に、領内で大きな一揆があり、そのあと厳しい発頭人狩りを行ったと聞いた。浅留町の道安先生とは、もしかして、その発頭人狩りにかかり合いのある医師なのか」

山部は、好太郎に質した。

「済まん。それは言えない。だが、義を見てせざるは勇なきなりだ。道安先生は間違ったことはしていない。わが古き友だ」

好太郎が言うと、山部は訝りながらも、

「よかろう。勤番侍の動きを探るだけなら自分の役目ゆえむずかしいことではないし、おぬしとの仲だ、礼など無用、仕事のついでにやってみよう。ただし、おれに聞いたとは誰にも言うなよ」

と釘《くぎ》を刺した。それが一昨日だった。

「……今日の午後、山部さんがわざわざ父を訪ねて見え、阿部家の奉公人から、彼の横目らが、浅留町の道安先生を、阿部家の上屋敷ではなく下《しも》屋敷へ強引に連行し、そこで処置を下す目論見《もくろみ》を進めているらしいと聞いたと、知らせにきてくれましてね。山部さんによれば、子細は不明ながら、どうやら近日中のことらしいので、用心をしたほうがよいぞと、父に申されたのです」

「阿部家の下屋敷にて処置を、ですか」

「そのようです。道安先生は、危険を承知でも浅留町の店を離れないと言うておられますが、父は明日、もう一度先生を説得してみるそうです。ただ、今日ひと晩が気になってならない、不測の事態が起こってはとりかえしがつかぬというわけで、わたしが道安先生の側についていることになりました。来客があれば、阿部家の者らも、かどわかしのような胡乱な真似はできないはずです。それにね、龍玄さん……」

と、専太郎はそこで、少し打ち解けた物言いになった。

「父は、わたしひとりでは心許《こころもと》ないと思ったんだろうね。龍玄さんに助勢を頼めと命じたんだ。わたしひとりで大丈夫ですからと、強がって言ったけど、正直なところ、わたしも内心はひとりじゃ心細かったのさ」

「それでいいのです。不測の事態が起こったとき、阿部家の者らは少なくとも三人。手勢が加わればそれ以上です。ひとりでは人数が足りません。専太郎兄さんとわたし、それに道安先生がいて、三人になります。専太郎兄さん、もうすっかり暗くなりました。手遅れにならぬよう、急ぎましょう」

降りしきる雨は新寺町の往来を叩《たた》き、彼方の雷鳴が次第に近づきつつあった。

九

稲妻が放たれ、雷鳴がきりきりと、龍玄と専太郎の頭上近くに走り始めていた。雨がいっそう激しさを増し、川のようになった夜道に思いのほか難渋しつつ、本蔵寺の東角の小路を北へ折れ、坂本町の飛び地の東西に通る小路に出た。その小路を東へ折れた先の、宗安寺と専光寺の土塀沿いに、浅留町の片側町が暗闇の中に紛れているはずだが、小路の先は何も見えなかった。地面と町家の屋根を叩く激しい雨音が、暗闇の沈黙を破っていた。

「龍玄さん、もうすぐです」

専太郎が言い、龍玄が「はい」と答えたときだった。一瞬、あたりが真っ白な光に包まれ、浅留町の東方、南北に流れる新堀川の土手道に通じる小路と、新堀川対岸の東本願寺《ひがしほんがんじ》の屋根が見通せた。その一瞬の光がかき消えた途端、夜空を劈《つんざ》く雷鳴が、龍玄と専太郎のすぐ頭上を走った。雷鳴に慄《おのの》いた人の悲鳴が、町家のどこかで聞こえた。

「あれはっ」

思わず発した龍玄の声は、夜空を劈く雷鳴にまぎれた。しかし、専太郎も一瞬の光の彼方に見えた人影に気づいていた。

「龍玄さん、今、人影が見えなかったか」

専太郎が、雨音をかき払って喚《わめ》いた。

専太郎兄さん、と言いかけた龍玄を遮り、稲妻の閃光《せんこう》が再び小路を一瞬映し出した。その真っ白な光の中に、前方の土手道を南へ折れていく人影を認め、瞬時に暗闇が人影を消し去った。だが、雷鳴が夜空を劈いた刹那《せつな》、龍玄の脳裡《のうり》に、四つの人影と、そのうちのひとつの人影がまぎれもなく田鍋玄庵に違いない残像が、くっきりと残されたのだった。

龍玄が雨を巻いて駆け出したそのすぐあとを、専太郎の喚声が追った。


浅留町の小路から新堀川の土手道を南へ曲がって、専光寺門前と行安寺《ぎょうあんじ》門前を一町余行くと、長さ二間五尺、幅二間半の菊屋橋が架かっている。菊屋橋の西が新寺町、橋を東へ渡ると、浅草東本願寺門跡前《もんぜきまえ》の往来である。新寺町も門跡前も、昼間は人通りの多い繁華な門前町が、下谷の広徳寺前までつらなっていた。しかし、天地を震わす凄まじい雷雨となったその夜は、新寺町や門跡前ののどの店も板戸を固く閉ざして沈黙し、新堀川は濁流がうねり、人影の途絶えた新堀端の土手道は、町家のどぶからあふれた泥水が、いく筋もの溝となって新堀川へ流れ落ちていた。

横目頭大里勘助、下横目黒川権蔵と日浅忠次郎は、後ろ手に縛り猿轡《さるぐつわ》を噛《か》ませた田鍋玄庵を拘引し、専光寺の門前をすぎ、行安寺門前に差しかかっていた。勘助ら三人は、鉄色の上衣と裁《た》っ着けに蓑笠《みのかさ》草鞋掛《かけ》、玄庵は袖なし羽織を羽織って、括《くく》り袴の跣《はだし》だった。明かりなど役にたたぬ雨中に、短い間をおいて走る雷光の白い閃光が頼りだった。

ただ、新堀川対岸に土塀を廻らした東本願寺僧房の、無双連子《むそうれんじ》の引戸が閉じぬまま残された窓よりひとつ、小さな灯が川端にもれ、土手道を行く四体の人影をうっすらと照らしていた。行手の菊屋橋袂の船寄せには、網代《あじろ》の掩蓋《えんがい》を筵《むしろ》で蔽った二丈四尺の茶船が舫い、棹《さお》を持って艫《とも》に蹲《うずくま》った蓑笠の船頭らしき人影もろとも、真っ黒な濁流が翻弄していた。

あの茶船で新堀川を下り大川《おおかわ》に出て、御厩河岸《おうまやがし》対岸の阿部家下屋敷へ入る。そして、今夜中に田鍋玄庵を斬首に処する手筈《てはず》だった。田鍋玄庵を斬首に処せば、天明七年の一揆の発頭人狩りは、ほぼ方がついたことになる。この田鍋玄庵の探索には手古《てこ》ずらされた。しかしそれももう終る。明口は国元の福山へ戻る旅路についているだろう、と横目頭の大里勘助は思っていた。勘助は、背後の玄庵へ見かえった。打ちつける雨が、うな垂れて菅笠に隠れた玄庵の痩身に飛沫を巻いていた。

権蔵が縛めた縄尻をとり、忠次郎が遅れがちな玄庵の肩を小突いて急がせた。

浅留町の店に押し入ったとき、玄庵は無念そうな表情を見せたが、一切抗《あらが》わなかった。

「争う気はない。ここは町家の店だ。無体《むたい》な真似はするな」

と、言っただけだった。権蔵と忠次郎が玄庵を土間に荒々しく引き据え、縄を打つ間もされるままになっていた。三年の逃亡の暮らしに疲れたのか、観念して大人しく引ったてられた。

これ式の者が一揆などと、埒もない。

勘助は玄庵へ嘲笑を投げ、前方の菊屋橋へ向きかけた。そのとき、一瞬の稲妻が暗闇を引き裂き、土手道に泥水を跳ねる雨を白く耀《かがや》かせ、権蔵と忠次郎のすぐ後ろにいつの間にか迫っていた二体の侍風体を、青白く浮かび上がらせたのだった。

あっ、と思った。だが、瞬時の間に土手道は元の闇にくるまれた。

「何者かっ」

勘助の誰何《すいか》を凄まじい雷鳴がかき消した。勘助は蓑を払い、柄《つか》に手をかけて闇に向かって身構えた。権蔵と忠次郎は、背後に迫った二人にそのとき気づいた。権蔵は咄嗟に玄庵の首筋へ背後から腕を廻し、反転して勘助の片側へ、ずるずると後退した。忠次郎もすかさず身構えたものの、雨の飛沫を巻いて、外連《けれん》なく迫る侍の影にたじろぎ、やはり後退して勘助に並びかけた。

「ふざけた真似をしおって。容赦せんぞ。引くなら今のうちぞ」

二体の侍風体へ、勘助が怒声を放った。

「おまえらこそ、道安先生を放せ。さもなくば、この先へは一歩も行かせん」

専太郎が雨中に声を甲走《かんばし》らせた。紙合羽を払って刀の柄に手をかけた。と、閃光が夜空に走り、菅笠に紙合羽を着けた龍玄と専太郎、相対する勘助、権蔵、忠次郎の三名、そして後ろ手に縛められた苦しげな玄庵、土手道後方の菊屋橋、橋の袖の枝垂《しだ》れ柳の高木、新堀川の濁流、どの店も板戸を固く閉じた新堀端の町家を白々と映し出し、そして、暗闇が一切をくるみ、雷鳴が鉄槌《てっつい》を下した。

「戯《たわ》けが。この男は道安ではない。田鍋玄庵と名乗る福山藩のならず者だ。われらはならず者を捕えるため、お上より差し遣わされた福山藩の者だ。おのれら、何も知りもせぬのに要らざる手を出すな。怪我《けが》をするだけでは済まさん。さっさとたち退《の》け」

勘助が喚いた。

「笑止。ここは福山藩ではない。江戸町奉行所支配下の江戸の町家だ。夜盗《やとう》のごとく夜陰《やいん》の雷雨にまぎれ、医師白井道安先生の店に押し入り、道安先生に無体を働くふる舞い、言語道断。断じてここから先へは行かさぬ」

龍玄が言った。紙合羽を払って刀を前へ押し出し、一歩を踏み出した。

「江戸町奉行所支配がどうした。福山城下だろうと、江戸の町家だろうと、ならず者は成敗する。それがお上の法だ」

「福山藩横目頭大里勘助、下横目黒川権蔵、同じく日浅忠次郎だな。おまえたちの名は聞いている。おまえたちこそ、江戸の町家を荒し、天下の法を犯している。ならず者はおまえたちだ」

龍玄に名指され、勘助は目を剝《む》いた。

「おのれら、ただの通りかかりではないとは思ったが、誰の廻し者か」

「拙者、別所龍玄。縁あって白井道安先生のお味方をいたす」

「拙者、竹内専太郎。行くぞ」

専太郎が抜刀した。

「別所龍玄、竹内……そうか。わかった。さてはおのれら、百姓らに一揆をそそのかした田鍋玄庵一味のならず者だったか。ならばよかろう。ともに成敗してやる」

勘助は一旦身を沈め、一転、身を躍らせて抜き打ちに、龍玄の影へ大《おお》袈裟を浴びせた。

すかさず、龍玄は抜き放ち、勘助の大袈裟を雨の飛沫を散らし跳ねかえした。

凄まじい膂力《りよりよく》が鋼《はがね》から鋼へと、勘助に伝わった。かろうじて刀は放さなかったものの、勘助は仰《の》け反り一歩二歩と後退《あとじさ》った。権蔵と忠次郎は、頭の勘助ほどの腕利きが、と驚き、抜きながらも勘助とともに退《ひ》いた。

すると、勘助は龍玄へ向いたまま、玄庵を押さえている権蔵に言った。

「権蔵、玄庵を放せ。屋敷へ引っ立てるまでもない。裁きは明らかだ。放せ」

えっ、と権蔵は思わず玄庵に廻した腕を離した途端、勘助は玄庵へふりかえった。

「やぁぁぁ」

奇声を発し、上段から斬り落とした。玄庵の菅笠が切り裂かれ、猿轡が飛び散り、後ろ手に縛めた縄がはらりと落ちた。玄庵は苦悶《くもん》の声をあげて、両膝から崩れ落ちた。

と、その一瞬だった。稲妻が暗闇を引き裂き、束の間の差で雷鳴があたりを劈いた刹那、下段に刀を止め静止した勘助の首が、菅笠をかぶったまま、する、とすべったかに見えた。続いて、勘助の黒い影が血飛沫を噴きながら、すべり落ちるおのれの首を追いかけるかのように、篠《しの》を突く雨中へ突っこんで行く幻影が、暗闇に包まれた土手道の誰の目にも焼きついた。勘助に声はなく、権蔵も忠次郎も、のみならず、専太郎も啞然とした。

そのとき、勘助の首を落とした龍玄の影が身を起こし、下段に下げた一刀を正眼に構えた。

「頭《かしら》あっ、おのれが」

権蔵が叫び、龍玄の影を袈裟懸にした。

間髪《かんはつ》を容《い》れず、龍玄は身を翻《ひるがえ》し、権蔵の袈裟懸を雨中へ流し様《ざま》、一閃《いっせん》を放った。

「わあ……」

権蔵は、喚声とも悲鳴ともつかぬ声を甲走らせた。踏みこみは力を失い、足取りが乱れた。権蔵は刀を落とし、血の噴き出す首筋を手で押さえたが、そのまま木偶《でく》が操り手を失い潰れるように新堀川の濁流へと、すべり落ちて行ったのだった。

龍玄は玄庵の傍らに跪いた。こめかみから胸元へと亀裂が走り、あふれる血を雨が洗っていた。

「玄庵先生」

呼びかけると、それでも玄庵はうっすらと目を開け、震える瞼《まぶた》の奥から龍玄を見あげた。

「別所どのか」

声がかすれ、震える手を持ちあげかけた。龍玄はその手をとった。

「龍玄どの、済まない。世話に、なり……」

力尽きたかのように、言いかけた言葉が途切れた。

「いいのです」

龍玄は言った。

一方の専太郎は、龍玄の影が身を起こし正眼に構えたその機に合わせ、雄叫《おたけ》びを発し、忠次郎へ打ちかかったのだった。忠次郎は専太郎の打ちこみを払った。

だが、新堀川へすべり落ちて行く権蔵を見て、咄嗟に身を翻し、土手道を一気に駆け抜けた。そのあとにぴたりとついて専太郎が追い、二人は、土手道から菊屋橋の橋板の水飛沫を散らし、雨粒が激しく叩く橋の天辺《てっぺん》へと、一気に駆けあがって行った。駆けながら忠次郎は、背後に迫る専太郎へ反転し、一撃を放った。

専太郎は油断したのではなかった。忠次郎に迫りつつ、むしろ、忠次郎が切りかえしてくる機を狙っていた。ところが、川のように雨水が流れる橋板に、するりと足を掬《すく》われ、思わず片膝をついた。しまった、と思ったが手遅れだった。そこに乗じて忠次郎が反転し、一撃を放ったのだった。かろうじてその一撃は払ったものの、専太郎は体勢をくずし、尻餅をついた。すかさず忠次郎が奇声を発し、二の太刀を大袈裟に見舞った。

そのとき、忠次郎の二の太刀を、専太郎の背後から龍玄の一刀が専太郎の頭上で受け止めた。

「専太郎兄さん、今だ」

龍玄が言った。

「おうっ」

と、専太郎は尻餅をついた恰好《かっこう》のまま、忠次郎の腹に刀を突き入れ、切先が忠次郎の胴を貫いた。

一瞬の稲妻が耀き、雷鳴が甲走り、降り続く雨が三体の人影を水飛沫でくるんだ。

十

それからまた数日がたった十月下旬の昼下がり、伯父の好太郎が、無縁坂の龍玄の住居を訪ねてきた。

その日は、母親の静江と妻の百合が室町《むろまち》の、老舗《しにせ》の料理屋に招かれていた。招いたのは、家禄千二百五十石余の旗本久保田家の奥方かな江であった。むろん、下女のお玉が花模様の綿入が可愛《かわい》げな杏子を抱いて、静江と百合の供をして出かけ、その昼下がりは龍玄ひとりだった。

「座敷よりここのほうが暖かいので」

龍玄は好太郎を茶の間に通し、茶の支度にかかった。茶の間は板敷で、炉の五徳《ごとく》に南部鉄瓶《てつびん》がかけてある。白くなった炭火が南部鉄瓶を温め、注ぎ口にうっすらとした湯気がゆれていた。勝手口の腰高障子に、午後の日が射していた。少し透かした隙間に、裏庭の井戸と椿の木が見え、庭のどこかでほおじろが鳴いていた。

「そうか。先だっての奥方の招きで、亭主のほかはみな出かけたか。どうやら、あの奥方も落ち着かれたようだな。ひとりもたまには気楽でいい。では、今日はおれも寛がしてもらうよ」

好太郎は炉の円座に胡座《あぐら》をかいて、龍玄が支度した茶を一服した。

「伯父上、専太郎兄さんのご様子は、変わりありませんか」

「朝から道場に行っておる。龍玄のように強くならねばと、言うてな。専太郎め、あれから龍玄の話ばかりをする。龍玄は龍玄、専太郎は専太郎。みな同じでなくともよいと言っているのだが、おぬしの腕前を目の当たりにして魂消《たまげ》たのだ。それに、おぬしに命を救われた。わたしも先夜、もしも専太郎の身に違う事態が起こっていたらと、思うだけでぞっとする。おぬしが行ってくれてよかった」

「夢中でした。ですが、玄庵先生をお守りすることができませんでした。残念です」

「仕方がなかった。ところで、大目付外山家の山部信吉が教えてくれたよ。どうやら、阿部家の横目頭大里勘助、下横目黒川権蔵と同じく日浅忠次郎は、すでに国元へ旅だっておると、上屋敷ではそういうことになっているらしい。というわけで、町方《まちかた》は、白井道安になんらかの意趣のある者らの仕業という見たてで、先夜の一件の調べを進めていると聞いた。まあおれも、田鍋玄庵の身元を隠して、町医者白井道安がこの江戸で無事に暮らせるようにとり計らった。それ以上のことを言うのは、世話になった名主やら家主やら、のみならず、道安先生の店請人に応じてくれた竜光寺門前の徳兵衛にも、迷惑をかけることになりそうで、それならそれでよいと、引きさがるしかなかった。御徒町の貧乏侍が十万石の阿部家を突《つ》いても、門前払いにされるだけだしな」

龍玄は黙然と頷いた。

好太郎は、腰の莨《たばこ》入れから羅宇煙管《らうキセル》を抜き出し、刻みをつめて炉の火をつけた。白い煙を、ふう、と吹いて続けた。

「いずれにしろ、先夜の新堀端の門前町と菊屋橋の一件は、あの凄まじい雷雨の所為で、周辺の住人は誰も気づかなかった。ま、気づいたとしても、まさかあんな斬り合いがあったとは誰も思わず、様子を見ようとした住人はひとりもいなかった。唯一、東本願寺の僧房の窓から、所化《しょけ》が対岸の土手道と菊屋橋で誰かが争っているらしいのを見たそうだが、あの雷雨で何を言い合っているのか聞こえず、また人影がどのように争っているのかも定かではなく、結局のところ、あの夜の出来事を知っているのは、龍玄と専太郎だけだ」

「菊屋橋の船寄せで阿部家の横目らを待っていた茶船が、新堀川の濁流の中を逃げて行きました。船頭が見ておりました。それと、新道三河町の都築家に、どのように事情を知らせようか、考え中です」

「ああ、それはどっちも、放っておいてもかまわんだろう。阿部家はもう一切かかわる気はないようだし、横目らも国元へ旅だったことになっているのだからな」

先夜の一件の町方の訊きとりに、龍玄は白井道安の素性を明かさなかった。内々のある事情があって、伯父に引き合わせてもらった医師で、先夜は伯父と道安を訪ねる約束だった。それが伯父に急な役目が命ぜられ、伯父の倅の専太郎と出かけた。たまたま、道安が三人の賊に連れ去られたところへ行き合わせ、専太郎と二人で追ったと言った。

好太郎は、白井道安は明石城下の町医者の倅で、若いころ江戸に遊学した折りに知り合い、友となった。長い年月がたち、郷里の明石で医業を営んできたが、本家の相続争いがこじれて城下に住みづらくなり、城下を離れるならいっそ江戸にと、三年前、何の前触れもなく出府して自分を頼って訪ねてきた。好太郎は、内心は何かわけありかも知れぬと思いつつ、旧知の友を追いかえすことなどできず、江戸で暮らせるよう世話をした、と町方の訊きとりにそのように答えた。

好太郎は、煙管を吹かして言った。

「西国の男が、江戸の一介の町医者として、そう長くもない一生を終えた。それが田鍋玄庵の望みだったし、廻り合わせだった。しかし、江戸で送った最後の三年は、玄庵にとっては悪くなかったと、おれは思う。医師田鍋玄庵らしい生き方だったと、おれは思う」

龍玄は言った。

「そうですね」

龍玄は、ゆっくりしていってくださいと勧めたが、好太郎は、そうしたいがまだ野暮用があるのだと、長居はしなかった。

龍玄は居室に戻り、刀剣鑑定の書付の続きにかかった。しばらくして、龍玄はふと物憂さを覚え、筆をおいた。文机から離れ、両刀を帯びると、中の口から庭へ出た。

庭の落葉が、冬の季節を彩っていた。けれどその日は、天気の良い穏やかな小春日和だった。踏石に沿うつつじや木犀の常盤木に、午後の日が明かるく射《さ》していた。

龍玄は引違いの木戸門を出て、小路を無縁坂へとった。無縁坂に出ると、坂沿いの榊原家中屋敷の木々が、いつの間にか葉をだいぶ散らし、寂しくなっていた。講安寺門前の中腹から、坂下の茅町の家並みと青い不忍池に枯れた茶色い蓮の葉、池中の弁才天の赤い屋根、上野の杜《もり》と寛永寺《かんえいじ》の堂《どう》宇《う》、そして、大きな空の彼方までが一瞬のうちに一望できた。

無縁坂に佇《たたず》みこの景色を眺めるたび、おのれが今ここにあると、龍玄は切々と感じるのだった。

龍玄は、無縁坂を下り始めた。

すると、坂下の茅町から、無縁坂を上ってくる、母親の静江と杏子を抱いた百合、静江の背中を押しているお玉の四人が見えた。静江と百合とお玉のかぶった菅笠が、昼下がりの日の下で白く耀き、百合の着物のうす紫が映えた。百合が坂上の龍玄に気づき、笑いかけた。静江とお玉は、杏子を抱いた百合より少し遅れて、ゆっくりと上ってくる。

百合が腕の中の杏子にささやくと、杏子は坂上の龍玄を見つけ、母親の腕の中から坂道におり、父親のほうへ駆け出した。赤い花模様の綿入にくるまれた小さな身体が、坂道を懸命に上ってくる。静江とお玉も龍玄に気づき、静江はやれやれという顔つきを寄こし、後ろで静江を押すお玉が龍玄へぺこりと頭《こうべ》を垂れた。

龍玄は杏子のほうへ坂を下りながら、静江とお玉へ頷いた。やがて、

「とと」

と、杏子の声が龍玄を呼んだ。

「杏子」

龍玄は呼びかえし、身体をかがめて両腕を広げた。杏子は、龍玄の広げた両腕の中に飛びこんで、

「とと」

と言った。

「お帰り、杏子」

若い父親は幼い娘を、無縁坂の日射しの中で抱きあげ、抱き締めた。

初出
「両国大橋」　　　　　　　　　　　「小説宝石」二〇二三年一・二月合併号
「鉄火と傅役」　　　　　　　　　　「小説宝石」二〇二三年五・六月合併号
「弥右衛門」（「陰間　弥右衛門」改題）「小説宝石」二〇二二年一・二月合併号
「発頭人狩り」　　　　　　　　　　書下ろし

辻堂魁（つじどう・かい）

1948年高知県生まれ。出版社勤務を経て本格的に執筆業に入る。迫真の剣戟と人間の機微をこまやかに描く作風でいくつもの人気シリーズをもつ。大ベストセラー「風の市兵衛」シリーズで第5回歴史時代作家クラブ賞を受賞。NHKで連続ドラマ、正月時代劇として映像化された。ほかのシリーズに「夜叉萬同心」「読売屋　天一郎」「仕舞屋侍」「日暮し同心始末帖」「大岡裁き再吟味」などがある。

乱菊《らんぎく》

2023年６月30日　初版１刷発行
2023年７月30日　　　２刷発行

著　者　辻堂魁《つじどうかい》
発行者　三宅貴久
発行所　株式会社 光文社
〒112-8011　東京都文京区音羽1-16-6
電話　編　集　部　03-5395-8254
書籍販売部　03-5395-8116
業　務　部　03-5395-8125
URL　光　文　社　https://www.kobunsha.com/

組　版　萩原印刷
印刷所　萩原印刷
製本所　ナショナル製本

落丁・乱丁本は業務部へご連絡くだされば、お取り替えいたします。

ISBN978-4-334-91537-7